U0478849

有一种力量，叫文学；
有一种美好，叫回忆；
有一种感动，叫青春；
有一种生命，在鲁院！

鲁迅文学院「百草园」书系

木版年画

曹向荣 ◎ 著

MUBAN NIANHUA

后来，年画的味道，渐渐淡了。
大家都不讲究贴画。
过年时候，到处是一卷一卷的挂历。
那油墨不是墨香，是一股刺激的酸味。
这就更让人思念以往的年画了。

图书在版编目（CIP）数据

木版年画 / 曹向荣著. —南昌：江西高校出版社，2017.5
（鲁迅文学院"百草园"书系）
ISBN 978-7-5493-5350-7

Ⅰ.①木… Ⅱ.①曹… Ⅲ.①散文集—中国—当代 Ⅳ.①I267

中国版本图书馆CIP数据核字(2017)第100148号

出 版 发 行	江西高校出版社
社　　　址	江西省南昌市洪都北大道96号
总编室电话	（0791）88504319
销 售 电 话	（0791）88595089
网　　　址	www.juacp.com
印　　　刷	北京一鑫印务有限责任公司
经　　　销	全国新华书店
开　　　本	700mm×1000mm　1/16
印　　　张	16.75
字　　　数	208千字
版　　　次	2017年5月第1版 2020年7月第2次印刷
书　　　号	ISBN 978-7-5493-5350-7
定　　　价	45.00元

赣版权登字-07-2017-457

版权所有　侵权必究

图书若有印装问题，请随时向本社印制部（0791-88513257）退换

目录 Contents

木版年画	1
粗棉布	56
石头巷	81
石头桥	83
井　台	85
旱　井	88
楼　板	98
土　炕	100
土　坯	102
炕　围	106
柜	108
风　箱	110
灯	112
暖　瓶	114
锅　刷	116
抹　布	118
春	120
农家的早晨	122
院　子	125
蝉	127
池　塘	129

山　水	132
厕	135
草　帽	138
围　巾	145
钩　针	147
秋　千	149
扎　拐	153
滴滴精	155
嘣　嘣	157
转　灯	159
小人书	162
染指甲	165
香脂插屏	168
花　馍	170
打　散	172
补天地	174
清　明	176
汽　水	178
饸　饹	180
醋	182
木　匠	190
聋子线摊	192
串巷的叫卖声	194
理　发	202
牧　羊	210
盲人说书	215
乞讨者	227
芦　苇	230
拉犁种麦	237

玉　米……………………………………… 243

鲜亮的菜花…………………………………… 252

薯　苗……………………………………… 255

旱　烟……………………………………… 258

拾　荒……………………………………… 260

木版年画

画里有两个女人，一个小孩子。女人光光的额头，头发盘起来，穿裙，小脚。整幅画只是线条，不着颜色，装着玻璃框。那框，窄，长，半人多高。

木版年画！

对木版年画有感觉，或者也能说是热爱，是因为"木版"，因为"年画"。木版，我是热爱的。以往的房屋，木门木窗，现在全换作白锃锃的钢门窗了。下地用的锄头、镢头，现在也要歇下来。绣花用的针，也不是以往的竹子，而是红的或者绿的塑料，扎着"十字绣"。

房屋装潢，也很难见到真木头，最多是木板。夹层，你永远看不到两片薄薄的木板里头，夹着的是些什么，也不知道它是拿什么胶相粘。那看起来漂亮的木器家具，买回家才知道是贴出来的。真木家具，也不是没有，那得花大价钱。既省钱又能看到真木质的东西，家里或者也有，那大大小小的擀面杖便是，还有就是火柴。因喜爱木质，看见火柴没大用场，就保存起来了。

木版年画，先是这木版便得人喜爱，更不要说这木版精工细刻，是有看头的工艺。

画，本来就是好看的，年画就更有意思了。腊月尽头，家家贴年画。七八十年代，是戏本年画，比如《打金枝》。那年画是一个方格一个方格，一张两竖排，一竖排四个方格。方格下面有两三行小字，写着戏的情节。彩色年画贴上去，屋子也变新了。90年代，兴起来的年画是一张张电影明星海报。腊月的集会，男女明星的年画，街两边挂满着。

后来，年画的味道，渐渐淡了。大家都不讲究贴画。过年时候，到处是一卷一卷的挂历。挂历刚兴起来那些年，大家习惯将挂历拆开，贴满墙头。现在，大家省事儿了，挂历也太多，广告样的递到你手里，有一股很冲的油墨味。那油墨不是墨香，是一股刺激的酸味。这就更让人思念以往的年画了。

印符虎

一个不大的院子，摆一方桌。桌上有一木版。那木版，方形，一寸多厚，七寸见方。不知道什么木质，看墨色是常年所用。

木版旁边有扎好用来拓印的布包，有一砚台，砚台上放着一把刷子。主人招呼说每个人都可以自己印一张符虎。

木版让人想起清明节前，这家那家传递着的印票版。印票版，长方形，上面刻着字，刻着花，刻着壹佰圆或者壹仟圆。

一页白纸，一支毛笔，两个细瓷碗，一碗里是蓝墨汁，一碗里是红墨汁。

铺好白纸，拿毛笔在墨汁碗里蘸蘸，在印版上刷匀，左手按纸，右手拿印版，在白纸上拓。一拓，一个印就出来了。

印的时候，按照习惯，一排一排的，横竖对齐整，方便裁剪。这里最重要的是蘸墨。如果毛笔蘸的墨汁多了，印出来图案，就会这里一块那里一块，完全模糊了；如果蘸的墨汁抹不均匀，有的地方就是空白，印不完全。

清晨，烟囱上一咕噜一咕噜冒着烟。印了三张五张，十张，摊了一炕头。

印完蓝墨汁，换印红墨汁，印出来的票子就是红颜色。如果换毛蓝墨汁，印出来的票子就是毛兰颜色。

印出来的纸张干好，收了坐在院子里用剪刀裁。先一行一行地剪，然后一小节一小节地剪。将裁出来的长条叠起来，一小剪一小剪剪下去。如果排行不齐整，剪刀下去，不是伤了这张就是伤了那张。

方桌前围了人在看印符虎。曾记得老屋墙头，贴一张画，画上面的是一只老虎。那是上山虎。老虎一边上山，一边将头转过来，回望。老虎不只是屋里的墙上贴着，照壁上也有画着的。小孩子棉袄的袖头上有老虎，叫虎头袖；小孩子脚尖儿绣着老虎，是老虎鞋；小孩子头下枕着老虎，是老虎枕。既是印符虎，那墨色木版上一定刻着一只老虎了。想那老虎是什么样子呢？是跑着，还是卧着？

方桌前放着一条板凳。有一个人走过去坐在桌前，握着刷子，在砚台里蘸了墨，在另一个人的指导下，在木版上左左右右地刷。然后，将一张红纸铺在木版上。太阳晒到半院，西半院一片阴凉。但这个印符虎的人额头上出汗了。本来是生手，围看的人又多。她的左右手好像全不听自个使唤，看上去都是一个机器人了。符虎印出来了，红纸上那虎尾巴翘出一朵花。

我也印了一张符虎。先伸右手，抓住蘸好墨的刷子在木版上来回左右地刷。一旁指点的人说行了。我还在刷，我怕刷不完全，印出来有空白，或者刷的墨少，印出来颜色浅。一直刷到自己觉着刷完全了，我才停下手里的刷子，将红纸敷上木版，拿过拓布包，在上面又是按又是抹。我握着布包，走马灯一样，在木版上走过一遍，再走一遍。我听见旁边的人说："行了，行了，揭下来，揭下来。"

我放下拓印布包，用两只手小心地揭开红纸，果然是一只符虎印在红纸上面。我怕墨不干，两手端着两角，细风吹过，那符虎在手里飘荡。

天地众神

记得天地众神，缘于过年。

除夕夜是忙碌的。煤油灯忽忽闪闪。母亲又点了一盏油灯，端在手里，在屋里穿梭，油灯一会儿在前屋，一会儿又端到后屋。后屋是用界墙隔出来的，做储藏室用。储藏室也无宝贝，一溜摆着几个盛麦子的大瓷瓮，一个酿醋瓮，两三个盛面的瓦瓮，一个高高的笼架，一条旧木供桌。供桌上放着黑漆漆的牌位，放着烛台，放着一盏长杆子油灯，旁侧放着盛油瓷罐。刚除过尘，这里的每一样虽旧，却干净利落。要过年了，界墙的后屋里，是煮熟的食物香味，新炸的麻花香味，连同放在瓷瓮里的馍香味，一并儿混合着。一个铁钩挂着一大扇猪肉，仰头便看见。不仰头，那猪肉也能碰到你。那猪肉寸把厚的膘，白生光洁，富有弹性。人走过不小心迎头碰上，那吊猪肉便前后摆动，如吊在半空的沙袋。挂猪肉的铁挂钩，三个钩叉结在一起，像开起的莲花，但不像看着莲花那样舒心。那尖锐的钩头，向外弯成一个弧度，显出一小点精致，在后屋不很明亮的光线下有那么点晶亮，却散着惨白的光，冒着冷气。猪肉皮里头，有肋骨，尽管洗过，还是血红色。我看见猪皮是害怕的，看见血红色也是害怕的。因为那大半扇猪肉，过年前后，我不大去后屋，特别是晚上，连看一眼那门，也觉得可怕。

母亲每天往后屋里不知道要走多少遍，端着油灯，打着手电筒，或者划一根火柴。过年时候更是前跑后跑。她从后屋端出一碗粉面，和在肉里面。母亲的手就那样插在一个瓷盆里，搅动。那粉面和着碎肉，像花朵。屋外饭厦底下的油锅忽然哧哧啦啦响，那是和好的碎肉粉面团，放进锅里了。油炸的香味从饭厦散出来，飘得满院都是。

父亲也在忙，院里放着一个大瓷盆，盆里放着宰了的两只鸡，正在煺毛。那活真烦人，得用手一点点拔，那碎毛毛不仔细看便给疏忽了。瓷盆旁放着一颗猪头，几只猪蹄。那猪蹄用烧红的小炭铆烙过了，有些地方还得用拨火棍烙。比如猪蹄子腿上皱起来的地方，比如猪耳朵后面。父亲忙了整整一下午。院子里全是烙铁的怪味道。那味道真难闻，滋啦啦的声响，听着也怪不舒服。西院放了两个大瓷盆。盆里放着猪肠子。那肠子，像卧着的蛇，一桶水哗啦进去，那荡漾着的肠子，像要跳起的蛇，惊得孩子们跑散了。羊在过年的时候，也免不了宰杀。羊血盛在盆里，是小孩子喜欢吃的红豆腐。女孩子总是远离杀生，但如果是宰羊，她们便守着看，为了要几只好看的羊拐。有了羊拐，她们作业写累了，便摆石子儿和羊拐，石子儿为主，其余四个或五个六个是羊拐。将新的白生生的羊拐，在土里擦擦，洗干净，用红纸包住，羊拐便染成可爱的红色。

除夕忙过这些，得忙着贴年画、门神、对联。墙头有旧贴画的痕迹。年前大扫除将那旧贴画从墙头上揭下来，留给母亲剪鞋样或者袄样裤样儿。墙头上贴画的地方，像是一块块补丁。现在，年画要照着原来的痕迹贴上去。新画展开，铺在炕头。炕头也很热闹。新画是四条幅，两大张，或者四大张，是《苏三起解》《打渔杀家》《打金枝》《五女拜寿》《屠夫状元》等戏画，每张画里有八幅小图画，小图画下面注着几行小字。年画也有单张，是张大嘴巴笑哈哈的娃娃。那娃娃穿红兜骑鲤鱼。那画里的鲤鱼在河心游走，有水滴泼溅出朵朵浪花。或者娃娃怀里抱着一玉米穗儿，那玉米穗儿胖，颗粒饱满，娃娃抱在怀里，比娃娃看着都要肥大。

贴年画似乎专是孩子们的活。这个说这张贴在对门墙头，那个说还是贴在炕头墙上，争执不下，让母亲裁断。他们照着母亲的话做。年画被拉着，按在墙头，大头钉握在手心，问母亲端不端正。母亲在擦萝卜，仰头看，说左摆或者右摆。

年画贴好，那墙面连同整个家都成崭新的了。接下来贴对联。屋门的对联，孩子们贴不好，得父亲来贴。门上的对联，那墨字儿一家一个样。那是邻居张三或者王五写的，那是邻居赵六写的。村子里总是有几个写对联的好手。临到过年，家家买红纸，裁好，送到会写对联的那个人家。会写毛笔字的邻居们，每到过年时节，把写字的桌子早早摆开。他在屋里弥漫着蒸笼或者充溢着煮萝卜味儿的热气中，写毛笔字。他的家人在炉灶那里烫着猪头或者猪蹄子，随着滋拉滋拉的声响，冒出一股一股的轻烟，带着那么点焦味儿。写字的人，一笔一笔写他的字。他写了一条，放在一边，接着又写。整个院子，连同重新垒过的鸡舍和打扫干净的牛棚，看着都是要过大年。

贴红对联，图画钉是不能用的，墙头砖的门楼，只有粘上去。糨糊也是自家烧的面糊，整块地刷在墙头。如果是土打的墙门，便寻来短截儿秫秆，按在红纸对联上，用细细的钉子，钉在门两边。这样，大门口有了崭新的红对联了。

年画门神贴好了，对联也贴好了。屋外，一棵树的旁边，点着的一堆柴草烟火，慢慢地小下来，成了一小股。父亲宰杀的鸡收拾好了，猪头烙干净了，猪肠子也洗干净了。父亲从屋里拎出一张四方桌，摆在院子中央。家户屋里，供桌很简单。小时候过年，家家院子当中放一张四方桌子当供桌。在摆供桌前，院子里先放好一大块不规则状的黑炭，据说炭放大块的，这样家里才人丁兴旺，性情敦厚。村里家家户户，除夕那天，院子里都要放一张四方桌，桌子下面都大大地放一块漆黑的炭。

院子里的桌子上供"天地众神"。那是一张版印的细软纸张，用一根干净的竹子夹着，竖起在桌面上。红红绿绿的众神像正中写着长长一竖行："天地三界十方神位"。这张神位，分上中下三界。他们一个个眉角往上挑。他们的眼睛不看一处，有一个两个好像在悄悄说着什么。他们头上戴着各样的帽子，有的是文官，有的是武官，有穿黄袍的，有穿红袍的。他们的胡子也各有不同，有的直直垂下，有的四散开来。这些神像中间，有一个最显眼的神像，那是玉皇大帝。他面如敷粉，长眉大眼，胡须两撇，似笑不笑，一副要说话不说话的样子。玉皇大帝身前，竖一筒竹签。竹筒里的竹签上写的，想来是保佑来年风调雨顺之类的话。

小孩子看着门上的新对联贴好了，看着屋门上的门神贴好了，看着父亲搬来一块炭放在院子里，看见炭上面摆了供桌，看见一根竹子竖起来的"天地众神"，看见神像前放着香炉，香炉里是新换的沙子。小孩们站着看看，用一根竹棍当马骑，将"马"打得飞快。这样来回跑着，天一点点黑下来。院里桌子上的"天地众神"看着有些模糊了。小孩子跑累了，站在母亲旁边，看着母亲捏饺子。小孩子面对这样的忙碌，心里期盼着。他们看见过的新棉衣还叠在柜子里。他们的新鞋子，也还在鞋包袱里。快快过了这个夜晚吧，明天天不亮就过新年，就能穿到新棉衣新棉鞋了。

忙碌了多少天，到了除夕夜，猪肉、羊肉、鸡肉收拾好，放进后屋里了，有的是煮熟了，有的炸得半熟，但母亲还在忙得团团转。母亲在看锅里煮着的臊子菜，然后将切好的海带丝放进锅里，将切好的豆腐放进锅里。母亲又在洗盘。那盘不是瓷盘，是漆红的四方木盘，里头能放九个碗碟。平常少用，过年的时候，这木盘用得着。过年，家里的东西全都能派上用场。忙完这些，母亲在除夕夜的最后一件事是从柜子里给孩子们取过年穿的新衣服，小孩子熬不到深夜，早睡了。母亲把新衣服一个个铺在孩子的脚头，或者还有两个扣子没钉，或者还有几针要缝。

大年初一，清晨的院里，东方还不见一丝丝的光亮，天地混为一片。穿新衣的孩子们从屋里跑到院里，从院里又跑回屋里。记忆中，过大年，都有雪花儿飘飞。大雪是年味里的一样，过年不见大雪，年过得都带着不真实。上天似乎了知民意，每到过年，大雪纷飞。院子是洁白的，屋脊是洁白的，树枝头也是洁白的。

为了尽早穿上新衣服，孩子们一个个黑灯瞎火地从被窝里爬出来。新的背心、新的袜子、新袄、新裤全穿戴好。孩子们安心了。从腊月初就开始盼望的春节，终于如愿地来到了。新的贴画、新的衣袄鞋子，孩子们相互打量，看哪里都是新的。孩子们从屋里出来，天黑乎乎，借着屋里的灯光，看到院子里模糊的影子。穿了新衣服的孩子们，怀着一颗激动的心，快活起来。不知哪里的一声炮响，"叭"的一声，让小孩子"呀"地惊叫着，飞跑到屋里，引得其他兄弟嘎嘎笑。但这笑声，很快被母亲阻止了。母亲说不要大声笑，说话放轻些，就要敬天地众神了。

柏柴火点着了，浓烟一股一股地冒上来，"轰"的一声，火光蹿出来，映红了半边天，一院子都是光亮。在这红火光亮的院子里，我看见摆在院里的供桌上的木盘，木盘里头放一吊煮熟的刀头。刀头尺余，弯曲着，能看见一条条肋骨。木盘里再放些糖、果子、花生、柿饼、核桃、枣，供天地众神。香炉里的香火早被这腾起来的火光比下去了，只见那香火冒出的那一丝丝烟，东倒倒西歪歪，丝丝缕缕地上升。火光里，桌子上供奉的"天地众神"，在烟雾缭绕之中。

烤完柏柴火。东方还是没有一丝丝亮。院子里又黑下来。

屋里静静的，母亲不让小孩子大声说话，母亲自己说话也很小声，她说这样才不会惊动神灵。母亲悄悄告诉一个个孩子，让他们到院子里的供品那里去偷一糖果或者枣子吃，说这样小孩子一年里头不生病。母亲又吩咐不要多偷，多偷就不灵了。

小孩子一个个，这个偷了那个偷。我一个人悄悄从神灵跟前拿一粒糖果或者一颗枣子，偷的时候，心里藏着愉快。我只拿一粒糖，或者一颗枣，握在手里，看一眼玉皇大帝。我看见他望着我，他的眉眼喜喜的，似笑不笑，想说话不说话的样子。

春节期间，"天地众神"每天都接受礼拜。初五过了，初七初八都过了，一直到过正月十五。正月十五元宵节是过年又一个热闹高潮，新年里的大人小孩又都兴奋起来。临近正月十五，院子里的"天地众神"也格外被重视起来。大人们为了正月十五元宵节，早忙着栽秋千，糊花灯，扎拐子，表快板。元宵节前后热闹三天。正月十四晚上，响鞭放炮，在院子的方桌上烧香，在桌上供三碗细面。正月十五晚上，一样响鞭放炮，院里的"天地众神"神像前供三碗菜，三个枣麻姑。枣麻姑是面捏，跟元宵节蒸银子罐、枣麻姑，蒸麦秸垛、梭子、蒸布袋、巧姑姑，蒸捉鼠的猫，蒸护院的狗一样。蒸出来的麦秸垛、布袋是男人男孩子吃，梭子是女人吃，巧姑姑是姑娘吃，只有银子罐、枣麻姑是供品。银子罐供在财神爷跟前，供在灶锅爷跟前。枣麻姑供奉"天地众神"。枣麻姑上面有三个提绊，每个提绊里插一颗红枣。正月十六晚上，一样有噼噼啪啪的鞭炮声，"天地众神"神像跟前供着三碗油茶。油茶里有芝麻、豆子、麻花、豆腐、菠菜，比集市上的油茶要丰富得多。

正月十七日，孩子们要开学了。吃完饭，他们背着书包走过院子，看见院子供桌上摆的"天地众神"，在太阳光下，不像夜晚那样神秘，颜色也被每日里的太阳照得清浅些，香炉里的香灰冒上来，周围有燃掉下来的点点香灰。过了正月十七十八，过了正月十九，天气还是冷，有风呼呼地刮起，刮得院子里的"天地众神"小小地响着，这里那里破了小口口。但"天地众神"安宁地站在各自的地方，玉皇大帝还是一副似笑不笑的模样，那眉里眼里还是一副要说话不说话的样子。

有一天，小孩子放学回来，院子里供"天地众神"的桌子被搬走了，院子里扫得很干净，只留着一抹黑，那是供桌下面放的那块炭留下的墨迹。

灶　神

灶神窑

老屋北墙，与屋门错开些，有一个小窑，顶端弓形，里面放香炉，放灯葫芦，放火柴盒，放煤油瓶子诸类与炉灶相关的东西。有时候，写字用的蓝墨水也能放在里面，那蓝墨水，大瓶的。这个小窑除了香火、灯油、火柴，似乎也只能挤进去墨水瓶，若是再要放些什么，便觉得不是很妥当。

这个小窑，地方话叫灶神窑。农家人从地头回来晚了，开锁，摸黑走到灶炉前，掀开灶神，从灶神窑里头摸出洋火（火柴），"刺啦"划亮火柴，照着油灯，点着了。屋里先是有了亮光，慢慢那油灯的亮光大起来，灯光照得最明亮的地方，便是灶神窑口每年新贴的灶神。那灶神，在辉煌的灯光下，跳跃着。细看，不是灶神在跳，是那有了灯花的油灯在跳。剪了灯花，灶神看着清晰了。

灶　神

过新年，家家记得供奉灶神。

灶神也是一样年画，木版印作，尺余见方。我见过一样灶神，上额写："一九五七年农历二十四节气"，左右各四个字，左边写"二龙治水"，右边写"九日得辛"，中间写正月到腊月一年四季的节气，比如立春、雨水、春分、芒种、立秋、白露、冬至、小雪，最末又到立春。

桃灶分上下两部分。上面是灶爷爷和灶奶奶。灶爷爷在左，灶奶奶在右。灶爷爷穿毛蓝衣服,灶奶奶穿红衣服。灶爷的帽子底色是红色,灶奶奶帽子底色是黄色。灶爷爷灶奶奶的眉毛都是弯着的,和善的样子。灶爷爷垂着黑胡须,灶奶奶是红嘴唇。灶爷爷灶奶奶两边各有一副对联,灶爷爷这边写"劳动发家";灶奶奶那边写"生产致富"。

往下看,有两个爷,左边爷穿红袍,右边爷穿毛蓝袍。一左一右两位爷跟前各有一童子,童子手里各拉一匹马。

往下,两童子中间,有两个更小一点的童子。左边穿红袍的童子手里拿着一幅字,右边穿毛蓝袍的童子,手里端着一盘,盘里盛着果子。这两个童子的脚边,有两只小动物,左边是一只鸡,右边是一只狗。它们相向,鸡似乎在鸣,狗似乎在叫。

下面这些人人物物中间,有一张桌子,上面放着一容器,容器里面是供品。那供品呈桃状,可以说是桃子,也可以说是火,看木版年画,知道屋里北墙灶神爷窑前年年贴的灶神,叫"桃灶"或者"火灶"。这或者便是桃灶(火灶)的由来。

"桃"有久长的意思,"火"有兴旺的意思,不管是桃,还是火,这对灶神来说,都很恰当。这个"桃"或者"火"的供品两边,一边一个字,左边写着"胜",右边写着"利",合起来是"胜利"。

还有一幅木版画。也是上下两部分。上面是灶爷爷灶奶奶。灶爷爷穿黄色衣服,灶奶奶穿桃色衣服。也有一副对联,左边写"东厨司命主",右边写"本宅水火神"。

中间桌子上面,容器里的供品一样是"桃"或者"火",不一样的是,供品左边写的是"福",右边写的是"寿"。

另有一样桃灶或者火灶,跟上面两幅木版画大同小异,只是灶爷爷这边写着"上天言好事",灶奶奶那边写"回宫降吉祥"。这是民间贴得最多的灶神,普及最广的灶神了。农历腊月二十三过小年,揭了这旧的灶神,烧香"叫马",送灶神"上天"。"叫马",在腊月二十三晚上,面对香火,准备三张黄页纸,用火柴引燃纸页两角,那"叫马"人随口念:"二十三日去,除夕五更来"。火光中,似见一匹马在烟雾中升腾,随着火光消失不见了。除夕那天,贴上新的灶神,烧上香，迎灶神"回宫"。

除桃灶（火灶）外，还有一样"钱灶"。钱灶有"天子万年"钱灶君，"五谷丰登"钱灶君，还有一样称"双钱"灶君。这几样钱灶君构图相似，两边文字一样是"上天言好事""回宫降吉祥"，比桃灶行图简略，不着色彩，人物看起来比着色彩的眉目清秀、细致灵动。这几样钱灶神中间各有一枚铜钱。铜钱上刻"天子万年"，是天子万年灶君；铜钱上刻"五谷丰登"，是五谷丰登灶君。双钱灶，跟钱灶君人物影像没大不同，只是灶神中间画有两枚铜钱，这才叫"双钱灶"。回想当年热闹的街市，人们停留在灶君年画摊前，看看天子万年灶君，又去看五谷丰登灶君，又去看双钱灶，多样的钱灶神，让集市显得更热闹。

又有一样"南天门灶"，着彩，画面分上下幅，天上、人间。上幅中间写"南天门"，是天上。左右两个骑马人，做分手告别的模样。两马中间，一团红云，这是马行在云间了。马儿脚旁，各跑着一条小黄狗。那黄狗相向，伸头，尾巴卷曲。其他几人，头面小些，有两个手挥马鞭，侍从模样。又有两个头戴红缨，官模样，旁侧又有两个小人儿，头梳两个牛角，书童的样子。

下幅中间写"东厨司命"，两边各写"福水""善火"，这是人间。中间两人，一个穿绿衫，一个穿红衫，分男女。两人前面是一张桌子，桌上摆着烛台、酒杯、食品。两人身后分别有人打扇。这男女两人，面容喜庆，似在谈话。有一个"红衣服"正端了一盘点心上来。桌前一盆火，一边蹲着两个小孩，另一边一个小孩似乎坐在板凳上，自个在玩。一只黄狗跳到火盆前，曲着尾巴，对着一侧门仰头，似在高声吠。那门口站着几人，有一个文官模样，儒雅的样子，旁边的那个胡须八叉，看着像个武夫，这两人后头站有一人，边上闪进来一马头，红色鬃毛，像匹烈马，真正是人间红火气象。

灶君两旁的无字联

不管是桃灶（火灶）神、五谷丰登钱灶神，还是南天门灶神，早年间，两旁都配有无字联，俗称"开条"。开条也是多样，有富贵平安开条、天官开条、八仙开条。

富贵平安开条，着红绿彩。一边是手持如意的天官，蓝袍，身侧一朵祥云。天官上头画一瓶，瓶有座，瓶座着红色，座上放长颈瓶，瓶肚着蓝色，瓶颈着黄色，瓶里插莲花，莲花盛开，莲子点点。一边是手持珊瑚的文财神，着红袍，身侧一朵祥云。文财神上头画一瓶，瓶座着蓝色。瓶座放长颈瓶，瓶肚着红色，瓶颈着黄色，瓶里插一枝牡丹，红花，黄蕊，旁侧有绿叶倒垂。

天官开条，黑白线条，不着色。天官手持如意，文财神手持珊瑚。两官上头一个画有莲花瓶，一个画有牡丹瓶。这天官开条，虽不着色，线条却细致，笔法精到，天官衣袍花纹具细生动，牡丹莲花也是细笔描绘，那花瓶各有纹式，形象逼真。图画里祥云浮动，喜气连生。

八仙开条，是手抱葫芦的李铁拐，手把扇子的钟离权，手端渔鼓的张果老，手持荷花的何仙姑，蓝采和挽一个花篮，吕洞宾一把长剑，韩湘子吹着笛子，曹国舅手握阴阳板。这八仙，依次描出来，全是黑白线条，不着颜色。画面勾图简略，线条粗描，人物活灵活现。八仙错落有致，空白处这里那里补了花草枝条，看着满满的，却不烦琐。开条中间，留有一竖行空白，写着"益盛成"三字，原是店铺的字号。遥想当年热闹的街市，这八仙开条除了益盛成一家，还有多个画店出售。这"益盛成"八仙开条能留下来，想来是益盛成店画得最好，或者是会做，或者在当时已经是老店了。想来想去，这也是功夫的好处。街市上的人们一个个开条看过去，看到"益盛成"三个字便买了，回家剪开，贴在灶神两边。那"益盛成"三个字写在开条中间，剪刀一开，便给裁掉了。那字号记在大家心里，明年过年还买"益盛成"。一个字号，就这样传下来。

这些无字联，不管是富贵平安，还是天官八仙，它们传达着往昔人们日常生活的精密和细致。

灶神门帘

现在过年，各家灶台只买一张灶神贴着。早年间，灶神爷有灶神门帘。门帘是为了遮挡灰尘，或者更有讲究，有深层的意义在。时间过于远长，灶神爷门帘那深层的意思只在意会了。

门帘分软门帘和硬门帘。

灶神软门帘，是画出来的。尺余宽，尺余高，与灶神尺寸大致相同，上面画荷花，画莲花，画牡丹，画石榴。那横竖格子用笔打出来，分天地格，左右两条幅。条幅画荷花，是荷花门帘；画牡丹，是牡丹门帘；画石榴，是石榴门帘。

这样的灶神软门帘，早年市面上卖五分钱。有些人家也能自己画。染布的颜料，取些来。有桃红，深绿或者浅绿，黄色儿，粉色儿，还有一点点紫，蓝色也有那么一点。颜料放在小白瓷碗或者小白瓷碟里，温开水和开，兑了酒，备一支细软的毛笔。在备颜料、备毛笔的过程中，那花的模样在绘画人的头脑中浮现闪烁。开始作画了，那绘画人凝神静气，却又安闲自在。虽仅有几样颜色，画出来的门帘上的色彩却搭配得恰到好处。粉色的荷花，黄的或者紫的籽实。装着荷花，或者莲花，或者牡丹、石榴花的花瓶是蓝色的，或者是黄色的。就是这样，在一张白纸上，用笔一条一条地勾出来，成为一个整体。荷花画出来，像站在水中，那莲花像飘在水上，那石榴像是等着人摘。那一幅幅画，看上去并不细致，荷花、莲花、牡丹、石榴花，颜色艳丽，有着粗犷的美。

门帘两旁竖着裁一绺带子，门外微风吹拂，门帘的带子徐徐飘动，门帘一角小小地卷起来，似能看见门帘里头的灶神。

又有一样软纸吊帘，宽一尺，高半尺，上面画花朵，红黄蓝绿，花儿朵儿叶儿齐全。色彩艳丽喜庆。也有写字的吊帘，那字写"福寿康宁"或"万善攸同"。

以上是灶神的软门帘。七八十年代，有一样硬门帘，用竹棍或者秫秸钉成筐架，高尺余，宽与高相差无几。硬门帘用桃红彩纸做底，彩纸有桃色、粉色、蓝色、绿色、红色、紫色多种颜色，花朵、飞鸟用各样彩纸剪出来，压制成各样的花朵、飞鸟。

制作硬门帘，分好几步。各步骤分别完成。比如，这几天用来钉筐。将细竹棍或者秫秸收拾一小捆，用剪刀剪裁，长短不一。这可以是一个人做，另外一人，将裁出来的秫秆用彩纸缠绕。缠秫秆的彩纸一般是桃红颜色，是桃红色的薄纸张或者桃红色的油光纸。油光纸颜色深，光亮，好出售。那薄的普通的桃色纸粗糙，用它做出来的硬门帘，价钱虽便宜，也难免于被淘汰。但偶尔也有几个，夹在用油光纸做的硬门帘里头，倒显出几分质朴。

缠了好多长长短短这样桃色的竹节或者秫秆，堆起来。裁竹节或者秫秆的那人，用钉子将它们一根根装起来，成一个方框，里面分成很多格子。格子有大有小、有长有短，横竖有致。

门帘的架子钉好，一个个撂起来，堆在窗户炕头。炕头上满是红色、绿色、黄色碎纸杂儿，那是剪纸蹦出来了，或者是剪裁中造成的无用的小碎片，也或是剪过了还能用的纸张在手跟前放着。那剪纸的盘腿坐在炕头，可以是一个老年妇人，可以是一个中年妇人，还可以是一个十八九岁的姑娘。一把小巧晶亮的剪刀在手里随意游走，花朵在手指间开了，一片绿树叶在手里伸展着，一只小鸟站在指头间，一只蝴蝶出来了，一只青蛙出来了……听到嘣嘣的细碎声音，那是剪刀在叠起着的花纸上剪着，花朵有了尖尖角儿，那是荷花、莲花、喜凤莲、摇钱树，是小猫、小狗、小松鼠。

将这些花儿、叶儿、小猫、小狗一一粘在钉好的框格里，各样的花朵开起来，绿叶扶着红花，摇钱树上银亮的金黄点点闪烁。红粉蓝绿黄紫，颜色搭配得艳丽好看。那缠起的细竹节或者秫秆，连同隔起的长方格似乎变得全不见，各样的莲花、牡丹诸类花朵开放，好一幅热闹喜庆的画卷。

糊好的灶神门帘在阴凉处晾干，一个个叠起来。逢集的日子，用布将这一撂灶神门帘包了，挂在肩头，在街市上挑一块干净的地方，打开布包裹，一个两块钱叫卖，那南来北往的顾客便站在灶神门帘摊前。他们可以是买一两个的散户，也可以十个八个成打地买。新娶了媳妇的人家，买十个八个的灶神门帘散给本家叔伯弟兄。娶新媳妇头一年，给本家散灶神门帘，是地方风俗。

灶神门帘前的那座山

正月十五，蒸银子罐、浑身眼，给男人蒸麦秸垛、布袋，给女人蒸梭子，给女孩子蒸巧姑姑，屋门口猫眼放一只蒸出来的小狗看门户，屋里的窗口放一只蒸出来的小猫捉老鼠。水瓮里放着白瓷碟，碟子里放两条蒸出来的鱼儿，擀面杖在水瓮里搅动，那白瓷碟在水里转起来，碟子里的鱼儿游动起来了。正月十五蒸山，摆在灶神爷门帘前。

蒸的山头，用一对银子罐撑起，银子罐上头是山的底座，那底座是鱼样的，朝上弯着，两头翘成鱼尾巴样。底座里头是叠起的山窝窝。将面搓成滚圆的面条，用一颗枣将面条旋成一个圆圈。那旋出来的圆圈像一个个蜗牛，盘踞着。这样旋出十多个蜗牛，将它一个个摞上去，叫装山。装山，须一层层往上摞，底层是五个六个，上去成四个三个，再上去成两个。顶上头是一个面捏石榴，石榴嘴张开着，像嬉笑着的小孩子嘴巴。

山头上落着飞鸟，有小猫、小狗、松鼠、小蛇。这些小动物一样是面捏，粘贴在山上蒸出来。蒸出来的山头，插几小枝柏柴，离远看着绿绿的，像一座真山。

灶神前，正月十五献蒸山，或者有米面如山之意，或者有攀登之意，里面藏着的全是纳福求祥。过了正月二十三，或者时间放得更长些，便能搬山。山在灶神前放了这么些日子，干掉了。所谓的搬山，就是将"山"吃掉。有时候山还没到搬的时候，孩子为了吃个新鲜，或者大人为了哄孩子，会从在山头搬下来一块。山头的鸟儿是最先吃掉的，接着那小猫、小狗、松鼠、小蛇一个个被搬下来吃掉。那一卷一卷的带枣的蜗牛般的漩涡，也一个个被搬下来，放进嘴里消化了。

财　神

木版年画里，除了桃灶，还有财神，这两幅画一直张贴至今。

一个穿红袍的相官，中间端坐，头戴官帽，手拿如意，眉目明朗，姿态安宁。他的袍服前绣着一个龙头，脖子上搭着一条蟒蛇。他是财神范蠡。

财神官帽两边，左边写"日"，右边写"月"。日、月两字，像坐着祥云，在天空荡漾。"日"旁边，有一个带着长长胡须的龙头。"月"旁边，有一棵树干歪曲的摇钱树。

财神两旁，一边三个小官。这三个小官，有的手拿如意，有的手端莲花。他们面部生动，有的看这里，有的看那里。有的微笑，有的沉思。

财神身前，黄灿灿的小山头儿，元宝模样，挤挤挨挨。这些元宝上头，小小的火苗蹿动着，能听见忽忽的声音，似乎有祥风相助。

这一堆金光灿灿的元宝前，安放着一炉火。炉里那火苗蹿出来，很旺势。炉火两旁，坐着两人，左边是比干，右边是赵公明。他们两人头戴官帽，一个穿黄袍，一个穿红袍。官袍上面，这里那里有飞腾的花朵，但看不出是什么花朵，倒像是火苗儿这里那里伸展着。他们手里握着如意，两相对看，像在对话。

财神贴在门后头。过年时候，那里香火缭绕。有了这飞动的香火，画面上的这些大官小官都像活了一般。

"天上财源主，人间福禄神。"不管家境贫穷还是富贵，人人家里都买财神，都贴财神。他们每年都在财神前焚香磕拜。每到这个时候，他们的心里总怀着美好的愿望。倘若一年到头，贫家还是贫家，他们也不抱怨。过年时候，新买一张财神，等到除夕，拿出来张贴在门后头，跟过往一样怀着美好的愿望。

门　神

一间小屋，桌上放有印版，那印版五颜六色。屋里靠墙设一矮铺，铺上放着很多只碗，碗里是各样的色彩。这是一间富有魔力的屋子。

镇宅神判门神

木版画门神，唤起人童年的记忆。

小时候，家家贴门神。院门上贴大门神，屋门贴小门神。门神上的人物，凶巴巴的。画面色彩浓烈而多样，那红色像猪血、鸡血，渲染了这种凶。那门神眼睛瞪得鼓出来，眉眼立起来，眉毛似乎要动起来，红胡子似乎也要动起来，手里紧握长剑，那剑举起来，像是立马要砍下去的样子。门神袍子上画着的龙头，也将眼睛瞪着，像是盯在某处，龙须吹动，像要呼呼着飞出来的样子。太阳快要落山了，院子里的太阳光完全消失了，五六只鸡在窝门口转圈儿，时而嘎两声，时而将头低下去，啄一口。这时候，我一定要拉着妈妈的手，妈妈去哪里，我跟着去哪里。妈妈说她得给猪倒食，说鸡上窝了，她得将窝口盖上。我紧紧拉着妈妈的手，来回这里那里跑，进出屋门，努力将眼睫毛顺下来，不去看门上的门神。

从木版年画里得知家里屋门上贴的是镇宅神判门神。当年，"镇宅神判"四个字其实就印在图画上，只是我不认得，或者没留心看。这镇宅神判门神上，画的是钟馗，穿龙袍，胡须是红的，眉毛眼睛全是红的。脚穿筒鞋，也是红的。左边的龙袍着绿色，右边的龙袍着蓝色。左右钟馗，手各持一把剑，左边的剑在头顶，右边的剑横胸前。左右钟馗一脚抬起，呈金鸡独立状。左右画面头上飞有蝙蝠，左钟馗脚下左有斧头右有铜钱，右边钟馗脚下左有元宝右有铜钱。

钟馗门神

钟馗门神，左右各骑一兽。左钟馗骑仙鹿，持睚眦板斧，右钟馗骑灵兽，手握利剑。图画着红黄蓝三色。左钟馗，穿蓝袍，骑仙鹿，鹿着黄色，上面有斑驳的黑点。那仙鹿眼望前方，嘴含瑞草，四蹄飞扬。钟馗一手握鹿角，一手握着板斧，似听到什么，扭头在看。右钟馗着红袍，灵兽着蓝色，钟馗做扭头观望状，或许他正看到什么，一手做按住或者停步状，握剑的手垂下，那模样像要立起的姿势。那灵兽也像是刚奔跑来着，忽然地驻足，四蹄着地，回头在望，微微张开的嘴巴，似在喘息。左边图画里写着两字"老局"，右边图画写着两字"德业"。钟馗门神，贴于左右门扇，威吓邪魔。

钟馗不只是门神，还有单张的头像，专门为小孩驱邪。那单张钟馗头像，毛发丛生，面呈紫色或绿色，双眼圆睁，龇牙咧嘴，有两颗长牙外露，一副捉鬼除邪之相。民间顺口溜：青脸红头发，有脚没趾甲，敢斩鬼魅头，光明传天下。钟馗头像有的着黑红黄紫四色彩，有的着绿黄黑红四色彩，多贴于卧室门后墙角，镇宅辟邪。贴于卧室，多为有小孩人家。小孩夜哭，民间便有除邪老者，拿红绳在孩子脖子里绕一圈，手握长刀，砍东斩西，口里念念有词，想来与钟馗头像驱邪是一样的道理。

武将门神

武将门神头上插翎，身穿战袍，脚蹬朝靴，身佩利剑，是戏剧里武将模样。这样儿的门神，喜颜活色，人看着不生恐惧。武将门神手托元宝，盈盈喜气。据说这武将门神是从木版画《回回进宝》演义出来。木版画《回回进宝》所画的是：一小将上身前倾，努力推着独轮车，奔走。独轮车上面放着一筐，筐里放着元宝，元宝顶上是珊瑚状，火形，显出燃烧的样子，似乎能听到走动的呼呼声。那小将五官端正，清秀模样，头戴雉翎，那雉翎弯曲的样子如鱼在游动。他腰系带子，带子随风飘动。右侧腰间挂有一袋，那袋画着长须，又画有一颗颗宝珠样物品，想必是一宝物袋。小将裤脚系着绑腿带，画面露一只脚，另一只脚被这只脚半遮，一副飞快走动的样子。那腰间飞飘的带子、头上游动的雉翎飘逸的姿态，独轮车上元宝上面的火燃的样子，全是因为这腿脚在飞速行动。《回回进宝》里小将头上雉翎与武将门神头上的雉翎相似，只是武将门神胸前左右挂着兽皮饰物，说是回族，或者也是取谐音，称"回回进宝"，以示祥和福气。武将门神也称"进宝门神"。

武将门神里有一样武将靠旗门神，也称"鞭锏武门神"，与武将门神一样身穿战袍，脚蹬朝靴，身佩利剑，只是脑后头插一面小旗帜，旗帜边沿加锯齿一样，随步摇动。武将靠旗左门神怀抱一锏，双目看铜，微眯。右门神手抱一鞭，侧目看鞭，双目圆睁。靠旗门神是守护门神。

举狮鼎门神

举狮鼎门神，左右是关公张飞二人。身披铠甲，各骑战马，马蹄呈飞跑状。那仰起的马头，像是喘息，又像在嘶鸣。关公五须飞动，长眉细眼。张飞胡须一把，双眼圆睁。关公左手提刀，右手举狮。张飞右手提刀，左手举鼎。画面有丝丝火苗飞动，神气灵动。马蹄底下有绿草丛生，有一元宝，像是刚刚落地。后人将这张门神寓意为桃园结义。但作画的人，或者更看重关公的义气，张飞的英勇。关张二人是民间热爱之人，艺人们画出他们的影像，世代流传，附于这般那般意义来。特别是关公，既是民间的文财神，又是民间的武财神，深得人们的爱戴。关公将人间的忠义勇全于一身，是人间的向往。

加官进禄门神

加官进禄门神，左右各一天官，头戴官帽，身穿官袍，足蹬朝靴。左天官手捧一只瑞兽，右天官手捧一顶官帽。画面单墨线版，勾图简约，天官身上的官帽官袍华贵灵动。两位天官，略显威仪，神态祥和。左天官手里捧着的瑞兽，有角，像是仰头望着什么。家户挑选加官进禄门神，有光耀门庭之念想，但这样的两位天官，贴在家里左右门板上，也有一种安详平和气象。

一样是加官进禄门神，也是单色墨线版，左右门神体态丰满，穿官服，戴官帽，脚踏朝靴，手持笏板。官服简朴，不失风韵。左门神旁侧跑一瑞兽。那瑞兽左蹄高抬，呈奔走状。右门神手托冠帽。两门神双眼只一线，却气韵生动，面相温和。这一印版有古朴之风。

又一样加官进禄门神，套彩。左右门神头戴相冠，身着蟒袍，手持笏板，左门神手端一冠，右门神手端一鹿。左右门神长眉凤眼，面带笑容，五绺胡须。左门神红袍，着绿彩。右门神绿袍，着红彩。左右门神身旁各随一童子。童子戴官帽，怀里各抱一瓶，瓶里插着戟。左童子穿紫袍，怀抱一黄瓶，右童子穿黄袍，怀抱一红瓶，这幅套彩加官进禄门神，包含平安晋级的美好愿望。

一心门神

"一心门神"，也称"文官门神"。木版画里，中间那文官穿红袍，戴官帽，慈眉善目，怀里左右各抱一个小孩，小孩手里各举一朵莲花。他膝前站着两个孩子，一个孩子一手抱笙，一手举着如意，一个孩子两手握笛。还有一个伏着的孩子，抱着文官的腿，将头探到前面观望，做相戏状。这是顶好看的门神。小孩子看这样的门神也不会心生害怕。据说，这也是后来的"五子夺魁"门神。

五子夺魁门神与一心门神相比，着色不同。一心门神色泽朴实，红绿黑三样颜色，红绿色极清浅，显得家常。五子夺魁门神色彩亮丽，五样颜色，以红黄蓝为主色。这三样主色又以黄色最亮。那黄色鹅黄，色泽清亮鲜明。黑色只有人物头冠、胡须和脚上的鞋子用，是少有的点缀。绿色更只有一小点，只是在一个小孩蓝袍的衣袖上涂抹了两小块。五子夺魁版印里的人物与一心门神里的人物一样是一个文官，五个小孩，一样是文官怀抱两个，膝前两个，另一个抱着他的腿，做戏耍的模样。文官怀里抱着的两孩子与一心门神里的一样，手里各举瑞草或者莲花。膝前的两个孩子，明显与一心门神版画里的不同。五子夺魁版画里膝前的两个孩子一大一小，大的手举一莲花，拉着小的的一只胳膊，不像一心门神版画里膝前的孩子：一个抱笙，一个两手握笛子。五子夺魁版画色泽艳丽，里面的小孩比一心门神版画里的孩子更显活泼，膝前那个大点的小孩做跳跃状，让整幅五子夺魁版画活腾起来。两幅版画其中一幅膝前的那个大点的小孩，脸妆成脸谱模样，是五子夺魁版画里的看点。版画里的戏剧意味，更让人感受到日常生活的真实。

五子夺魁门神也曾见于墙头，那是石雕或者瓦雕。后人对五子夺魁的崇尚，寄予着人们对后代美好的向往。

招财进宝门神

招财进宝小门神，也称"宣统进宝"。一样分左右。左图童子，手腕戴银镯儿,握一铜钱,举在左肩上,钱上写"宣统进宝"。那童子梳童子头,穿花衣系花裙。那衣服低领桃状,眼睛一线,面容祥和。他裤带子松松系着,露着滚圆的肚皮,肚脐眼儿圆圆地裸露着,一副可爱的样子。右童子梳童子头,系发带,也是花衣花裙。只是花样笔墨繁多细致,与左童子有别,想是分男童女童。右边童子,手腕戴银镯,双手持元宝,举在右肩头,眉眼也是一线,但那线略弯,比男童更显喜色。

这样的男女童子,作为小门神,贴于年轻夫妻内室之门。如此,这招财进宝小门神,便也不只是招财,还有着送子的意味。遥想多少年前,除夕的这天一对小夫妻商量着在内室的屋门上贴门神的情景。那小妇人看着门神上的男童女童眉眼里全是爱意,那年轻的男子对小妇人戏耍地说了一句悄悄话。他们嬉笑打闹着将门神贴于内室门,寄寓着人间美好的愿望。

张仙弹子门神

木版画"张仙弹子",原是挂在寝室内的神话,说是能镇走吃小孩子的天狗,受到皇家的奉祀,后流传到民间。张仙弹子木版画,左写着:"张仙下天台,每日将弓开。箭射云中犬,保佑子孙来。"右写:"我名是张仙,流落到人间。单打云中犬,保佑子孙安。"

木版画里的张仙神,不是想象中的白胡子老爷爷,更不像门神一样乌眉瞪眼。张仙神年轻模样,文气得很,细眉丹眼,黑色的三绺胡须迎风飘动。他穿官袍,戴官帽,穿朝靴,左手紧握神弓,刚搭过箭的右手,向后伸开,眼望那飞出的箭射中天狗。他身后五个小孩童,一个手握长戟,一个斧头高举,一个拿着铲头,另两个一个手持荷花,一个手端桃子。小孩子欢呼跳跃,喜气连连。

据文字介绍,张仙原名孟昶,其父建立后蜀政权,在位不久而亡,孟昶继位。宋太祖发兵灭后蜀,孟昶爱妃被纳入宋宫,画孟昶挟弹弓射天狗,奉在室内,谎称蜀中张仙神。张仙从此得皇家奉祀。又传说宋仁宗年老梦一美男,挟弹弓对他说:"天狗在天上掩日月,到世间吃小孩。"仁宗便命人画张仙像,挂在寝室,后来流传民间。

传说原本就是真真假假。我想说的是张仙神能够流传下来，原来其中有这么美好曲折的神话。

天狗是很可怕的。七八岁那年的一个中午，响晴的太阳，照着房子照着树，照得大地红晃晃的。忽然有人喊起来，说有天狗。十个八个人也跟着喊。娃娃们东奔西跑，激动地嚷着。院子里的鸡们开始呱呱乱叫，猪在圈里惊乱不安，仰起鼻子听半天，吼吼吼。猫儿喵呜喵呜，从屋里哧溜钻出来，跑到不知道什么地方去了。

老人们仰头看天，太阳被遮了一小半了。

老人们连呼救日头，家家的脸盆敲起来了，叮叮咣，叮叮咚！有的从家里端一盆清水出来，要看天狗吞日头，有的说看天狗吞日头是对神的亵渎，是可怕的造孽。

在人们的敲打声中，在鸡们不安的呱呱声中，在娃娃们的吵吵声中，太阳一点比一点小，一点比一点小。终于，天黑暗了！

人的嘈杂声矮了下去，鸡的呱呱声静默了，天底下真如黑夜里一般，只有敲打脸盆的声音越加激烈。

天在一点点放亮，太阳又有了一小点，太阳一点比一点大起来了。人们的欢呼声高起来，地上的娃娃们活泛起来了，有一只小公鸡拉长脖子啼了一声。

原来真有张仙神，是张仙神救了日头！

木版画里的张仙模样，让我想起传说中孟昶的那个爱妃。我想象那爱妃如何在夜深人静时一笔一笔画张仙，想象那爱妃的可爱模样。那爱妃是将她痛苦缠绵的思念拆成一笔一笔，画进这幅图画里，时间在她一笔一笔的描绘当中静静地流淌。她不仅将日思夜想的丈夫画出来，还编出张仙的故事，将他奉在室内，日夜观看。可见，这个爱妃有超人的胆量和智慧，她自己原本就是一个神，是人间爱情之神！

这幅木版画能够流传下来，与其说是因为张仙射杀天狗救了日头，不如说是因为那个爱妃，正是这彻骨的思念，才有了这幅木版画，民间也才有了这个张仙神。

新春大吉门神

喜欢看新春大吉门神,因为这木版画让我想起钟表。

钟表有好多样。小学时候,老师办公室的墙上,挂着一个圆圆的钟表。那钟表表盘很大,秒针走的时候,发出"格格"的声音。同学们每天的上下课就靠它了。

还有一样是放在桌子上的小闹钟。闹钟的玻璃里头有1、2、3……,有时针分针妙针,还有一个小公鸡。那小公鸡,红身子,站在"12"数字下面。秒针"格格格"地走,每走一次,闹钟里的公鸡就啄一口。如果走到设定的点,闹钟里头的公鸡就可着劲儿地啼叫,啼一声,再啼一声。

闹钟里公鸡的啼叫声,无数次将我从早晨的睡梦中唤起。

在家里有钟表之前,早起只有听公鸡叫。家家户户有大公鸡。那大公鸡有白色的,有红色的。白色公鸡长得跟小羊一般,红色的鸡冠,这边甩甩,那边甩甩,两只金黄的爪子,在院子里傲慢地移动。大红公鸡,绿色长长的尾巴,不论近看还是远看,它那身上都有一片霞光,闪着绸缎的光芒。

早晨,人们在糊里糊涂的睡梦中,听到公鸡叫,睁开眼,天真的亮了。家长拍打熟睡中的孩子,说快起床,公鸡都叫三遍了。

公鸡叫早,不知道经过了多少年。

这白公鸡红公鸡,不只是叫早,还能看门,看见外人进来,脖子直着,两翅膀扑棱,嘴巴伸向你的小腿,一直将客人撵出大门。

木版画里画着一只公鸡,背上驮着一个孩童。那孩子身着绿袍,头戴黄冠,脚穿红鞋,左胳膊向前伸着,手握如意,右胳膊弯在怀里,手抱莲花。他如骑骏马一样,骑上大红公鸡的脊背。那大公鸡,红冠子,黄嘴巴,嘴巴张开着,似在啼叫。它的一只爪子站着,一只爪子抬起来,抬起来的爪子握着一只苹果。地上四周散着柿子、吉磬等诸物,代表四时如意、平安吉祥。

木版画里有这样一句话:"一声叫醒读书子,五更唤起力田人。"这句话,我小的时候听奶奶念叨过。奶奶是一个不识字的人,却能记下来这些，想来这木版画是有些年头了。

这样的木版画，一样有两幅。一幅的右下角，写着"信成"；一幅的左下角，写着"泰局"，或者是店铺的字号。

"新春大吉"木版画，当作年画贴在门上，是喜庆，更是吉祥。

皂隶门神

皂隶门神，是一样特殊门神，供衙门差役之家春节贴用。门神左右各画一人，头戴钟形帽，身穿布长袍，腰间系带，肚皮鼓鼓。左边门神右手持短棒，右边门神左手持短棒。那勾图艺人，或者想起来春节喜庆，将皂隶门神手里的棍棒画短了。想这衙门差役，春节贴年画，门神偏偏贴了这皂隶门神，是官家的意思，还是个人所好？或者是对职业的一种崇拜？不好猜。这门神，单色墨线，大片的墨色。就算套色，那大片的墨色，会是大片的红色？甚或是大片的蓝色？不管是哪样颜色，看着都不喜庆。左右门神双眼合成一缝，那神情不悲不凶不恼，也不沾喜气。眼睛是心灵的窗子，这窗户不开，心便给蒙上了。皂隶门神眼睛仅一线，或者是艺人们的盲点，或者也能说是刻木版艺人的智慧。

刘海戏蟾门神

最喜刘海戏蟾门神。刘海戏蟾有一个美丽的传说，说龙王女儿巧姑变作金蟾跃出龙潭正在游玩，被大蟒咬伤，巧遇砍柴的刘海搭救。巧姑心怀感激，回到龙宫，一心想再见刘海，再次出宫，变成金蟾在荷叶上。正好刘海来龙潭边喝水，巧姑便在他身边吐出几个金钱。刘海喝完水站起来要走，听见哗啦的响声。刘海看见一只金蟾，口含丝线，丝线串着明光闪亮的金钱。那金蟾一跃跳到刘海脚背上。刘海认出金蟾，看她伤好了，牵着丝线与金蟾在潭边跳跃戏耍。刘海看着可爱的金蟾说："金蟾啊，你如果是个姑娘，我们就可以成夫妻了。"刘海话刚说完，眼前就站着一个漂亮姑娘。

木版画里的刘海是一个年轻的小伙子，他手扬一串线绳，做跳跃状，一腿曲起，一腿落地。似在向前走，又像刚退了两步。那钱绳梢头拖一只蟾。那蟾像一铃铛，仰头，那钱绳上的钱，似刚从蟾口里脱出。想这时的龙潭风平浪静，龙潭边上，花朵争奇斗艳，蝴蝶翻飞。刘海与不期相遇的小蟾相戏。那小蟾不离钱绳，不知是钱绳拽住小蟾蜍，还是小蟾蜍咬住钱绳？随着钱串动荡，那小蟾欢欣鼓舞，奔突跳跃。刘海眼睛一线，只是喜着，青春萌动。小蟾不离不弃，兴味盎然，伶俐可爱。刘海小蟾相戏纯情天然，或者他们合当有这段姻缘。

另一幅刘海戏蟾，那刘海不像上幅木版画里那样看着年轻秀气。这幅木版画里的刘海，眼睛挤着，脸笑得堆起来，像一个嬉皮士，又像戏里的丑角，相戏的味道十足。那只蟾也不是随刘海的钱绳戏耍，而是跳到刘海的背上，这刘海戏金蟾成另一样趣味。

"刘海戏金蟾，步步钓金钱"的美丽传说，一定不是因为蟾生福钱而美丽，而是因为诚意的美好、爱情的甜蜜。刘海戏蟾门神，供贴于新婚夫妇内室门上，这很有意思，或者也是从谐音而来，戏蟾（缠），寓意着欢喜之情，贴于新婚夫妇内室门上，便成了一样教化。遥想早年的古老保守，居然也有透明开放的一面。这古朴的文明，让人从含蓄中汲取经验，积累着生活的力量。

这么多的门神，流传到后来，好像只剩下过年时候家户屋里贴的大红底子，拿着大刀，黑漆似的门神。也正因为这样，木版年画才承载着许多，显示出独特的风味和价值。

麒麟送子

在这里看到它，感到像回到家一样亲切。几岁时看见过它，它是一面镜子背后的图画。

据说，麒麟是天上的兽。画里那兽缓缓而行，头像狮子，全身云状。浅蓝的天空，云朵儿连成白色的小河，弯弯曲曲。那骑在麒麟身上的童子，头戴红冠，项戴金锁，身穿红袍，脚蹬红鞋，手里握着绿如意。童子由三个仙女护送。麒麟左边的仙女，走在前面，头插凤凰，披绿色披肩，雍容华贵，手抚童子肩。她身后随着一个小仙女，头两边插粉色花朵，穿浅绿色上衣、月白色长裙，面带微笑，打着"麒麟送子"的扇面。麒麟右边的小仙女，双手举至右肩，手托圆盘，盘里放着一红色印盒，一个蓝色印章，印章上刻着兽头。这个小仙女，脸如银盘，头上插花，两手戴一对绿莹莹的玉镯。画里一行四人，行走在一棵绿茵茵的大树下。

喜欢看那骑在麒麟背上的童子，他头戴黄冠，着大红长袍，戴金项圈。他左手儿持笙，右手儿拿着掰开的莲子。那莲子皮儿发着青绿，里头的莲子颗颗晶莹。后头陪着的两个仙女，宽袍大袖，一个着蓝装，一个着红装。着蓝装的仙女，手执一朵红花，着红装的仙女，手握挑勾，那挑勾上面挂着蝙蝠和磬，那蝙蝠有蓝色的丝带，长长地飘动。

眼前这幅木版画，比我小时候记忆中的少了一个仙女，显得单薄。但木版年画里的人物儿要比镜子背后图画里的真切生动，活泼富贵。

老鼠娶亲

这是一支长长的娶亲队伍。画上有一个坐轿的新娘，四个抬轿的老鼠。

那轿桃红颜色，轿顶带花。新娘，脸打胭脂，坐在轿中。轿前新郎官，骑着一头毛驴儿。那新郎官儿，帽翅高扬，身系红绸，手挥长鞭。

轿子两侧，老鼠两排，打灯笼，扛旗子，吹喇叭，打小鼓。娶亲的老鼠们，有的穿红坎肩，有的穿绿坎肩，有的穿蓝坎肩。它们热热闹闹往前走，后来却是一阵慌乱。一只老鼠，被摁倒在地，手里的乐器也撒掉了。摁住老鼠的是一只大黑猫，黑猫的眼睛发着绿绿的光，它的嘴巴咬住老鼠的脊背，似乎要提起来。打鼓的那只老鼠吓得掉头后窜，鼓儿鼓棒全掉地上了。打头扛着灯笼的老鼠，扭过身子做出要逃走的样子，就连新郎的毛驴儿也被老猫惊得掉转了头。

毛驴上骑着的新郎官，惊惶不安地看着眼前的突然袭击。他身披红绸，头戴礼帽，帽子两边插着帽翅，右胳膊握着挥动的长鞭，左胳膊伸展开来，在毛驴身上左右摇晃，像是要从毛驴身上栽倒下来……

队伍后面没有看见大黑猫的老鼠们，喇叭高扬，铙钹紧拍，看着这幅图画，似乎都能听到唢呐声声、铙钹阵阵了。

对老鼠娶亲能有这样的兴趣，是因为每年正月初十的这天晚上，家家要晚点上灯，说这晚老鼠娶媳妇。屋里又黑又静的，如果有猫儿喵呜，家里人不作声地在猫头上打。那猫不是哧溜跑掉，就是知趣地静悄悄的了。老鼠不是偷吃粮食，就是咬烂衣服咬烂被褥，从来是庄稼人的祸害。但老百姓在老鼠娶亲这一天，默默地黑着灯，怕坏了老鼠的好事。

这天晚上，还要"滚葫芦"。拿着一个葫芦从炕上滚到炕下，一直滚到门口，一边滚一边小声念："初十头，滚葫芦……四个抬轿的，一个点炮的……"看着这张年画，我想老鼠娶亲原来也有这样热闹的场景。

猴子抢帽

这幅画的名字吸引了我。小时候，村里常常有耍猴的。一个耍猴人，带三只五只猴。耍猴人手里拿一条鞭子。那鞭子可不是牛鞭马鞭，往往不是用来鞭打的，只是扬扬做样子。耍猴人那鞭子，鞭杆不长，鞭绳子细长软和。耍猴人不是时时都抽打猴子。猴子非常不听话或者惹恼了耍猴人的时候，只听猴子"吱"地尖叫一声，原来是耍猴人用鞭子抽着它了。

耍猴的节目不少，比如让猴子扮老汉、扮老太太。那猴子就挂一根小拐杖，走得一瘸一拐的。还有让猴子识字，让猴子跳绳……其中，有一个节目，是猴子戴帽。

耍猴人有一个不大不小的木厢。那是个旧木厢，木厢有盖，平常还带着一把小锁。该猴子戴帽这一节的时候，耍猴人拉着猴绳儿，一边挥着手里的鞭子，一边哼唱。耍猴人唱的什么，地方人一点也听不懂，只听见一片叽里呱啦。那只表演的猴子跳到木箱前，用头顶开木箱，手伸了进去，出来，一顶帽子就戴在头上了。走一圈，揭开木箱刹那间，又换了一顶帽子戴在头上。那帽子是戏装的相公帽、小姐帽……如果猴子拉出一顶相公帽，观看的人只是普通的笑，如果它拉出一顶小姐帽扣在头上，大伙儿就哄堂大笑了。猴子一边表演，一边拿眼看哼唱的耍猴人，生怕挨鞭子。那猴子走一圈，换一样帽子，越换越快，到最后都像是变魔术了。猴子急了，会将帽子扣偏，众人笑得弯下腰来。猴子像是知道观众为什么笑，伸出长满猴毛的手，摆弄着头上的帽子，却不知原来的歪帽子在它的扭动下，前面转到后面了，惹得众人又是一阵笑。

　　猴子轮番换着头上的帽子，可以算是耍猴里最精彩的节目了。

　　眼前的木版画，不是"猴子戴帽"，而是"猴子抢帽"。

　　画上有一个慈眉善目的白胡子老汉。他穿蓝衫红裤，头戴草帽，臂弯里有一摞帽子。那帽子颜色金黄，像是用麦秆编的草帽呢。

　　老汉背后是一独轮车。独轮车上的帽子所剩无几。老汉周围有很多猴。它们有的将帽子戴在头上了。头上没有戴着的，正要到独轮车上去拿。有的头上戴着，手里还抢了一摞，不知道要往哪里放，慌乱之中，一些草帽掉地上了。有的猴抢了草帽，爬上了树。有的猴将帽子投在空中，耍着。老汉臂弯里的那摞草帽想是刚从地上拾起来的。老汉右臂伸着，或者是在拦挡，或者是要拾地上的草帽。老汉的神色一点儿也不慌张，似乎还笑呵呵的，好像这些猴儿们是他家的亲戚，跟他闹着玩儿。

　　不管是耍猴的"猴子戴帽"，还是木版画里的"猴子抢帽"，猴子与帽子总是有些关联。耍猴的"猴子戴帽"是木版年画的延续？或者《猴子抢帽》木版画源于民间耍猴杂技？

渔樵乐

生长在北方，对斗笠、鱼篓并不熟悉。这一幅木版画上，一个小孩儿，头戴斗笠，肩扛鱼竿，鱼竿上系一鱼篓。只见小孩儿光着两条胖乎乎的胳膊，光着两条胖乎乎的腿儿，那胳膊腿儿，藕节一般，白里透红。

小孩儿穿红底黄边儿的坎肩，坎肩里头一个红兜肚。那红兜肚从下面长长地露出来。胖小孩儿胖得都没了肩膀，那鱼竿儿说是扛在肩上，不如说是搁在脊背上。他的手腕脚腕戴着镯子，不知是金是银。他的腰里系一根绿腰带，腰带上别着一把砍柴的斧头。脚上穿一双小红鞋。那鞋头高出来，上面画的看不清楚，像是一朵花又像是一个虎头。

小孩儿这样穿戴打扮正是要往外走。他背后放着一张圆桌，桌上一个花瓶，瓶中插着红花。一茶壶靠花瓶摆放。那茶壶南瓜形状，白瓷上面点点花朵，粉团样的。茶壶旁边放着一个成套颜色的茶杯。想那茶杯一定是给要出门的小孩子用过了。

圆桌旁边坐着一位妇人，面色如玉，头戴红花，手持团扇。她上身前倾，朱唇微启，像是给小孩子说话。我们当然听不见她给小孩说了一些什么。但从小孩子肩扛鱼竿，从小孩子腰里别着的那把斧头，我们就会想象她到底说了一些什么话了。

就是这么一幅看上去似乎很陌生的木版画，却触动了我。我想起了小时候玩的骑竹棍儿、玩小铁锨儿。木版画上小孩子的鱼竿儿、鱼篓子，还有他腰里别的斧头，想必是小孩子的玩具呢，而这幅木版画也许就好在这里。

这妇人和小孩子身后的窗户，恰好伸过来一枝桃树枝，那桃枝上面这里那里的绿叶之间，有三个硕大的桃。那是就要熟的桃子，粉颜色。桃枝上，飞着两只喜鹊，一个站得高一点，一个站得低一点。那低枝上的喜鹊儿，嘴张着，跟高枝上的喜鹊说话。高枝上的喜鹊，头转过来，对着低枝上的喜鹊，关切的样子。

看着这幅木版画，我想起了"喜悦"一类的词语。这个妇人和小孩子有了窗户外面的景色，就有了一份祥和。有了这份祥和，安宁、喜气就都有了啊。

木版画里还有一件东西，那就是离窗户不远的墙头上，有一个金黄颜色的挂钟。那挂钟下面垂着金链，坠着一个金色的葫芦。看那宽袍大袖、长裙及地的妇人，家里又有这样时髦的金钟，这一定是户富贵人家。可是，这一幅木版画，有着这样一位娴雅妇人，有着这身装扮的活泼可爱的小孩，这金钟一定不只是他们家一件摆设，也一定不只是为了显示他们家的富贵吧？

那光着胳臂的小孩子，窗外枝头上那熟了的桃儿，显示这是夏季了。木版画中有"天仙送子""金银满囤"。不管是腾着云雾来的仙女仙子，还是囤金囤银的红火热闹，都不如这幅"渔樵乐"清新快意。渔樵乐带着人间烟火的味道，是人们生活着的真模样。

四季美人图

这样的木版画原是四幅，这里只有秋、冬两季。

看这样两幅木版画，原本没有多大的感想。那木版画上的妇人，红袄乌裙、脸如脂玉，好看。夸人长得好看，就说她像画中的人儿。眼前这就是画，画里的女人怎样好看，就不必说了。但仔细看美妇旁边茶几上那盆景，看那妇人身前的两小孩，就又有了写下她们的心情了。

秋天这幅美人图，茶几上那花盆中是菊花。花盆前放着一碟茶具，想那茶具中已是蓄满了茶水。妇人身后是一把椅子，她坐在上面。那妇人，眉儿弯弯，嘴巴抿着，鬓旁插一朵红花，灿黄的耳线长长吊挂，神情安详，面带喜色。她怀抱小孩。那小孩身子往前，像是要挣脱妇人的怀抱。小孩的两只脚踏着一块毛蓝颜色布片。毛蓝布片的一角绣着粉色的花朵。贴妇人站着的那略大些儿的小孩，手里举着一个桃子,像是要递给妇人怀里的小孩。

　　冬天这幅美人图,同是美人,打扮得也相似,模样儿却是不同。这位妇人也是弯眉,却是细眼;鬓旁也插花,花朵较淡雅;耳线长垂,却是银白,花样烦琐,手工精致。妇人旁边有一个盆景,那盆景是艳艳的梅花。盆前没放茶具,是一个小南瓜。

　　妇人坐着,怀里抱一小孩。那小孩子就像被妇人用手端着。贴妇人站着的男孩子,双手捧一如意。那如意绿色,上面红花朵朵。妇人怀里的小孩子两手举着,像是要从他的哥哥手里将如意夺过来。而那妇人,一脸安详,要笑不笑的样子,眼睛平视,神态漠然,似乎一点也没有感觉到怀里孩子在做什么,也无视身旁站着的男孩子手里捧着的东西。

　　我想起生活中抱着小孩的妇人了,她们哪里有时间这样坐下来抱小孩子呢?她们或者也能抱一两下孩子,但她们会极为烦躁,不是在孩子身上拍,就是嘶哑着嗓子骂这骂那,哪里会有木版画妇人这样闲适的心情呢?

　　感叹这画中的人儿,生活得精致细密。

　　木版画上的妇人穿着中式衣服,那衣服袖子宽大极了,唱戏一般。我不能想象她这样打扮也会在家里做这做那。可是,画中姣美的妇人,怀里分明抱着小孩,身前还站着小孩,这样看着又有着过家家的气氛了。

　　我想这样的木版画,不管是那秋菊还是那冬梅,不管是一个孩子手举桃子,还是一个孩子手捧如意,他们都像五六十年代照相馆照相,是摆出来的样子。

瓜蝶图（花纸）

　　这一幅黑白两色木版图,让我隐隐约约想起来什么,可到底想起来什么,一下子不清楚。图上一朵朵向日葵,一个个连接,一行一行。我好像在哪里见过这样的图画。在我七八岁的记忆中，它们似乎是粉红色做底子，上面一朵朵向日葵，黄颜色。对了，是顶棚。娶媳妇的新房，就是用这样的花纸糊做顶棚。

花纸。是的，当时的人们这样叫。那纸，白报纸一样大小薄厚，一张一张。顶棚就是这样一张又一张接连起来。装裱起来的顶棚，是连成一片，无一丝痕迹的，看着是一大张。这也是瓜蝶图样的特点。木版图画上这样写：瓜蝶图为四方连续图样，上、下、左、右均可延伸……也就是说这样的顶棚可以无限延伸，有多大的屋顶棚，就有多大的花纸。

看那木版画，只见一片叶子当中，冒出一个太阳似的花朵。这太阳可以说它是向日葵，有浅浅的小格子，让人想到格子里那一个紧挨一个的葵花子。那周围胡须一样的，是向日葵周边金黄色的花絮。

还有一行花儿，中间是古钱币。那花儿，样子像凤凰，环绕着飞。凤凰的头、尾和爪子，看着都是花秧儿。那花秧，不管是向日葵的枝蔓还是古钱币的枝蔓，都是一样的夸张，却没有丝毫的零乱，像哪里的风在吹，它们一齐舞动，却扭得好看。向日葵有一朵都掉在一旁了，这里那里飘着栩栩如生的枝叶儿。那枝叶全像柔软的绸带，甩出自然的弧度，像从天上掉下来一般。远望，那向日葵像是一朵儿一朵儿地在空中飘动，那古钱币，像是凤凰带着一只火轮儿在飞。

而我记忆中的花纸，却是真真确确的一行向日葵、一行凤凰。

粉红色的纸上，一行金灿灿的向日葵，那向日葵跟木版画里的向日葵像极了，都是叶子浮出来的向日葵。那绿叶儿颜色鲜艳，是瓜菜绿儿。那叶儿突出三两片，连着飘着的带子，整个儿就是一朵花。

那凤凰是真切的凤凰，身上似乎不带古钱币。那凤凰嘴儿尖尖，头儿仰起，在飞翔。飞翔的凤凰，舞动着长长的翅膀，这翅膀便像花的枝枝节节，看着也是一朵花。

这一朵朵向日葵，这一只只飞翔的凤凰，也像木版画里一样，因为有叶儿、枝儿，它们是一个整体，只是比木版年画简单。

30年前，娶媳妇的房子，顶棚有了这简单的花纸，就是新房了。30年以后的现在，简单的花纸也像木版图画一样要收藏吧？现在，娶媳妇的房屋，屋顶白色，顶中央有华丽的灯具，晚间亮着辉煌的光芒。

花纸就这样被人们忘却了。如果不是看到《瓜蝶图》，我怕是也失去了30年前的那一截光阴。

回娘家

一匹红色的马，拉一个带轿棚的两轮车。那轿棚呈红色，轿中央有一篆字，轿角画着悠然飘动的云朵。车里坐着一位妇人，穿红袄，披绿肩，头戴红花，脸施薄粉，眼看前方，略显焦急。

轿外的马车上，搭有凉棚，浅黄顶子，下面坐一农户打扮的男子，头戴红缨小帽，身穿中式蓝衫，浅色裤子，黑鞋黑袜儿。他露左腿，右腿往后踢，只露出右脚。见他左手儿拉马缰绳，右手举着马鞭，鞭梢儿像柳丝儿迎风摆动。

那红色马儿，配着鞍，架着辕。马看着是上等的好马，它四蹄轮动，很是有力，但它的眼神儿透着一股疲劳。想这马刚刚奔远路回来，回娘家的这件事儿，让它没有歇息的时候，连马鞍都来不及卸下，就套在辕里，踏上新的旅程。看那空着的马鞍儿，或者还有刚刚下马人身上的温度呢。

这是家园的气息。回娘家是几千年的话题了。

回娘家坐轿很体面。木版画里，这是个有钱人家。那扬鞭的轿夫可有点儿说不准。他是轿里妇人的丈夫吗？或者是这位妇人的娘家兄弟？

以前女人，小脚。娘家人想嫁出去的女儿，打发人去接。画里这个男子或者就是这妇人的兄弟。

回娘家的交通工具，也不是只有轿车这一种。小户人家，可以用一头驴子。驴子用处很多，可以拉磨，可以种地，还可以代步行走。

娘家人想女儿，就让忙着的驴子歇一天，梳洗好。第二天一早，在驴背上搭一条新褥子，去接嫁出去的女儿。那嫁出去的女儿回娘家也不是只身回来。她带着包裹。那包裹里头是尚未完成的为公婆丈夫编织的衣物，是自己换洗的衣服，是自备的铺盖卷儿。

看着木版画，那轿子里头，只露妇人娇媚的小半身。她随身的包裹，一定放在轿子里。

木版画里扬着鞭梢的男子，或者也是妇人的丈夫。那是这家妇人等不来娘家人接她，便让丈夫送她回娘家，也便有了这幅木版画。

春牛图

《春牛图》据说是在春日张贴，并要举行"打春牛"的民俗活动。

鞭打的那"春牛"，可以是泥塑、草绑或纸糊的。"春牛"肚内装满枣儿核桃，身上挂满枣儿、核桃，众人用柳条或者彩鞭打牛，直到将"春牛"打烂，将那身上挂的、肚内装的枣儿、核桃打得掉在地上，众人抢拾一空。

我没有经历过"打春牛"风俗活动，本来想不起要写什么。可是，这一幅春牛图感动我心。牛以勤恳生存。万物苏醒的春天，牛迈着壮实的四肢，拉着笨拙的木犁，在田间耕出一条条沟壑。牛拉着耙，抹平它走过的一个个脚印。在我的记忆里，牛的脊梁上总是有着豆大的汗珠。牛奋力向前时，它的头低下来，那弯如月芽的两只角儿亲吻着大地。这时候，你能看到牛一步一步的艰辛，能听到牛儿粗重的呼吸……

牛没有丝毫的怨言，只要它无灾无病，主人一拉缰绳，它那苴健的四只蹄儿，总是心甘情愿地向前迈，向前迈。牛从来不知道将要干的活有多少，会有多么苦，多么累。牛就是这样，在艰难中走过，一天又一天。

《牛郎织女》里头，牛是天上一颗星，因犯了天规，罚它下地耕耘。我想，凡是看过这个剧目的，不管大人还是小孩，只会喜爱牛郎。说牛郎是天上的神仙，大家听着很好，对牛郎犯了条律倒不大记得了。

站在这一幅春耕图前，久久注视，我想起了小时候的窗花。

那麻纸糊起来的白亮亮的窗户上，贴着用红纸剪出来的耕牛。那牛儿头上两只牛角中间，剪着一朵镂空花。这样的镂空花很好看地出现在牛的脊背上，出现在牛的肚子上。剪纸的老人或者姑娘，她说这是花牛。如果手更巧一些，会剪一头牛，牛后头拉一犁，还有一个撑犁的弓着背的老汉。

《春牛图》木版画里，那黄牛，头戴红花，背上一个花垫，垫上一盆红花。黄牛儿嘴巴里衔着一根草似乎在走。牛蹄儿旁边，是绿草红花，是刚刚苏醒的麦子。牛后头跟着一个手拿棍棒的童子。那童子穿红袍绿裤，一副欢快的神情。天空中，一东一西飞着两只鸟儿。那鸟儿头儿朝下观望。鸟儿中间东倒西歪地写着字儿，那字是：

"我是上方一春牛，

着我下界遍地游，

不食人间草和料，

丹（单）吃散灾小鬼头。"

三年孝

小时候，常常在老年人屋里的墙头看到这幅图画。

前巷的张三奶奶家，后巷的李四奶奶家，她们家房屋里都不敞亮。在这暗的光线下，你会看见北墙，或者西墙上贴着《三年孝》。

《三年孝》，好高的一幅画。画的最高处，居中写着"三年孝"。画中有许多空格。那格子一排又一排，阶梯一样，一层层叠着。排与排之间，用一绺的小莲花相隔，那小莲花一朵朵，莲心向上，像在水上漂浮游荡。

画面整体黄色调，里面间或有些浅绿。

从最高处下来，两边一边一个红灯笼。正中一牌位，两旁设两个小牌位。牌位上用笔写着字。

接下来一排，正中是一幅小图画，图画两旁空出一些格子。那小幅的图画里，一颗火红的太阳，照在山梁上。那山梁高高低低，河流一样。

往下，正中是香炉，香炉两旁一边两个烛台，中间一边一个烛台上点燃着蜡烛，火光摇摆的样子。图画两边空出的格子比上面一排多出一些。

往下，正中又是一颗红太阳，不过，太阳更红。太阳下是起伏的山峦或者河流，两旁空中的格子，比上排又多出一些。

往下，居中，是一块方地毯。那地毯鹅黄底子，中间一朵绛红色的花，花朵生长出四片绿叶，舒展着。这朵花儿的四周，是花朵围成的边纹。那花很清晰，是一朵又一朵的小莲花连在一起。地毯外，居中处有一个花件摆设，或者也是香炉。

再往下，是门。门两边一边一幅图画，左幅图画是蜡梅，右幅图画是松柏。门前是三级台阶，门两旁有雪白的墙头。墙头外面，左边跑来一只仙鹤，右边跑来一只小鹿。小鹿的左前腿正在往前迈，仙鹤的两只翅膀扑棱着，像是刚刚飞落地上。

正月里，小孩子跟着大人到各家拜年，磕完头，抬起头来，看见这幅图画。小孩子刚刚认识字儿，望着这幅画，能念出最顶格中间那三个字：三年孝。

小孩子长大了，村里的老奶奶们相继去世。村里家户屋里北墙上、西墙上，不见《三年孝》。正月里拜年，小孩子一堆一伙跟在大人身后，出这家进那家，他们进去没有《三年孝》，他们拜下去，仰起头来，眼前最多的是装了照片或者画像的相框。

再见到《三年孝》，知道它原来是木版画。那一层层叠着的一排又一排的格子，是牌位，按辈分排列，用来写先祖的名讳及逝世年月。

这幅《三年孝》里头是不是有更多的由来呢？

麻将牌

　　见过这样的麻将牌，却不知道这些原来是木版画。这样的麻将牌，也叫纸牌。纸牌有两样不同的木版画，这两样木版图样，我都见过。

　　纸牌是一个个硬纸张，窄窄的长方形，共 30 张。我看见老婆婆手指头在嘴唇上不停地抿着，从席子上将纸牌一张张揭上来，又一张张打下去。那纸牌一张张下去，像秋叶一叶叶落下，席页斑斑驳驳。

　　我看老婆婆打纸牌，听她们一边打一边说："二万，九饼。"

　　这些纸牌的念法与当下的方块麻将没多大区别，如果说有区别，那就是牌的形式。这些纸牌被老婆婆们一张张揭上来，像握扑克牌一样，在手里扇形排列。

　　老婆婆玩纸牌，也叫"抹牌"。她们玩一个上午，或者一个下午，将纸牌收起，撂一沓，用手绢包了，放在一个隐秘的地方。

　　民间从来恶赌。老婆婆玩纸牌，有些偷偷摸摸的意思。她们急着要去抹牌，走在路上，碰着王六，碰着麻五，她们不说要去哪里，手往前伸，指头乱点，一路小跑着过去了。

　　但王六麻五都知道老婆婆是去抹牌，悄悄笑了。抹牌的人，走路的脚步有些浮，一浮，走起来就浅，火烧火燎的，如同急着寻厕所一般。

　　抹牌的老婆子，坐在黑乎乎的屋子里，坐一圈，你打她打，打着打着，就吊脸子。为了这个打得慢，那个打错牌。有的输了牌，火大，将纸牌用劲一摔，扭身走掉。但她喜好抹牌，就像小孩子老想吃糖，过不了两天，就又来了。以后，再恼了，也不扭身走掉，相吵着，恼了又笑了。

　　抹牌人丢了脸，自己又捡了回去。

　　村里有一辈子爱抹牌的女人。为了抹牌，她跑东村，跑西村，到处跑。她从一个年轻媳妇跑成了一个老太婆。她是这样爱好抹牌，她家儿子都娶不来媳妇了。

后来，抹牌成了打麻将。老婆婆的纸牌似乎随着她们一个个离开人世，不见了踪影。村里人也很少抹牌，只说打麻将。这麻将不是悄然默声的纸牌，是吧嗒吧嗒的麻将子。他们说二万，六饼。说这些的不只是老年人，更多是年轻的男人女人。

土地堂

屋门外，左手旁侧的墙上，有一个小窑。那小窑砖砌，前窑门顶中间砌成葫芦形状。母亲说那是土地窑。

看着这幅《土地堂》，我想当年我家屋门左侧的土地窑，就是贴土地神的地方。

我记得家里的土地窑里贴过这样的画，但只有很少的几次。土地窑里，常常放着家里的钥匙。小时候，家户的屋门院门经常不锁。主人出去到邻里这家那家串门，将院门的锁链搭住就行了。

母亲要赶集或者出门走亲戚，就把钥匙压在土地窑里的一块砖头下面。回来，母亲先走向土地窑，手伸进去，拿出钥匙开门。这样的情景，我看过无数遍了。那时，我的个子长得跟土地窑一样高了。

我家的土地窑空空的，很多家的土地窑也都是空空的。我倒记得在一家土地窑里头看见一个石头老人。母亲们在屋里说话，我站在那家屋外的土地窑跟前，看半天，居然从里头将那个石头老头儿拿出来，端回屋里让母亲看。母亲"呀呀呀"惊慌地站起来，一把从我手里把石头老头儿夺了，说："那是土地神呢，你怎么敢动！"

我还见过一家土地窑里头是一个绿色的琉璃人儿。那也是个老人，他的头发是绿的，他的胡须眉毛都是绿的呢。他穿绿袍，拄拐杖，弓着背，显出喜悦的样子。我极爱这个土地神，但我没有敢拿他出来，只是伸手在他身上摸摸。

电影电视里的土地神见了不少。土地神从来都是一副笑哈哈的样子。他时常从土地里冒出来，又悄无声息地缩了回去。他的个子矮矮的，脊背拱着，点头哈腰，一副好说话的样子，一脸的好脾气。

土地的好说话，流传于民间。有的人家，孩子长得好，便将孩儿认到土地神跟前，保佑平安。

这张《土地堂》上面，正中坐着土地爷，果然穿绿衣袍，手拄红头拐杖。白头发白胡须，一脸慈祥。他身前有一台文案，案上放着两支毛笔，一个砚台，一纸文书。文案前左边站着一个穿红袍的文臣，双手持土地簿，右边站着一个小鬼头，上身裸着，手拄狼牙棒。土地神口微张，笑呵呵。

马王爷

I

木版画里，四套车辇上坐着马王爷。这四套是马、牛、驴、骡，它们一齐向前。左边马夫脚步飞快，右手高举马鞭。右边马夫似乎刚刚在骡子身上抽过一鞭，只见那骡子不听话地将脖子弯过来，像要责难马夫，却不想看见车辇上坐着的马王爷。马王爷笑着，头上戴冠，胡须髯髯，坐在辇上，头顶罩着一个光圈。马王爷身后有一坛坛的金银，周围有团团云朵。

听说"马王三只眼"，今日算是见识了。马王爷额头上的那一只眼睛，竖着，很明亮。马王爷身后两侧打着标旗，一边写着"日进斗金"，一边写着"牛马平安"。

这幅木版画里的文字介绍，对这副标旗有些怀疑，说"马王爷代替财神的职责了，可能是民间将马王爷与财神混淆了吧"。我倒觉着这句介绍文字欠妥当，好像财神进财，马王爷就不能进财了。牛马本身就是农户人家的财富。牛马耕地拉磨，本来就是农家生财之道。马王爷保佑牛马平安，也能"日进斗金"。望着这幅黑白木版画，我仿佛看到了院子里金黄的牛，看到套在大车上的红色的骡马，看到黑色或者灰色的可爱的小毛驴。

II

　　七八十年代，家户养牛马。六七十年代出生的农家孩子，是看着牛棚马圈长大的。

　　家户有牛马，一般喂在南院，或者西边的牛马棚。牛马圈中，有长长的石槽。石槽是整块的石头，里外有凿出来的印痕。那印痕像梳齿，像杨柳飘扬，却不如杨柳流畅，也不似杨柳柔软。石槽的坚硬，是天然的，不是人力能为。石槽边沿的弧度，不知道经过多少风雨的侵袭和岁月的打磨。

　　牛棚靠南墙或者西墙。其建法是首先将两根粗木桩坚实地栽在地上，然后用细木料搭架，上面铺厚厚的草秆。牛棚下面，有一个长长的石槽。春夏，石槽里面是嫩绿的草。秋季，石槽里会有玉米秆。秋天的田野，有各样的绿草。割回来的牛草里，有鸡冠花、牵牛花，有水葫芦。这时节的牛，像是过节，那石槽里的草不只是吃着好，看着也养眼。那牛，低着个头，不慌不忙地吃。牛吃草，舌头一卷一卷的，粉红的打碗花被卷进嘴巴，绿生生的水葫芦被卷进嘴巴，能听见牛吃绿草噌噌地响。冬天，石槽里是铡好的麦秸秆。那麦秸秆，拌了水，也不伏贴。牛把鼻子伸下去，嗅嗅，舌头伸出来，又空卷着回去，实在无奈，卷一两根咀嚼，将头高高抬起，左瞅右看，对着主人房屋门"哞"一声。这时候，牛的眼睛都要睁不开了。我站在旁边，看着它，直为牛难以下咽发愁。主人知道牛看着牛槽里干巴巴的麦秸秆老大不情愿，便在牛槽的麦秸秆里洒些秋皮，将牛缰绳拉起来，将牛头往下摁摁，牛又一次吃起来，但吃相总不十分香甜。

　　牛槽旁边有一口大铁锅，里面水汪汪的。牛喝水，头低下去，鼻子都没进水里了，听得一片咕咚声。

　　如果不收秋打夏，牛喝完吃完，就卧着。牛卧着的样子，让人看着心里踏实，特别是主人打开院门，一眼望见它稳实地卧在牛棚里的时候。牛是家户人家要紧家当。牛卧的姿势像女人盘腿，很优美，前后腿屈起来，头很精神地扬起来，嘴巴不停地在嚼。如果你看它，它看着你，尾巴小小地甩一下。如果你要拉它，它一跃，就站起来了。

如果天要打雷，牛在棚子底下会惶惶不安。闪电来了，雷声炸响，牛"唔唔"叫着，这边走走，那边走走，前蹄这只抬抬，那只抬抬，扭着缰绳，像是要脱缰飞奔。雨来了，牛站在牛棚下面，安静一些了，默默看着大雨哗哗啦啦，瓢泼一样。雨停了，牛棚里这里那里滴着雨滴。牛不知道什么时候卧下来，嘴巴又嚼开了，一边嚼，一边听这里那里的雨水渗透草秆的声音，听哪儿积蓄了一大滴雨，"啪哒"滴了下来。

天气晴朗起来了，牛看着湿湿的地皮，它像平常一样沉默。

Ⅲ

早年，饲养院是牛马的集聚地。村子西北角有一处土崖，这土崖牵牵连连，由北拐西。饲养院窑洞朝西，朝南。清晨，太阳升起，饲养院一点点亮起来。半早晨光景，太阳照上饲养院边角，一点点映红饲养院。中午时分，太阳照到东边窑洞门前，照上窑洞门口黑瓷水瓮的大肚子。

饲养院南边一溜矮土墙倒塌了，塌了的墙头，成了一圪楞，圪楞外积着大堆的牛粪马粪。每天，牛马大车，停在这里。套在大车里的牛马，脖子挂着铃铛，浑身绕着绳索，那绳索是项圈缰绳肚带之类，左右着牛马前走后退转弯儿。牛马车停在粪堆旁，一伙手拿铁锹的劳力往车上装粪。那粪是一个月或者两三个月积起来，也不完全是牛粪马粪，粪里面掺了土。饲养员每天将土担到饲养牛马的窑洞里，撒在牛马站立的地方，十天半个月便将牛马出圈，将饲养牛马的窑洞清扫一遍。洒水清扫过的牛马住的窑洞里，青草气味和着温暖的尿酸味道。窑洞门大开着，门帘搭起来。牛马窑洞清扫过的地面，撒几大把石灰粉，圈里就不会太潮湿。

现在，堆积在饲养院墙根外头的牛粪，被劳力铲到大车上。开始的时候，能听到积压成块的粪团撂在车板上，"咚"的一下。七升八落的铁锹铲起的粪团全朝着车厢飞来，乱舞的铁锹一把把做着舞蹈。很快，粪团淹没了车板，听不见咚咚的声音，有的只是劳力们的谈笑。他们谈论车厢装多少，得装多少车，谈论家常，相互开玩笑。牛马骡子听着劳力们的谈论，眼睫毛眨动着，静默着，不时将蹄子款款挪动两下，有一匹马将蹄子高高地抬起，不知道是缰绳系紧了不舒服，还是站得久了，有那么点儿焦躁。这小小的响动，让大车摇摆起来。大家能听到牛马脖子上系的铃铛叮咚作响。那蹲在一旁，边吃旱烟，边看着大家伙装车的吆车把式，站起来，走到牛马跟前，低头看系好的缰绳肚带，松松或者紧紧，用手在马背上拍拍，抚抚马头，或者也能假装恼怒地对马吼一嗓子，好让牛马安静下来。

村子里小孩子玩耍的两块场地，一个是打麦场，一个是饲养院。星期天，清早或者吃过饭的孩子们，成群结伙来到饲养院。他们手里举着棍子，当作旗帜或者大刀，嚷嚷着，跑得啪啪作响，在饲养院左冲右突。从牛马房门口往里看，除了牛马食槽，还有墙头上挂着的各样的家具。马项圈是记得的，马鞭是记得的。那马鞭扭得麻花样，梢头系着红布头。牛马养在土窑里。靠门开一个小窗。临窗口盘一炕铺，铺上放着被褥。饲养员白天守着牛马，晚上便与牛马一块过夜。

夏季，饲养院里搭一溜凉棚。牛马从圈里被拉出来系在棚下。孩子们跑累了，站住看牛马。新生的小牛犊或者小马驹在学步，它挨在母亲身边，身子蹭着母亲。有的小牛犊或者小马驹会跑了，蹄子扬起来，屁股撅着一颠一颠，显摆似的跑得像风一样，突然一个急刹，回望，将头自个儿甩来甩去，像要得到奖赏。它会突然一个趔趄，那是它的前小腿或者后小腿打了闪。但它很快站稳了，在跟一只飞来飞去的蝴蝶玩耍，头仰起着，急转弯儿连连打圈儿。蝴蝶在它鼻头儿上碰一下，逗弄着一下子飞高飞远了。小牛犊马驹儿望着远去的蝴蝶，有些失望，但它很快又稀奇地看着过来的孩子们。它们先是站着看孩子们跑，渐渐搅在孩子们当中，跑离它们母亲的视线。它们的母亲会"姆"或者"嘛"地叫唤，那牛犊或者马驹便跑回来，寻找母亲。

孩子们跑饲养院，或者与饲养院里的麻糁有关。麻糁是马料，圆圆厚厚的一坨，大小有如锅盖。那麻糁一坨坨撂起来，一人高，黄生生的。孩子们偷着从上面掰一块。他们用嫩的牙齿，狠狠地在麻糁上咬。能看见孩子们咬麻糁张大的嘴巴，那嘴巴张得老大，以至牵动了眉毛，眉毛也扬了起来，像是要骂人。麻糁在嘴巴里嚼，似有油香味。

中午过了，饲养院里的光一点点暗下来。下工的劳力们扛了锄头镢把路过饲养院，他们带走自家的孩子。孩子们一个个离开饲养院。西边的天空，湛蓝没有飘浮的云丝，那湛蓝也一点点暗了。饲养院静下来，雾麻麻一片混沌，像清晨太阳出来的时候。

晚上，灯光从饲养院的窗户透出来。这暗的灯光，温暖的颜色，裹上饲养院的窑洞。人们对于饲养院，怀着特殊的情感。饲养院窗户口透出的灯光，在村人们眼里，与邻里窗户口的灯光一样。人们对于牛马有跟人一样的情感。

村里常有喂猪的妇人因为猪被杀，号啕大哭。如果家养的一头牛一头马，要拉到集市上去卖，家里的主妇是吃不下饭的。在牛或者马要离家的时候，主妇常常早早跑出门去，躲着不愿看到与她一块生存好几年的牛或者马从门里拉出去。她知道牛或者马被拉出去便不会再见到了。女人感情丰富。男人遇上牛马要离家的时候，要给牛马梳理身上的毛。以前他似乎与牛或马毫无感情，而现在牛或马将被卖掉，他多少有些不舍，看着即将被拉走的牛或马，张手在牛、马的屁股上拍拍。那牛或者马似乎也知道它要离别原来的主人，"哞"地叫一声，或者高声鸣叫一番，那是告别。日子一天天过去，男人常常想起来那卖掉的牛或马，叹着气说家里那牛马再没有能比得上的了。更有那小牛犊小马驹，家里留不得的时候，全家人难过心疼，连小孩子都会拦着。小孩子每天跟小牛小马玩耍，生出感情来了。牛马就是这样，牵动着人们的心。

IV

收麦季节，是用牛马时候。麦子铺了一地，变成一个个麦娃娃。麦娃娃三个五个被劳力用扁担挑到地头，一只只麦娃娃被摆到车上。装车把式揪着麦娃子，一个个在车底横横竖竖地铺排，看似随便却是有讲究。在这样打起的底子上，麦娃子一直往上摆，摆到一人多高。那一大车麦子不扭不歪。嘎吱嘎吱的大车，一路响过，走过路上的凸凸凹凹，只听得大车咯吱响，看见大车上的麦摆子忽忽悠悠荡在高空。那一人多高的麦顶，坐着两个人，像正月里的抬阁一般，随着麦子忽悠摇晃着。突然的一声炸响，那是摇车把式当空甩了一马鞭。在"驾驾，吁吁"的间歇，还能听到高亢的歌声，能听到几句戏文，唱得不够准，听着不离那个味道，猛一听，还当哪里开了戏匣子。牛马骡子蹄子嗒嗒着，离很远就能听见。那马铃咕咚咕咚，听着马铃铛，便知道车走得快还是慢，便知道车走在平坦的道上，还是走在泥泞里。如果是泥泞，马铃儿是响串儿，那马蹄子急，是那种小步儿的，总想要落到一个能支住脚的地方，好让车爬出泥滩。这时候的牛或者马将头低着，像是前面来了一个对手。它的眼睛直瞪着地面，那眼睛也是在用劲，那梗着的脖子，弓着的背，是在使出全身的力气。牛马不省自身的力气，禀性如此。

碾场。一只老牛，拉着一碌碡，在一个人的牵动下，沿着铺成圆垛的麦场转圈儿。碌碡吱扭吱扭的声音在太阳晒着的麦场上空回响。碧蓝的天空下，一只鸟儿飞过，仰头看见鸟飞展的翅膀。那翅膀静静铺开着，时而扇动两下，像在水上漂一般，越飞越小，远远地，听见"啊"的一声，消失了。那牵牛人，头上扣一顶大草帽，一只手松松地握着绳索，一只手装模作样挥着长鞭。胡乱打散的麦把子，七短八长支棱着，离地尺把厚，被过来的牛蹄踩踏着，被吱扭着的碌碡碾压一遍，矮下去。牛拉碌碡的时候，像爱思想的老者，慢慢儿一步一步，闲庭散步一般。牛拉碌碡在圆垛的麦穗儿上面，走一圈，再走一圈，似乎还是在走那一圈，但走过三圈四圈，我们便看见牛拉着碌碡一点点挪近麦垛中心了。这样将铺开的麦子走过一遍，那天上的日头都走了好长的路。走过两遍三遍，麦穗儿服帖地挨住地皮，麦秆儿看起来粗糙的袍衣褪掉了，露出里面乳黄的麦秆。这乳黄的麦秆在太阳光下是晶亮的。碾场到下午，太阳底下晶亮的麦秆成了薄薄的碎片，碎片下面是饱满的颗粒。

马拉碌碡碾场，得有一个牵马的好把式。马进到铺好的圆形麦垛上，先一阵乱踢，像淘气的孩子被逼着做一件他根本就不愿意做的事。好不容易扭住马缰绳，让马入套，开始转圈。只见那马呼哧着，脚步乱如点鼓，手里的缰绳稍稍放松，那马便一下子出溜了，不知道是受惊，还是怕累，远远跑到麦垛外面。这时候用布捂住马的双眼，摸着黑，马一点点安稳些，但它还是腾腾地走着，一跃一跃，看着有使不完的劲。

  用驴子碾场，便省事得多。牵驴缰绳的人，拉着套好的驴子，转几圈，看麦垛儿服帖了，蒙住驴子的眼睛，走到一个高高的麦垛根下，摘下头上扣着的大草帽一边坐下来一边扇凉。如果背后的麦垛能够半躺，那人便能眯一小会，睁开眼，那驴不急不缓拉着碌碡吱扭吱扭还在那里转圈。那吱扭声韵味十足，似天籁之音。铺开的麦垛更显得薄了，那薄的晶亮的碎成小片的麦秆中间，有胖胖的麦粒露出头儿。蒙着眼睛的驴子，默默地转着圈，它嘴头系着一个布包，里头是它嚼食的料，也是怕它吃新碾的麦子。

V

  收秋种麦，牛马大车上放着耕地的犁，那粗笨的木犁，S状，像一个人永远地伏在那里。耙平放在车板上，四周耙齿像龇出来的锋利的狗牙，这些尖比狗牙的耙齿，在深深的土地里，磨得精光，发着青蓝色光。耱是密实的条子，一条条紧挨着，这里那里的凹处，积着一小点的土沫。两条粗壮的辕杆，挂着牲畜的项圈儿套项儿绳索肚带。这个牛马大车像开了个杂货店。牛去吃草了，马去吃料了，只有这大车，停在焦热的太阳底下。

  农忙季节，牛马每天不闲着，大多忙着犁地。远远地，慢腾腾的牛，在地头蠕动，响亮的哒哒咧咧声传来。走近了，看见那耕地人奋力往前推着犁拐，那犁经过土地，湿的泥土从深处翻出来，新鲜的草根儿抛露着，蚯蚓被挖出来了，被拦腰折断的蚯蚓挣扎着要续上另一截。偌大的蚂蚁张皇地四处逃窜。但牛顾不了这些，烟囱似的鼻孔喘着粗气，挣着脖子往前拽犁。牛眼睛圆睁，浑身流着热汗，苍蝇蚊子缠在它周围，但用力耕地的牛，似乎不能随意甩它的尾巴。只有耕地人歇下来，牛尾巴才连连甩着，蹄子抬动，连踢两脚。牛浑身的汗水让金黄的牛毛变成褐红色，贴在身上。或者是为了撵走苍蝇，牛将头狠劲摇晃两下，摇晃得浑身的绳索晃动，微微发出响声。牛犁地就是这样，慢慢地，从北头走到南头，又返回到北头，那犁过来又过去，一行行，像墨的画。耕地是那样的辛苦，将犁过的地说成墨的画，真觉得对牛是一种亵渎。牛力也不是无穷尽，如果牛实在累，便要卧倒。那耕地人举着牛鞭左右吓唬，牛就是不起来，耕地人将手里的牛鞭抽打下去，接二连三地打下去，那牛慢慢地起来了。也有牛熬不住抽打，忽地起来，带着缰绳犁头胡乱地跑，那是牛犟了。牛犟起来，是厉害的，得费半天劲，才能安抚。

马犁地，跟牛是两回事。牛犁地，一路的大大咧咧，抬头望，像还磨蹭在老地方。马犁地，那掌犁的得是个利索好把式，步子跟得紧。马走起来，长颈鹿似的脖子，一扬一扬。马腿长，在田间走路，跳跃着，像做着舞蹈。但这样儿的舞蹈，受着烈日的暴晒。马脚力是勤快的，从地东头过来，小孩跑步一样，一会儿工夫就奔到西头了。耕地人常常要马在树荫下面歇口气儿。那马，套着绳索，眼睛睁着，闪着玻璃光，马累了。马累不像牛。牛累了，依然安静，眼睛似睁还闭。马累了是焦躁的，马蹄子这里踢踢那里踢踢，在地上踩踏着，间或仰长脖子对着湛蓝的天空，呜哦呜哦号角般嘶鸣，然后声音一声比一声低下来，末了，呜咽一般，嘴巴就地，不知道吃了一个什么。

马从来昂着头，很少看见有低头耷脑的马儿。有牛车，也有马车。牛车慢腾腾，马拉车，趾高气扬，脖子上哗啦哗啦地响铃铛，远远就听见了。马拉小车在路上一溜烟儿跑，马头上系一个火球，那火球艳如蓖麻长出的红缨子。马车跑过来，真有几分风光。

马除了犁地拉车，还有用场。正月里红火，打头的是骑豹马。骑豹马是正月故事当头节目，声势威风都有了。马脖子挂着哗啦哗啦响的大串儿铃铛，那响声咕咚咕咚响一街。马未到，铃铛的响声早到了。马跑起来，"嗒嗒，嗒嗒"，步履远不是牛能比得了的。马的毛色，细光鲜亮，长长的马尾巴，鞭子一样。大街上，两边涌着人，空出来的街道，让走马。两马对跑。这匹马跑过来，那匹马跑过去。那红色的马匹，旋风一样，一街"嗒嗒"的马蹄声。街尽头，被勒的马，前蹄扬起来，高嘶一声，骑马的人穿军装，戴墨镜，一声长"吁"，身子后仰，只见马头扭转过来，向着前方，扬长而去。

VI

牛马伙伴里还有小毛驴。

小毛驴，乡间小道常常能看到。小毛驴跑起来，轻快，小跑步，一路"嗒嗒嗒"。靠山住的家户，上山背炭。大户人家上山取炭用骡马，小户小家上山取炭是毛驴。

毛驴在日常生活中显得尤为实用。毛驴或者一头牛、一头马，便是小家小户的全部家当。与牛马相比，小毛驴随和得多。马是暴烈的，毛驴儿纯朴友善。家户麻纸窗上的剪纸，会是一头牛或者一头马，但都不如能看见小毛驴的剪贴，让人感到家常亲切。小毛驴一般是黑色，也有灰色。小毛驴不像马有长长的毛发，而是短短的，简单。小毛驴眼睛是善的，脑袋有点像鹿，额头或者鼻子上总有一点与身子不同的颜色，像人身上长痣。

小毛驴常常架一辆小木车。车厢里是半袋麦子，或者是刚从街上买回来的两把镰刀，也能是空着的，只坐着小毛驴的主人。你正走着，后面隐隐响起"嗒嗒嗒"的声音。你往边上闪，便有小毛驴轻快地拉着车从身边闪过。那毛驴的主人拢着两只手，坐在车辕上打盹。那车晃晃荡荡，主人的身子跟着晃晃荡荡。车忽然的一个颠簸，那是路上有一块小石头或者有一个小坑洼。那车的主人惊醒过来，睁开眼睛，看到微风吹着嫩青的杨树叶，看到眼前是熟悉得不能再熟悉的那个小慢坡。主人的眼睛渐渐合拢，又回到他懵懂的状态了。小毛驴认识路，会一直拉着他回家。

一个人骑在毛驴背上，晃晃悠悠地走。那是只灰色小毛驴，脖子戴着铃铛。戴着铃铛的小毛驴走起来或者跑起来，是一串碎碎的铃铛响。毛驴背上有时驮着布袋。那布袋装满着谷或者豆子，也会是玉米和小麦。这便是驴的随常处。没有主人把一小袋豆子或者小麦放在骡马的背上，或者牛背上。牛真是太慢了，只有犁地拉耙。马性子又太急，没有人喜欢跟着马走。只有小毛驴，是人的好伙伴。

小毛驴可以用来接客。娘家人想念女儿，便打发人拉了小毛驴去接女儿。洗干净的小毛驴，背上驮着红的或者蓝面的褥子。妇人骑着毛驴，臂弯里挎着蓝花包袱。包袱里头，装着她要做的针线，或者也是两件换洗的衣服。妇人脑后的发髻，盘得细密，乌黑油光，鬓侧一朵鲜花。少妇是光鲜的，走动着的小毛驴体面的模样，越加的可爱。

正月十五闹社火，流传一个节目：前头一个人，一身新郎打扮，头戴宽檐礼帽，身穿长及脚面的礼袍，手里的折扇打开着，边走边摇。身后一头小毛驴儿，毛驴上骑着个俊俏的小妇人。那妇人发髻黑漆油亮，插着一朵红花。妇人的眉眼描过了，脸上擦着胭脂，嘴唇红嘟嘟。她身上的衣服，红绸子袄绿绸裤子。那红绸袄外面戴绣花兜肚。兜肚上面绣着的牡丹，也是夸张的，色彩极为艳丽。妇人脚上是闪亮的绸缎鞋，那脚是小脚，脚尖头俏俏的，模样有些假，是纸糊成搭在毛驴两边的，绿绸裤脚儿遮了痕迹。这个装扮起来的，骑在毛驴上的小妇人，扮演的是一个古时候的妇人。妇人后头，跟着一个穿得破破烂烂的人，那衣服补补缀缀，叫花子模样。新过年的街道两边，涌满着穿新衣看热闹的人群。大家尽力将头伸着，只见那穿礼服戴蓝礼帽的人，有几分相公模样，晃晃悠悠在前面走着，那脚步有点儿摇摆，带点儿戏台步，却又不完全是。那骑驴的妇人，被驴子颠着，花朵儿乱颤。紧跟着驴子，走来那破破烂烂的叫花子。街两边涌着的人群"哗"地全笑了。那破烂的叫花子，戴一顶破烂的瓜皮帽，手里拉着打狗棍。他的脸也是化过妆的。脸上扑了粉，那粉到他的脸上，成了灰泥，似乎粘在他的脸上，不肯消融，有点像狗粪上下霜。他扑着粉的脸蛋上，一边一个红圈圈。这个红圈圈是明显的。显得他那两只眼睛小得往下陷。他的两条眉，画成一个漆黑的八字儿。他走一步，歪几歪，像脚底板疼，其实就是装出来的瘸子。他的眼睛盯着驴屁股，准确说是盯着驴背上那小妇人。他偷空儿在妇人的脚上捏一下，那妇人惊叫一声，一边惊叫一边喊前头晃悠的"死鬼"。妇人每惊叫一声，驴儿受到惊吓，都"哦、哦、哦"，一连串叫唤。一街的人，喊着笑着，非常热闹了。

VII

牛马一天比一天少，小道上，偶尔能看见小毛驴的影子。那是一辆毛驴车。车上，还是那毛驴的主人。那主人腰驼得很了，两手袖着，打着盹。那夹在腋下的鞭子松松地垂着，鞭梢儿像秋冬树上挂着的一枝柳条儿，在空中无力地摇荡。那毛驴儿一步一步走着，也有点老了。那木厢车里空荡荡的，从慢坡上来又一点点下去了。又有一次，蒙蒙雨，看见那个毛驴老汉，他没有像往常一样轻快地骑着驴，而是让驴走在他身侧。他是不舍得骑他的驴吧？他似乎从不想有一天要卖他的毛驴。那毛驴成了他的老伙伴，他不知道是驴先他而去还是他先驴而去呢。

初冬，静寂的饲养院围墙外头，停放一辆胶皮大车。那闲置的胶皮大车，木头剥落着，像恐龙架子，支在太阳处，空着的两只辕杆高高地朝天翘起着，像举臂呐喊，为安闲感到焦躁。呼呼的冬风吹过，掠起地面的土扬起来，饲养院便在一片黄尘中。深冬时候，地面的土被狂风刮抹干净了。风过来，吹得人要跑。目光从村口的饲养院掠过，那蓝的天空，冷峻，明朗黛色的山，像骆驼峰，高低起伏。

要过年了，家家贴年画，贴对联，家里年岁大的人念叨：以前有"马王爷"贴在牛马棚里，现在不见有"马王爷"！在记忆中，从来不曾看见过我们家的牛棚里贴过"马王爷"，邻居家里的牛棚马棚里也没有，直到看见眼前这幅"马王爷"木版年画。但牛马的精神无处不在。在历史的长河中，牛马为农业生产劳动付出的艰辛，人们会永远记得的。牛马们与人类相处的那份温情，值得怀念。

喜神和合二仙

传说唐贞观年间，有一个叫万回的人，生性迟钝，不爱言语。他的哥哥在很远的地方，久无音信，父母非常惦念。一天，万回包好几张饼，对他的父母说，要给哥哥送去。说着出了家门，一路步走如飞。傍晚回来，带回哥哥的家书，书信封口上的糨糊还未干呢。从此，万回这个人在民间传开，人们将他当作团圆喜庆的神仙供奉，希望万里之外的亲人能早日回家，合家团圆。

喜神和合二仙的木版画不像美人图或者麒麟送子那样鲜美精致。这张木版画，像小学生画。个头大点的那个神仙，站着，那眉眼儿像木头刻出来的，或者是泥捏出来的，线条一点也不柔和。那鼻子就是一个三角形，眼睛大大的瞪在那里。他的左眼还周正，右眼离鼻子太近，眼角都跑到鼻子那里了。这个神仙脑袋光秃秃，一根头发也没有。他的神情说不上来，嘴巴一条线儿，像只小船，两头往上翘，带着点儿喜色。他穿的衣服，说不上来，只见上面有许多的道道，横着的，竖着的，斜着的。

画里还有一个神仙，只露出小半个身子，不如前面那个神仙高大清晰。这个神，也是简单的线条，右眉毛那一弯儿都画到鼻子上了。眼睛似乎是向下看，头发隐隐约约有两个小山头，像古时候男子头发在两角总起来。他的衣裳干脆什么也不画，我想他或者光着上身，或者穿的是白布褂。

画里除了一高一低两个神仙外，是弯弯曲曲的道路。可以说整个画面，道路占去三分之二的样子。那路有宽点的，有窄点儿的，这条路跟那条路相搭，没有规则和章法。一开始看这幅画，以为这些画出来的道道是缭绕的烟雾。神仙嘛，就得烟雾升腾。知道有这么个传说，再看，便知道那烟一样弯曲着的是道路了，传说中的万回就是在这样的道路上飞一样穿行。

我想象这个不喜欢言语的万回，我想象他飞奔的模样，他的腿很长吗？他的双腿长了会飞的羽毛吗？

生活中，看到的都是平常人，他们从来都是一步一步走着，走得都不像要飞起来的样子，也从来没有看见过哪个人真的能走得飞起来。可是，传说里有，并且还是有名有姓有来历的，还说他生性迟钝，不爱言语。这样的传说比小说似乎更可信。

使　者

家里有小孩子，难免这个那个有病痛。母亲让小孩子躺在炕上，用被子蒙住小孩子的头，用三根竹筷从头到脚在小孩子身上点两三个来回，口中念念有词。然后，拿来一个瓷碗，碗里盛了水，这三根竹筷大头朝下，很快就站住了。那站在瓷碗里的三根竹筷，扭成一股，立着，像种在那里一样。

看着扭成一股站立的筷子，母亲说这是过世的祖奶奶"问候"呢，或者说是家里的祖爷爷"问候"呢。

水碗里站着一股竹筷，或者是在门边，或者是在水瓮旁，或者是在灶台上，这样站一个时辰、两个时辰，或者站一下午。突然当"啷"一声，东倒西歪地散成三根。母亲又让小孩子躺着，将头脸蒙住。母亲将水碗端起来，将散在地上的竹筷收拢，在水碗里蘸蘸，嘴里念经一般，又从头到脚在小孩子身上点两三个来回，然后送出门去。小孩子的病或者就渐渐好了。

如果这样，小孩子还是病痛，那就得"叫马"。

灶神爷前烧三炷香。拿一个瓷碗，里面盛了水，将一个小瓷酒壶倒扣着，站在碗中的水里，小酒壶上放着"马"。

"马"是四方块的黄纸，三张叠起来，对折成三角形。"马"放在小酒壶上，小酒壶放在盛水的瓷碗里，瓷碗放在点着香火的灶神前。

"叫马"的人，手握一炷香，口里念叨：

"神撞磕……碰着的，撞着的……草木之人不知道……"

念："土地土地常常生气，镢挖的，锹翻的，碾上土，磨套土……"

念的这些是说生病的人，糊里糊涂撞着神了。"叫马"人的念叨，是在给神小心地赔情。

"叫马"人一边念叨，一边将手里的那炷香在放着酒壶的碗周围转圈儿，在病人身上来回绕，香灰长出来，"叫马"人将它弹在盛着酒壶的水碗里头。

这样绕几个来回，开始"叫马"。"叫马"人将酒壶上面放着的"马"两头点着，火光闪处，留一抹黑色的灰烬缓缓从半空中飘落，落在灶台板上，落在盛水的碗里。然后，用放了酵面的水，冲到放着酒壶的水碗里。这时候，扣在水碗里的酒壶咕嘟嘟响起来。"叫马"人仔细看，她看见是东方，是西方，或者是东南，是西北。哪个方向响动，就是惹恼哪方神灵，"叫马"人将这水碗朝着那方向送去。

腊月二十三晚上，灶神爷上天，也得"叫马"。将墙上贴了快一年的灶神揭下来，烧好香，仍是裁好的三张黄纸，角与角对折，成三角形，两边点了，那"马"飞腾起来，灶神就"上天言好事"了。

正月二十三，财神爷生日。家家煮好饺子。仍是烧好香，开始"叫马"，仍旧是裁好的三张黄纸，对折，两边点了……

这张《使者》，画着一匹马，马上面坐着一个头戴官帽的男子。那马两条腿腾空，马尾巴直起来。这是一只快跑如飞的马，而"马"上坐着的男子，是神与人之间的"使者"。

这幅《使者》让我想起民间的"叫马"。老早时候，"叫马"烧的一定是《使者》这样的木版画。后来，"叫马"点的那方块黄纸，是将木版画简化了。但不管是前者还是后者，在老百姓心里，一样是"使者"。他来回穿梭于人与神灵之间，将人们美好的愿望带给神灵，又将神灵的恩赐回报大地。

值符使者

家中有病人，西医中医全看过，都说没病。

病人听说哪里的一个偏方，去看，不见好转。后来想到求神。

有病想着去求神，有点可笑。可是，真正要去求神，就得暗暗告诉自己不要笑，更不要说出什么不当的话来。求神回来，病人口袋里多了一样东西，那是一小方块白纸。那白纸跟现在的打印纸没有两样，上面写着字。那上面的字倒让人喜欢。那字这样写："日出东方照西墙……"

病人拿着它，每天念。

《值符使者》木版画，画着一个人，一匹马。画得非常简陋，人的眼睛是个圈，马的眼睛也是个圈。那人，那马，都只是有个大概模样。木版画上面有介绍，说这样的护符有多样，可以是吉祥物，可以是仙人神像，也有只有巫师道士才看得懂的"鬼书"。

望着这幅《值符使者》，原来那张小方块纸，是护符啊。

病人一边念"日出东方"，一边这里那里打听医生。有一天，不意打听到一个退休的老军医，当即去见。老军医很老了，在被卷上躺着，另一边还躺着一个，是老军医的老婆。老军医的老婆见有人来，费力地爬起来。老军医费力地坐起来。他的老婆说："他患风湿。"老军医也说："我患风湿。"

老军医两只手的手指一律向外歪，像柳树儿被风吹着了一般。老军医用他那一律歪着的手指，给病人把脉。把完脉，老军医说："能治。"

从老军医那里回来。病人喝了两天药，见轻了。喝了半个月，人一天比一天好，喝了一个月，人就像好人一个样了。

众神、月光神、火德神君、牛王之神、马王谷神（稷王）、药王、本命星辰

将以上众神放在一起来写，是因为这些木版画大多为焚品。众神是民间祭祀户神、全神、天地神时的焚品。月光神，祭祀月光神时的焚品。火德神君是冶炼、打铁、烧窑、祭祀灶王时的焚品。牛王之神，祭祀牛神时的焚品。马王是祭祀马王时的焚品。谷神，是掌管五谷丰登之神，是农人春节祈求一年农事顺利焚烧或者张贴的用品。谢宅兴隆是建房动土前祭祀太岁时焚品。本命星辰是人们求财、唤魂、配婚、祈求神灵时的焚品……

将这些放在一块，让我惊讶他们有如此之多。遥想远古，我们的祖先在天地之间是多么的朴素和虔诚！

人们祭祀月光神，是祈求给黑夜带来光明。那火德神君眉毛倒立，眼睛大睁，额头生火，两只耳朵都像是冒出两股长长的火苗，一副怒发冲冠的模样。冶炼工人们、铁匠们、窑工们得崇敬他，念叨

他，他是他们心中的神灵。牛王之神、马王之神是要崇拜的，牛马是农户人家的命脉。牛一生沉默勤劳，它的额头上有"王"字，是有名的犟牛呢。马王爷有三只眼睛。女人骂架，骂着骂着"马王爷三只眼"就拉出来了。女人说："怕你吗？你又不是马王爷三只眼！"马王在民间也是很厉害的。

谷神掌管五谷丰登。谷神木版画不管人物还是他们身上的衣着，都像谷物在生长的样子。中间那个大的神灵，长长的眼睛就像两穗饱满的麦穗。他穿的袍子上面有花纹，那花纹像一穗穗麦穗儿迎风荡漾。周边四个小神灵，他们头上的饰品，描绘着向上生长的谷穗模样。这里不管是大神灵还是小神灵，他们都不像其他神灵那样精致，他们的穿着看起来全是布衣。中间的神灵乐呵呵的，像邻居老爷爷，周边四个小神灵，像邻里大叔大婶子，他们一个个亲和地微笑。

农人春节时候，每天想的是地里的庄稼。他们祈祷着将这些图像或者烧给管谷物的神灵，或者将他们张贴起来。其实，木版画上的这些神灵，是农人自己的影像啊。

药王是健康的神灵。民间有药王庙，供奉的神跟木版画里的相像。

《本命星辰》木版画里，神的鼻子眼睛不是很清晰，衣服是竖道道，画得很随便。可是，画里的三个神灵，个个头上戴着光环，显出很灵光的样子。他们像是一排儿在走。

我想仔细写下这些，是因为看过介绍的文字，说《本命星辰》这幅画里的神灵能唤魂。

唤魂，就是叫魂。小孩子如果在哪里磕了，或者受了惊吓。大人就说孩子的魂丢了，忙着叫魂。

叫魂得两个人，一个手里拿孩子的袄，一个手里拿秤。他们在叫魂前，将孩子的袄在秤上称，然后走出门，走到孩子磕倒或者受惊吓的地方，将袄在那地方的空中趸趸，然后两人往回走。他们一个走在前，一个走在后。走在前面的问："回来了么？"走在后头的答："回来了。"

走上一截，又问："回来了么？"又答："回来了。"

这样一前一后回来，用秤重新称孩子的袄，比出门前果然重了，魂就叫回来了。

听到这些，心里觉得可笑。直到有一天，我听电视里一个人讲中医。她讲得不是很顺畅，但听得多了，一句一句，觉着很有味道。她讲到一个小故事，说一次爬山，导游在前面带路，大家在后面跟着往上爬。导游每走一会儿，都要停下来，回头看。游客问他为什么要这样。他说他在等他的魂跟上来。

听到这里，我想到民间的叫魂。

写了这么一些神灵，他们很多已经淡出现代人们的生活。就像火德神、牛神、马神、谷神……

人们每天用着钢器而不知道有火德神，牛马早被机器代替了……人们不迷信有神灵。他们多少年不祭祀谷神了，肚皮却吃得越来越鼓。保证健康神灵的药王，他们是扁鹊、华佗、孙思邈、李时珍……那些造假药，那些将人的生命视如草芥的"白衣天使"们，他们可还记得这些药王、这些神灵？

木版年画里的一个个神灵，他们不只是装裱了墙壁，让人间有新年的气象，也让人有了一种安全的依托。过去人们家家贴木版年画，他们想着贴了年画就什么都能求到。这是过去人们的天真，不过，心里有了这样那样的神灵，他们就有了纯真的愿望，有了良心的安宁。

粗棉布

棉 花

　　棉花是宝贝，村里人这么说，特别是老年人。

　　现在，人们图方便，将棉花用一种叫樟棉的东西给替代了。棉衣里的填充物是樟棉，这样做起来的棉衣，脏了，压在水盆里像洗单衣服一样刷洗。老年人行动不便，头昏眼花，却不讨这种便利。年轻媳妇一晃工夫就把一件棉衣洗了，比老年人花几天时间拆洗出来的棉衣，还要干净。老年人看见了，瘪瘪嘴，还是回家，拿出来自家穿旧了的棉袄，拆。

　　拆洗棉衣真是一件大活计。就说拆棉衣吧，那得眯细了眼，一针针用剪刀挑，挑了一排，还有一排，还要净布片上留着的线头。净线头，也累人。那线头，像长了腿的米虫子，一个个排着队，排得密密麻麻。捉它，它们又像一个个贴紧了墙壁的花虫子，一下两下，拿不掉。

　　拆掉的棉袄儿，四面摊开，占了大半个炕。将拆的布片儿，洗干净，晾在外面的衣服绳上，将取出来的棉花套，放到火火的太阳底下。

　　棉袄布片儿干了，棉花套晒得松软，收一回布片回去，收一回棉花套回去，铺好在坑上，用细的针脚一针一针缝。这时候，女人的腰弓得如半弦月儿，眼睛细眯着，才看得真切。那缝衣服的针，你看了好半天，好像只扎在一个地方，一点儿也不前进。你着急起来，到哪里转个弯回来，你发现，针并不在原来的地方，而是拐了一个弯，缝到另一行了。

老年人一针一针缝棉衣跟洗碗刷筷一样，心平气和的。她们说："樟棉，它哪里来的？又不是从地里头生长出来，可见，不是什么好东西。"

女人们宝贝棉花，只有女人才知道棉花是怎样从地里艰难地生长出来的。棉花，真如一个小孩子金贵呢。

开春三月，棉花落种了。过些日子，嫩绿的叶子，星星点点，一片又一片，仰天撑着，枝节一天天繁茂起来。

打掐。棉花树长得快要半人高的时候，枝杈上生出多余的叶子和枝节，这得去掉。一地的棉花树，女人们一棵一棵地查看。每一棵棉花树，她们都要摸半天，从头到脚，眼睛在棉花树上搜寻，哪怕是一小片多出的叶子，她都能看见，都要伸出手轻轻揩去。这时候女人眼睛是温和的，像是在揩掉她孩子头上的碎屑。这些个数不清的棉花树就是她们的孩子。

给棉花树洒农药。虫子上来了，吞食着一片片叶子。一片片叶子卷起来，气息奄奄。女人们把配好的农药装进喷雾器，棉花地里来了戴口罩的卫士。喷雾器牢牢地爬在她们的肩膀上，她们的胳膊老长地伸出来。她们高高地举着手里的喷管，喷管愤怒地喷射。身后的棉花树很快就一棵棵舒展起来。

七月半头，棉花树开了漂亮的花朵，红的黄的，一地漂亮的花朵。这真是大地开满鲜花。女人们说："七月十五，见花朵。"她盼咐小孩子千万不要摘花朵，她们说一朵花一个花疙瘩。

这些珍贵的漂亮花朵，很快就凋谢了，棉花树上有花疙瘩，一个，两个，女人们的兴趣就是数棉花树上的花疙瘩。嫩绿色的花疙瘩，紫红色的花疙瘩，长出来，欣欣然，这是生命的开始。

摘花，就像收割麦子。这个环节持续时间最长，一直到十一月。

三月落籽，十月收棉，差不多一年，落地成一个白嘟嘟的胖娃娃。

风吹光了棉花树上的叶子。摘花时节，队部的大仓库里，太阳从门窗钻进去。它射出的一线阳光里，灰尘斗乱。社员们也如这斗乱的灰尘，叽叽喳喳，听不清说些什么。她们双排队，放声地说，仰长脖子笑。她们的身旁都有一个布包裹，布包裹都满满的，是一嘟噜一嘟噜雪白的棉花。她们一个个身上还系着花包袱，花包袱里盛的还是一嘟噜一嘟噜的棉花。

排着队过秤，过她们包裹里的棉花、花包袱里面的棉花。挨上了，她们忘不了腰里系的花包袱，双手伸在腰后头，解开系的包袱，里面的棉花抖搂出来，与她的大包裹里的棉花的数量加在一起。她们还要走到登记员跟前，看一眼登记，她们中间有的不认字，但也要走过去，看一眼。

秤完了，仓库管理员帮着倒进仓库。仓库里的棉花堆得小山似的高了，偌大的仓库里几乎全是棉花了，看起来像积雪，像一群放牧着的羊群。

但堆在仓库里的棉花怎么也比不得未摘前一嘟噜一嘟噜长在地里的棉花朵好看。那一大片一大片的棉花地，红的棉花枝叶，是成熟的红紫色，红的棉花叶子在秋风中，零零落落的；而饱满的棉花撑得花壳子裂成五瓣，六瓣。绒绒的棉花，胖起来，从壳子里冒上来了，遮了花壳子的棱棱瓣瓣，似乎一个圆团，有高有低的，似女人鼓鼓的粉脸儿。这一张张"粉脸儿"，被女人们一双双熟练的巧手，左右开弓，全收进包袱里了。这张"粉脸儿"，一壳子就是一大把，肉肉的，连摘几个花壳子，得放进随身的花包袱，要不，手心里哪里放得下？

女人们穿长袖衫，双袖往上捋着，露出光光的晒成古铜色的胳膊。女人穿红挂绿，这是棉花地里的点缀，仿佛有了这些，棉花地里就不再缺什么。女人们如天女散花，前前后后，左左右右，洒满着。

摘棉花要分行儿摘，一人三行或两行，一直摘到头。到头有一里多的路，就是空着手走，也得半天工夫呢。

干活有快慢。摘花一开始，不出地头，大家都跟着。但要不了多长时间,摘花的女人就拉开距离了。摘得快的,走前了;摘得慢的,落后了。再过些时候,摘得太快的眼看着越走越远,那摘得慢的,心里有些羞惭。女人们摘棉花,跟比赛一样,个个儿争先。

有的女人摘花摘得真是太快了。摘得慢的女人,心里一急,也快了;一快,活做得不精细,常在花壳里剩"眼睫毛",丝丝缕缕的,在太阳下闪耀,在风地里晃。队长看见了,要她返捡一遍。遍地的棉花呢,壳子里都像这样有眼睫毛,那就多如天上的星星,哪里能让这么多的眼睫毛在地里眨巴眼睛?

检　查

棉花,可是真宝贝。20多年前,旧了的被子常见有花套露出来,那花套里哪会有雪白的棉花,一律是发着黑到处是窟窿的"套子",如一张蜘蛛的网。这床棉被一定是新婚的礼物,盖了一年又一年,盖到儿女十几岁了,几经拆洗,雪白棉花变成乌黑,那花绒绒掉光了,摸上去像掉了毛绒的鸡翅膀,硬光光。孩子身上的棉衣也没有两件里面是雪白的棉花。那棉袄露了肘子的,一定没有雪白棉花给你看,只有黑的挂下来的破棉絮。

秋天,田野里南南北北,满地雪白的棉花,社员们天天摘,天天摘。早上钟声响了,妇女们一带着花单,腰里系一个,手里还提一个,出来到挂着大钟的大槐树下集合。人越来越多,越积越多,队长开始点人数,然后,摘花队伍出发了。

夕阳落在树梢了,夕阳红气球般地飘上西山的头顶了,队长一声号令,社员们收工。大肚子蜘蛛似的妇女们,一个个踱到大花单前,将腰里的带子解开,花单里最后一包花倒进自个带的大花单里了,四角交叉,绑实了,甩上脊背。摘花队伍上了土坡,直走到一个没有门的敞口儿的泥墙门前,涌进去。

西边有一排房子,北边也有一排房子。这样的房子,有门有窗,是库房。妇女们一个个进去,脸朝西,朝北,排着队。

库房门口，有个大筐。这筐，树条编成，人称揽筐。这样的揽筐坐一个大人进去，还能放进去一两个娃娃。一杆大秤，棕色，大人两臂伸开那么长，锹把儿粗细，人称"抬秤"。闲下来的人们，兴致来了，对怀孕的妇人嬉笑："来，秤你娘俩。"妇人坐上去，秤官便报出一个数来。有的秤官不会写字，这个不会写字的秤官过百八十人的棉花，一家家的数字不用笔，用脑子。末了，各家的数字分毫不差。

但这样的好气氛总是偶尔，收工回来的妇人们早惦着放学回来的娃娃了。她们排着队，急巴巴地仰着脖子，数她的前面还有七个八个的。她多想早一步回她的家啊。薄暮了，带秤杆的揽筐那儿，早挤成一疙瘩。这会儿，就看哪个妇人眼快手快，少不得有吵起来的，但花包袱总还是一个个放进揽筐里。过一个，进去一个。

仓库里白花花的棉垛又高了一截儿。但仓库从来好进难出。有的妇人倒完包袱，故意在包袱上拍几拍，再拍几拍，但还是不能走出去。拍完包袱，这只能说明你手里的确只有包袱，不带有一丝雪白的棉花了。可是，这能证明你就没带雪白的棉花吗？仓库里站着两个妇人，她们在这妇人身上上上下下摸。其实，这妇人一进去，拎包袱、倒棉花，这一连串动作都是在这两个妇人的监视下完成的。每个妇人的腰和腿脚是这两个妇人双眼的火力集中点。

这就是"检查"。这样的检查隔三岔五，有时候是每天。居然有被查出来的妇人。这妇人被责令掏出来。被检查"有问题"的妇人，讪讪的，红着脸，一把把从身上不知什么地方把棉花掏出来……还有掏又没掏完的，掏几把歇一会儿的。这时候，被抓妇人心里的难受转化成恨，表现在脸上，却不敢发作出来。但每回都有漏掉的。于是就有不公道传出来，不断地传出来。比如，检查妇与张三女人是亲家，与李四家是亲戚……传到后来，免不了要说哪个妇人与村里的头人有来往，检查妇就不便严查她……

妇女们往回赶的时候，天完全黑了下来，这还是排队排得略前些的。如果慢一点排在后头的，赶回家已是星星满天了。但她们没有怨气，最多也不过相互间发几句听了无数遍的牢骚。

家门口到了，家门口守着几个高高低低的娃们。妇人猫儿狗儿地叫着一个个孩子们的小名,一边打开自家儿的门,摸黑点上灯,就着忽忽闪闪的灯光,先变戏法似的从怀里掏出几把雪白的棉花来。新的棉花在昏黄的油灯下亮亮的。娃娃们见了母亲,进了家门,又开始嬉笑吵闹了。

　　妇人开始给孩子们做饭吃。妇人忙碌着,脸上带着温和的笑,她甚至都感觉到一点幸福。她心里说:今冬或许能给老大纳一件新棉袄,兴许有剩下的还能给小的补贴棉裤子。这个忙碌着的母亲思想着,她的动作更快了一些儿,孩子们吃了饭得早早儿睡,他们明天还得起早上学校呢。

　　如果有这么几张照片,让人能看见妇女们上工、收工,让人们看到妇女们排着队用抬秤过棉花的情景,让人们看到仓库和仓库里"检查"的一角,那么,现在的人们又会想些什么呢?

晒棉花

　　一挂大竹帘架起来,棉花被一蓬蓬地撂上去摊开。灿亮的日光下,一大摊又一大摊雪白的棉花。这也是小孩子最感兴趣的事。他们的头刚好够着这棉花摊,他们看见花虫子,一个又一个的,在蠕动。它们有的红红的、有的黄黄的,不足1厘米,拿一个、两个,握在手心里,虫子蠕动得你心里直痒痒,痒痒得你赶紧放开它,看它在手心里跑。

　　女人们却在认真地捉,一个个地放在手心里,多了,就搁在一个瓶子里喂鸡。如果花摊底下正好有一两只鸡走过来,女人"咕咕"叫着,撂在地下,鸡"咯咯、咯咯"地跑近来,刹那间,这棉花虫子就成了鸡们的美食了。

　　在家里,小孩子也玩棉花虫子。女人们给队里摘花,做些手脚,在裤腰里,在袜子筒,偷一把两把棉花,积下来,也有十斤八斤。她们指望这几斤棉花,贴一贴薄了的棉被,或者给大孩子做一件新棉袄。偷来的棉花是不敢在太阳下晒的,那时节已是十月寒天,家户屋里都生灶火。女人将这些棉花摊上热炕头。

炕上的棉花，与在竹帘子上的太阳底下的棉花一样，隔一会得上下翻腾，好干得快些。棉花虫热不过，离开棉花，爬过炕席，爬上屋子的墙壁。屋子的墙壁上爬了很多的花虫子。炉火上放上铁鏊，抹点油，让小孩子捉了花虫子，放到这铁鏊上。小孩子照做了，越来越喜欢捉花虫子，花虫子烧焦了，能吃。花虫子一沾火烧火烤的铁鏊，首尾翘着，翻转，这成了小孩子看的一个把戏。

晒干的棉是籽棉，还得经一道工序——弹，才能用。

搓眼子

一根秫秆，将弹出来的棉花，搓成一根根里面空心的"花眼子"。花眼子圆滚滚，大拇指粗细，空心。织布的线就是从这花眼子身上抽出来的，连成长长的一根。

这线说是抽出来，也不全对。井水抽完了，还有井壁；纺线，抽完一根花眼子，续一根接着抽，将几捆花眼子全抽完，将十几捆的花眼子全抽完，手指头什么也不剩，魔术一般。像蜡烛，点完了，失去它的光亮了，没有了蜡烛形象，只留下一点儿蜡油味，过一会，蜡油的味道也没有了。有多少事物，像蜡烛，像花眼子，被默默消失。

蜡烛的光亮不见了，看见了这段光亮的人们，用这光亮绣了花枕、缝了衣服、纳了鞋底子。花眼子呢？人们用它抽出来的一根根线，纺成了一个个穗子，摆在那里。

花眼子是多么重要。没有它，能有这么均匀的一根根棉线吗？没有棉线，织不成布，没有布就穿不成衣裳了。

花眼子是搓出来的。一根小指粗细的秫秆，粗细均匀，溜滑，闪着黄缎子一样的光芒。这秫秆是从一年里的秫秆堆里挑选出来的，这根秫秆的好坏，影响搓眼子的质量和进度。

早饭后，院里村外，安安静静的，偶尔能听见一声鸡呱，半声狗叫。太阳跳过东墙，落在离东墙三四步开外的地方。男人下地干活了，女人在家，收拾了碗筷，给猪倒了食，擦了她的两只手，将备好的小木板，放在屋里砖铺的地面上，拿过一个玉米皮编的厚厚的坐垫，坐下来开始搓眼子。

这个木板，是家常用的切菜板，不大，但搓眼子刚好，好像这家女主人打理切菜板的时候，就想到了搓眼子。

女人从房间隔壁装棉花的大包袱里揪出一大团棉花来，放在扫得干净的砖地上。这是弹好的棉花。雪白的棉花，如响晴天大朵大朵的白云，蓬松，放地下，差不多半屋高。女人不发愁，她知道怎样处理这些棉花，就像饲养院里的老张老李懂得哪一匹牛顺，哪一头马是劣性子一样。女人拿抓这棉花，有她自己的一套。她不乱抓挠，她的手放下去，知道从哪里开揭。只有这样，这堆棉花才能一层层地剥。

棉花在女人手里，像煤层，一层一层地等着开采。

坐下来，将棉花分层地揭下，在摊开在木板上，把双手搭上去，左手是尺，右手是刀，将这大片的雪白的棉花，裁成与秫秆长短一样，宽三寸有余的一片又一片的小片棉花。

花眼子，在小木板上搓成。母亲右手握着一根秫秆，是这根秫秆将一片片棉花，变成了一根根的花眼子。将手裁好的窄窄儿的一片雪白棉花，拿来一块。右手的秫秆压上去，前前后后搓，一分钟不到，停住，右手不用劲地一抽，一根花眼子软软地下来，放在她的身侧了。到底是怎样搓的，没看清。不是没仔细，再仔细也看不清，除非动作停下来。你恍惚看见母亲将裁下的小块棉花的一角或一边，用左手卷起来，卷上秫秆，右手自动化一样地运作了，快得左右手几乎分不出先后来，眨眼间，左右两只手中，是一根长辫子一样的花眼子。

就这样剥一大片，再剥一大片，用手裁一小片棉花，再裁一小片棉花。女人身旁的花眼子一根根码成垛，一点点高起来。

太阳照上窗户的一角，探头到炕席上，屋子里亮起来，棉花垛绚白了。又似乎一眨眼工夫，太阳从门里进来，给绚白的棉花朵涂上层红光，这时，那半屋高的棉花垛矮下去，再矮了一些。

女人展展腰，头往后仰仰，低了一晌午的头，脖子都酸了。她拍拍她的左胳膊，拍拍她的右胳膊，然后起来，心满意足地抱了一怀的花眼子，走进后屋，一小捆一小捆地分开，每十根或者十五根用一根花眼子拦腰一系，这样可以做到心中有数。女人的心中有一本账：织一匹布得多少线——经线多少，纬线多少；这些纬线需要多少穗子，这些穗子又需要纺多少捆花眼子……女人眯着眼睛，一算就算出来了。

　　女人做事，仔细。纺线时，她每结果一个穗子或两个穗子，就念叨：再纺十个这样的穗子就够了。过一天，她又念叨：再纺八个这样的穗子就够了。女人总是这样念叨，女人念叨这些的时候，她的头脑里会是怎样的一幅画面呢？

　　系好花眼子，摞成一摞，堆在那里。晌午了，她收拾了木板、秫秆，拾起坐垫放到门后头。

　　太阳钻进屋里一大片了，女人的饭该做熟了，小巷里，有放学的孩子"啪啪啪"跑过去了。

纺　线

　　小学时候，学习过一篇文章——《一辆纺车》。
　　纺车我是熟悉的，我在"嗡嗡"的纺线声中长大。
　　纺车，像一架机器，左右两边连成一体。左边是一个十字状，一长一短。长的横放，一直伸向右边的装轮子的木框中间，铆住。
　　短的竖放，上面立着一高一低两块木板。高木板，一只脚的模样儿，五个脚指头分开着，似乎要动起来。两块木板，是安装木梃用的。木梃呈暗红色，发着光，两头尖尖，越到中间越壮实。木梃的中间部分，有四五条深深的沟壑，花一样的，好看。这沟壑不是装线磨出来的，是人工刻的，刻得极细致，像木工器件精致的花纹。与花纹差不多，凹下去，像一个苗条女人的细腰。如果这是一只未装的木梃，放在那里，或者拿在手里，竖着看，它就是一个单脚跳舞的俏皮女郎。
　　木梃的凹处得有一个垫片，垫片是一块硬纸片剪出来的圆，在这个圆片中间再剪出一个小圆，正好放进凹处。这么一块纸垫片，看似寻常，用处却大，它是成果的装置，让一根根丝一样的棉线，在细木梃上，累积，累积成一个绵绵的白线锥，这个线锥，纺线的女人叫它"穗子"。

纺车左边那五个脚指头，我相信它是一个造型，我推想是作古的先人造纺车时，怀着的情调。

纺车的右边：一个三面环着向上的木框，木框一边有一个把手，镰刀状的，末端有一个眼，松松地能放进去一个手指头。

这个朝上环起来的木框里，装着一个双排的轮子。十几条半长的宽木板，转着圈，插在一块木头上，这块木块，被旋成花鼓状，这些木板就插在"花鼓"的侧面，做成一扇轮子；十几条一样长，一样宽的木板，转着圈，插在另一个"花鼓"上，做成另一扇轮子。两个"花鼓"，用一截短短直木连起来，就是纺车的大件——纺车轮子。两扇轮子的木板的梢头，勾着弦，勾成"S"形，蜿蜒曲折。

还得一根长长的细弦，搭在轮子勾成的"S"形的弦中间，拉到左手安装好的木梃上，弦成了一圈，纺车的左右联合了。右手食指在把手眼里，一转，纺车轮子动了，左边的木梃旋起来，一转一旋，一转一旋。

我在"嗡嗡"的纺线声中长大。

晚上，油灯放上窗台，或者干脆放在炕上，靠近纺车，这样才能看清，才好往木梃上上线。线要上得匀，不得这里高，那里低。女人们纺出的穗子，一个个像模子里倒出来的。

小孩子，脱了衣服，在母亲背后铺好的被窝里睡了。母亲想让孩子安静下来，不再闹腾，就让他们全睡下。"睡下就不闹了"，母亲说。

睁着眼，孩子们睡了。

母亲将星星般的油灯，放在窗台上，放在纺车旁。但不管放在什么地方，都会投下一个大大的影子，那是母亲的影子。这个影子在动，这里晃晃，那里晃晃，不时，一条胳膊举上来，像要打人，却又落下去，原来是上线。木梃上的穗子，就是这样一上一下变得饱满。

墙上有母亲劳作的影子，也有转动着的纺车的影子。特别是那轮子，那轮子的影子，多大呵，都上了天花板。它上面的两排木板，一个一个像飞行的翅膀，在飞呀，飞。天花板被星星般的灯光照亮着，天花板上投着的影子不停在动，张牙舞爪的。

小孩子害怕这些黑影子，但不说出来。母亲移灯走向纺车，油灯从我躺着的身上走过，孩子们赶紧闭住眼，或者忽啦一下，拉被子蒙住头。过不了多一会，孩子们又很想看，便拿开被子的一角，那轮子像是向着他压来，赶紧又蒙住，在被子里听有节奏的"嗡嗡"声。

后来，我就不害怕了。天花板或者后墙上那些动着的影子，那轮转着的纺车，一切都是那样的自然和谐。

纺车、油灯、窗户上扑拉着的灯蛾子，它们是一体。

母亲胳膊高扬，又一根线上去了。一根根的细线，那细的均匀的线密密地上去，穗子在一点点地充实，变大，大到如成熟的桃子，大到非摘下来不可的时候，母亲摘下它，捏捏，放在炕上。炕上已经有两个穗子了，站那儿，像一对双胞胎的小人儿。

这个用线纺成的穗子，极像做木工用的吊线锥，纺线的女人怎么叫它穗子呢？它是一根又一根的细线绕的，要让它鼓起来，得多少根细线呢？

但我在这样的猜想中，睡熟了。冬天的夜，很长，我总是一夜睡到大天亮。天亮的窗台前，纺车静默着，没有母亲的影子。母亲下炕了。炉子里的火苗呼呼地欢腾跳跃，母亲在淘米，在擦桌椅。

我上学了。

清晨，鸡叫头遍，我被"嗡嗡"的纺线声吵醒了。我在嗡嗡声中睡去，在嗡嗡声中醒来。天花板上的影子，像是要砸到我的脑袋上。天花板像放电影的幕。多好听的嗡嗡声呵，像天然谱成的一支曲子，一辆纺车一个音色，绝不类同，我听惯了我家的纺车的声音，像听惯了母亲唤我的声音。

家里，母亲纺线。外婆来了，帮着母亲纺线。外婆当年60多岁，很晚才睡，外面的天还黑着就坐起来。她纺着线，念念叨叨，重复着她自己说过的话，上百遍地重复。母亲不爱听，对着外婆："你别说了，就那么几句话，几千遍地说！"

外婆听母亲这样说，显出伤心的样子，但只安静那么一小会，就又念叨起来。晚上，她念得你睡去；早上，把你念醒来。

外婆坐在纺车跟前，比母亲的姿态似乎更优美，看外婆扬手上线，像唱戏，又像在风中飘一样，上去了，下来，再上去……外婆说她的老胳膊不酸，在纺车跟前坐了一辈子，就不知道酸。有时，外婆又说胳膊痛，胳膊坏了，纺线纺得胳膊都坏了。外婆60多岁了，外婆糊涂了。

外婆在我家待多少天，就纺多少天的棉花。身旁一把把花眼子，犹如猫的尾巴，一根消失了，又一根消失了；一捆打开，纺完了，重新打开一捆。

花眼子是放在柜子里的，一捆一捆，码得整整齐齐。神奇的雪白的棉花，盛着勤劳人们的汗水，收获棉花，经历漫长的春夏秋冬。这些花眼子，是时间，是生命，女人像珍爱珠宝一样，珍爱柜子里的花眼子。

花眼子齐整地放在柜子里。这齐整的花眼子终归要被纺车一天天消磨下去，消失掉。

纺车放在炕上，一冬天就那样停放。

也有炕上没有了纺车的时候，那是纺车搬到大门外头了。纺线的女人，将纺车端到院子里，端到巷口，端到这家，端到那家，哪里热闹就往哪里端。女人们在一起纺线的情景，如同《一辆纺车》里写的，她们竟比纺线，那纺车的轮子旋得一会儿比一会儿带劲，不同的纺车，不同的音色，嘤嘤嗡嗡的，和着说笑声，交织在一起，生活中的坑坑洼洼全有了，穿蓝花花的嫂子，穿红花花的大姐，各自纺着棉。该是回家做饭的时候了，她们看谁纺的穗子多，谁的穗子大，又是一顿说笑。

"拖婆婆"

最迷恋这时候：太阳逗弄着要下山，母亲急匆匆地跑前跑后。终于顺溜了，只见她从织布机上撒下棉线来，似照进屋里的一缕阳光。

这是弄好的经线。经线上了机，与梭子里的纬线交错，便织成布了。

正是经线上机的时候。织布机近旁的土地上，放着一堆光滑的细竹棍。上机得用许多细竹棍。

一缕棉线，高的那头连着织布机，是机头。机头打好，棉线顺下来，顺到南院尽头，棉线就不能再伸长，系在一个木橛子上。这个木橛子，女人叫它"拖婆婆"。

不能伸展的棉线在木橛子上挽成女人的头髻。这髻是红红绿绿的棉线。女人将线随便一绕，便紧紧挽住。

经线从院北到院南，长长地伸展着。我站在院南的"拖婆婆"旁边，看着奔忙的母亲，我似乎看得很专注，其实呢，是专意等母亲喊我。

这个叫"拖婆婆"的，是一个木杈子。它有三个杈杈。其中两个木杈平平的，着地，一个小木杈翘着，往天上翘。女人的棉线不能再伸，就挽在橛子上，橛子就是这向天上翘的小木杈。

织布用的零件真是太多了，也奇妙。就说"拖婆婆"，它一定是男人在地头，在路上，看见了这个木杈，拾它回来烧火。女人看见，用来做"拖婆婆"，从此，它成了织布的一个零件，有了自己的专职作业。

女人有着一双慧眼，是人间识"马"的"伯乐"，要不，脏脏的、丑丑的那么一个不起眼的树枝杈，怎么就有用了呢？那年月，身上的袄儿、裤儿、褂子、袜子，哪一件不是织布机织出来？哪一件里头没有这"丑婆子"的功劳？母亲的这个"拖婆婆"，光滑如骨，有小小的裂缝，也不知道用了多少年了。它的橛子上正挽了一团花花绿绿的棉线，像一头俏皮可爱的小毛驴。

我等着母亲的叫唤。

"吱唔"一声，卷轴上的棉线夹上去一根竹棍。卷轴两边，七个八个地竖了一圈的窄木板，飞机上的螺旋桨似的，母亲一个个地把它们往下搬，左手一下，右手一下，搬一下，就有一根细竹棍上去了。"拖婆婆"上面放着一块大石头。母亲左手一动，"吱唔"一声，"拖婆婆"自己就往前跑一截；母亲的右手一动，"吱唔"一声，"拖婆婆"又往前跑一截。

母亲喊我了，我像待发的子弹，一下子弹上挽着棉线的"拖婆婆"，蹲在放在它上面的石头上。"吱唔"，母亲又往下搬，又是一根细棍上去了，我坐在"拖婆婆"上向前跑了一小截；母亲一下一下地搬，卷轴一下一下地"吱唔"，我一小截一小截地往前跑。一点点移近织布机，移近母亲。院子里，留下"拖婆婆"走过的痕迹。

母亲停下来。我重新站在院子里，看母亲解开挽在木橛子上的棉线结，一手挽棉线，一手拖着"拖婆婆"，转身回到南墙根。这是我的希望。我看着母亲再一次挽好棉线，放上石头，不用母亲吩咐，我就蹲上去了。我是多么喜欢蹲上去呵。

最后一回，只放到半院，棉线就尽了。我蹲上去，听母亲的话，手里紧紧拽住一把子棉线，像拽一根缰绳，我想象我骑着骏马，两手紧握缰绳，耳边风声呼呼……但我听到的是母亲催我下来。她说："快下来，下来，天都黑了……"

缠　穗

织布，只有"拖婆婆"送的经线，没有纬线，不行。

纬线装在忙碌穿行的木梭里。木梭是织布机上的要件，枣木色，平滑，散着光，两头尖儿，如一叶小船，如天上的月牙儿。木梭底，有孔，枣核大小。从缠穗里寻出线头，线头从这小窟窿里引出来，缠穗也正好放进木梭里。是先有木梭，缠穗仿照木梭的样子缠成中间粗、两头尖尖的式样，还是先有缠穗，然后才做的木梭？

缠穗放进木梭里正好。

引出来的这根线，是白的，是红的，也可能是蓝的、绿的。木梭里放过各色的缠穗。

纺线纺出的是穗子，木梭里放的是缠穗。纺车可纺不出缠穗来。先有穗子，才有缠穗。

一根秫秆。这根秫秆也不同于搓花眼子的秫秆。这秫秆比搓眼子的秫秆细些，匀实，光亮。这样的秫秆，叫"缠穗秆"。

就像女人有自己的纺车、"拖婆婆"一样，一个女人也有自己的缠穗秆。这些是一个女人生活中的要件。是女人的装备。同样的秫秆，各自有着不同特征，不同的气息，看着也是千差万别。秫秆可以伴随女人三年五年，可以用十年，用一辈子，用得缠穗秆的颜色，成了古铜色。再看它，就不是一根秫节，是一件器具了。这些织布工序里的每一件，它们的生命比女人更持久，它们能一辈接着一辈延续。

在缠穗秆上穿进一个"枣核"。人们就是这样叫——"枣核"。"枣核"，木头削的，中间一个圆圈，空的，小孩子拿着它，举在一只眼睛前，闭了另一只眼看。这样看去，人被圈住了，树也被圈住了，它们都成了一个圆。但"枣核"很快就被他的母亲夺了去。母亲将"枣核"麻利地串在缠穗秆上。放在缠穗秆中央，母亲的一只手的手指就在"枣核"的周围跳跃，上上下下地跳跃，像一个小人儿旋转般地舞蹈。

这是一种带线的舞蹈，像飞机后头撒出来的白线，但远比那平行着的线复杂。它们复杂成网，一张张紧贴着，将缠穗秆上的"枣核"网了进去。"枣核"像一个被封的大蜘蛛，动弹不得的时候，缠穗秆就不再竖着，那手指头不再上上下下地跳跃，而是斜过来横着，用五个手指头控制住，空出手掌心，左左右右摇摆。

这样一个动作，初学，母亲会拽你的手指头，把你的手指头架上去。手指头是上去了，却动不起来，不像是你的手指头控制了缠穗秆，倒像缠穗秆控制了你的手指头。母亲就手把手，让你动起来。动起来就好了吗？母亲看你缠出来的几根，扭扭歪歪，不顺溜，就生气了，而后又大笑起来，说她的闺女，手不知道有多笨。

母亲们一手拉线，一手握缠穗秆，摇动如飞。近看，网状的棉线，密密麻麻，相互交错。这样不停地缠下去，棉线如猴子爬杆，顺着秫秆一节节往上长。最后，成了一个两头尖尖、凸肚饱满的缠穗。

女人断了线头，手指从中间摸出穗核，就是那个"枣核"。母亲将"枣核"带出来的线，散开，麻利地在缠穗的这头绕两圈，在缠穗的那头绕两圈，伸出舌头，将绕好线的这头舔舔，将绕好线的那头舔舔，一个缠穗才算整个儿完工了。母亲们做着这些，说着笑着。一个完好的缠穗放在手里，她们仔细地左看看，右看看，她们看缠穗上的线，一根根如春天的细雨，密密地斜织着，就像四月天如情似诉。

这样的缠穗，一晌缠一两个。将一天天积攒的缠穗，一个个放在花布单里，码成垛，一机布差不多得七十多个缠穗吧？得凑够这个数，才搭织布机。经线有了，纬线有了，成匹的布才会从笨笨的织布机里送出来，一匹一匹地送出来。

缠穗子是迷人的差事。冬日里，邻里大婶从门外进来。外面刮风，她围着围巾，冻得缩着脖子，推开门，又赶紧在身后闭严实。她的手藏在袖子里。缠穗车自由地摇摆。她与屋里的人说笑，一个寒噤上来，话中断了。人呢，早上了炕。

炕席上光光的，白日头从窗户照进来，照得红暗的炕席一片光亮。炕席上，靠窗的地方，摊着母亲正做着的活。一张张纸剪的鞋模子，圆口的，方口的，铺在炕上。母亲拿着各色的鞋面在粘贴。蓝的红的是孩子们的，黑的是父亲的。

刚进来的大婶也不急着做活，那缠穗车随便在炕上放着，她呢，溜到炕里。母亲歇下手，拉下小棉被，盖住大婶的手，盖住大婶的脚。

婶子盖着小棉被，双手压在屁股下，与母亲说话。

暖过来的婶子，搓搓手，拉长身子，够着她的缠穗秆，够着她的缠穗车，很快地，缠穗车丁零丁零地响起来，时紧时慢，时高时低，如一只刚落地的小羊，咩咩叫。

缠穗车，其实也不是什么车。它的大小，长不过八寸，高四寸。

母亲们叫它缠穗车。它很简单，是平放着的。它的构造是一根扁扁的铁条，弯成一个框；又一根一样的铁条，弯成同样大小的框。两根铁条都弯成一个高四寸的方框。拿一根一样宽，但要长一些的直铁条，将弯好的这两个框，焊接上去，两个框间隔三寸左右。这样，缠穗车成一个"出"字形状。"出"字儿就是一个缠穗车的模样了。

它有附件，两根铁梃，一个圆环。这个圆环装在缠穗车上的那根直铁条的前端，这样，缠穗车就能拎起来了，想走哪儿，拎着就走了。

铁梃，两头尖尖，用来装纺线纺出来的穗子。那弯成框形的两根扁铁，竖起的末梢，花朵样地往外弯，弯弯里头藏了一个小洞眼，对边还有一个花朵，就是两个小洞眼。一根铁梃，从纺好的穗子中间穿进，照这两个小眼，安装到缠穗车上了。那丁零的响声，就是缠穗车与铁梃相碰，发出来的。两根铁梃都装好，响声交叉着响起来，这"出"字架的缠穗车就有了生命，整个屋子也跟着生动起来。

婶子马上就要缠好一个缠穗了，她往墙上靠靠，胳膊松松地放在腿上，说一个有趣的话题，哈哈哈地笑。

天快黑了，邻里大婶将袄前襟伸开，裹了缠好的缠穗，提了缠穗车回家。

缠穗车上的一根铁梃，光秃秃的了，在晃动中响；另一根铁梃还有棉线，不过已经占不满铁梃儿，在大婶的晃动下，一匝一匝转着圈儿。

呼啦啦的木桐声

巷口，偌大的地方，并不像体育场那样平光、硬实的土地，中间这里一块，那里一块插满着石头，人称"疙麻石"。

这是个疙麻石村子。村子里的石头，大大小小，铺了一地，多得像麻子脸。

有小孩的女人，对身旁的小孩说："走路小心，看疙麻石。"

巷口有一块石头较少的土地，靠着坡，一棵老槐，槐树繁茂的叶子像花伞盖。

这块地方，南北走向，南高北低，是一个慢坡。这里的石头少，这里常有带孩子的女人、玩耍的孩子们。老汉也愿意在坡沿上蹲下来，从裤腰后头抽出他的水烟袋，抽一口，说着话。

这里是村里人活动的场地。

暴雨过后，下午四五点钟的样子，西边的天空，架起彩虹，有时候是漂亮的火烧云。这个时候，村里的爷爷、奶奶来了，大叔、大婶来了，小媳妇拉了拖鼻涕的孩子也来了。人们的说笑声，孩子们的奔跑声、打闹声、啼哭声——都来了。一时，巷口热闹了起来。

这里有非常好听的呼啦啦响的木桐声。

母亲挎着一个大竹篮。竹篮里一边放着红的、蓝的、白的线桐，线桐一个个鼓起来。线桐旁边放着一大把粗铁丝。线桐桐木做成，那年月，一说桐，大家都知道，不是生长着白白的桐花、枝繁叶茂的桐树，是织布用的一小截桐木。它上面缠了红的蓝的线，要把它套在铁丝杆上。

桐，是空心的桐木。

铁丝杆上，串进一截玉米秆。

小孩子能做的事，就是把短短一截儿玉米秆串进一根根铁丝。

小孩子还有一件事情可做：在串在铁丝杆上的短截儿的玉米秆上，抹油（油是能吃的棉籽油）。用食指蘸一点油，抹在那截玉米秆上，一根一根地抹。这活，小孩子能做，但往往要受责备。你的手指蘸油蘸得少了，母亲说"那行吗？那还不如不蘸油"；蘸得多了，更不得了，母亲又说你是卖油的。小孩子就是在这样"多了""少了""多了"的思想中，一根根抹着。

钉铁丝杆。

半篮子铁丝杆，一小截一根，一小截一根，均匀地分布在地上，像卧倒的士兵。这些士兵，在一个个卧倒之后，很快又一个个起来了，是母亲手里的半块砖头，把它们打下去，一根一根打下去，打进土地里。这支军队，一字儿排开，挺胸昂头，精神抖擞，那截泛着白光的玉米秆，像重新回到母亲的怀抱，亲吻着大地。

饱满的线桐，对准铁丝杆放下去。我是那样急切地往下放，一个接着一个往下放。帮母亲干活，我多愉快呵。但我还是出差子了，母亲说："错了，放错了，放两个红的，四个白的，再两个蓝的，看，是这样。"我匆忙地拿掉错放了的线桐，重新放一个。

太阳西下，是一天里最适宜待在房屋外面的时候。

母亲开始在线桐上找线头。我看见了，高兴得不得了。母亲弯了腰找，有时半天还寻不到。我蹲下来，线头就跳进我的眼睛了。这时候，总是能听到母亲喜悦的笑声。

找着线头，退后几步，放在地下。很快，彩色的线铺了一地。

母亲拾起地上一根根线头，把它们攒在一起，在手里的领头桐上绕半匝，走起来。霎时间，线桐们活起来了，它们眉开眼笑地成了一个个大忙人了，看那穿蓝裙子的姑娘，激动得跳了两个高，像是只有蹦两下子，才能继续安然地运转。它们中间也有不高兴的，那个穿红袄的姑娘就恼了，拉着个脸，一副不高兴的样子。母亲赶紧放下手里的线，领头桐也放在地上了，霎时间，一队的桐，立正、稍息，似乎是它们惹恼了红袄小姑娘，正接受批评呢。母亲端了油碗，走近那个红袄儿，蹭了一下，重新拾起领头桐，线桐们又活蹦乱跳，哗啦啦地，大声喧闹起来。那个闹别扭的红袄姑娘，也高兴起来，笑声比它们中的每一个都似乎高了一些。

"呼啦啦"过去，"呼啦啦"过来，半个时辰过去，线桐上的线一个劲地薄下去，有个别线桐亮亮地露出它黑黑的肚皮儿。母亲喊我了，我从竹篮里拿一个与它一样颜色的，放上去。

我放上线桐，找了线头，递给母亲，就赶紧离开场。这里从南到北，都是母亲的。她大将军似的，千军万马握在她的手里。线桐到母亲跟前，丈把长，这些红的、白的、蓝的线，像打鱼撒的渔网。母亲将我递给她的线头，凑在一起，熟练地打个结，又开始了她的南征北战。她双脚生风，过去了，又过来；过去了，又过来……竹篮里的线桐少了、又少了，竹篮里的线桐终于只剩下两个、一个……

那块地方，总会有呼啦啦响的木桐声——木桐的主人，可以是我母亲,可以是东屋的大娘,也可以是西屋的大婶子。

巷口,那棵老槐,那呼啦啦响的木桐声……

小巷里的织布声

放学回来,进了小巷口,能听见"吱喔——啪""吱喔——啪"的织布声。你想象中的织布机上空,两条细枣木棍,弯得像鸡冠,从机身后伸出来,两棍头交错,用布条绑了,布条在织布女人的头上晃动,这便是扳弓。扳弓,织布的女人这样叫。

扳弓棍头交叉的地方,吊下来两股细绳,一左一右,结在打线板上,打线板横卧着竖起来。打线板的上下两块木板中间,有一个过经线的佘。佘是薄薄的竹子,密密地排列,成一个窄长的方形。佘有300、400根的,有450、500根的,经线有多少根,就用多少根的佘,每一个薄竹片的缝隙都有一根经线从中穿过。

打线板过经线,打纬线。紧靠打线板的地方,是上下两排经线,梭子从这里穿过。梭子里头装着缠梭,缠梭就是纬线了。梭子穿过去,打线板"啪";梭子穿过来,打线板"啪",过去啪,过来也啪,穿一下,啪一声。就在这一去一来的啪打声中,布织出来了。这是织布机里头的和声,那"吱喔"的声响,从脚踏板那里传来。织布机手脚并用,脚那里响了,手这里也响了,一唱一和,一唱一和,非协调不能织出匀称密实的布。

远看,织布机是一只鸡的造型,那伸长的、弯下来的两条细枣木棍,像只打鸣的公鸡伸出的鸡头。织起布来,它的头一点一点的,鸡啄米粒似的,想起它来,连织布机的声音都变成"咯嘎""咯嘎"的了。

经线纬线的结合,得有织布机这么大的装置。织布机整个机身,前高后低,石榴形样式,低处是石榴的嘴,是一个板实的座位,离地一尺。女人就是坐在这里,脚蹬在脚踏上。高处是山头,山头是架起来的卷得粗粗的经线辊。女人腰窝里系着腰襻,就是一条带子,但女人叫它不叫腰带，叫腰辫。这腰带是皮做的，是后来的事，以前是用线辫的。女人一辈辈沿用上辈人的叫法，就叫它腰辫了。

腰辫一头一个桃疙瘩，就是像桃子的厚木块，中间空心，成一个方块，扣在女人怀里的卷轴的两头。卷轴卷布。经线、纬线交错，织成的布，就卷在这卷轴上。做到这一工序，织布机就成了一体，女人的腰身随着"吱喔——啪"的响声，有节拍地前前后后。山头的经线辊一天比一天细了，经线纬线一天天变成布，上了卷轴。

"吱喔——啪""吱喔——啪"，这是人们熟悉的声音，是当年的乡村少不了的织布声。开春，差不多家家户户都有这样的声音传出来。女人得喂鸡、磨面、打扫、做饭，还得织布。织布声，就如管中的乐声。织布声是音乐，一辈一辈的男人，在这乐声中来来往往。看看他们脚上的鞋袜吧，看看夏天他们身上的白褂吧，哪一件不是从织布机的这乐声中走出来的？

开春，地里的活忙了。女人从地里回来，生炉子，锅安在炉子上，赶紧扭身坐上织布机，将腰板麻利地往腰后一搭，扣上卷布轴，梭子便在左右手中，滑溜地穿来穿去，"吱喔——啪""吱喔——啪"的声音，便清脆地响起来，响在屋里，院子里，飞出院门，飞到小巷。

家家户户的织布声。

女人坐在织布机上，多穿梭一次，就多一分幻想；多一分幻想，就多一分希望。织布能让女人心平气和。水开了，热气一连串地冒出来。织布机上，有宽宽的一截，湿湿的。女人一个人笑了，她很快就织出这么一截子了，它有一寸多吧……要不是孩子念书回来要吃饭，要不是锅里水咕噜噜开着，等着下米，她才舍不得下机呢。

布一寸一寸织出来。卷轴上的布粗起来，山头上的经线辊越来越细，一捆布要十几丈呢，就这样，在"吱喔——啪""吱喔——啪"乐声中，成匹成匹的布，织出来。

女人像春蚕，从一条条的花絮——"花眼子"中，将线抽出来，经过多少道的工序，线变成经线了，线变成纬线了，在这织布机上，织成布匹。找不出一个合适的词语，形容女人。女人有一双勤劳的手，能织出一片大天来。女人却从不知道她多有能耐，她天天都一如既往地喂鸡、扫地、下地干活。回来，屋里的织布机在静静地等待。

麻利的女人，一年搭两机棉。我见过年老的女人，背驼得厉害，她年轻时候，是不是很能干？女人白天织，晚上织。晚上，洗完碗，赶紧在织布机上坐下来。孩子的作业写完了，干活的男人忙了一天，也睡熟了。织布的女人倒像清晨刚醒来的样子，精神抖擞，那"咯嘎"的织机声，陪伴着她。她在织布机的一侧燃上一炷香，香尽了，才是她下机的时候。

扑扑闪闪的灯光，映红着小孩子的脸，他在睡梦中笑了；有说话声传来，那是男人的梦呓。

女人只顾将怀里的卷轴卷一次，再卷一次；从织布机上下来，走向织布机山头，经线辊上掉下来一根竹棍，再掉下来一根竹棍。经线辊越见瘦下去。

香，燃得只留最后的气息，女人困了，下了织布机，抖搂这一晚上新织的布匹，精神又来了，拿尺子一量，一丈、丈七。女人平和的面容下是欣喜。她扬手一撂，湿湿的布挂上了扳弓，晾那儿，明早干了，好收拾。大半夜了，女人挨上炕沿，打一个呵欠，也睡了。

一年搭两机棉。春天织了，冬天又织。冬天，手脚冻，于是，织布机上了炕头了，靠窗，一放十天半月。

冬天，农闲。女人白天打扫房屋、做饭，余下的时间，可以放心地在家织布了。火炉有火，炕热，天晴朗朗的，窗户一片发白，屋门闭着，隐隐地有风从门缝溜回来。女人双脚踏动脚板，"吱喔——啪""吱喔——啪"，你听如一口古钟，发出阵阵回响。

梆梆的锤布声

春暖花开的季节，小巷里传来梆梆声。鸡在院子里东跑西串，悠闲地嘎嘎，狗们几声汪汪，不近不远的，听得分明，但这些压不住响亮的梆梆声。这梆梆声听起来非常带劲，是鼓着劲敲出来的那种。偶尔，这梆梆声突然地停歇了，仅过几分钟，又开始了梆梆的声音。这梆梆声不仅仅来自一个方向，它时东时西、时南时北，常有东边响了、西边也响了的情况。你听，七高八落。这个季节，可真是太热闹了，这是在锤布。

现在，去街上买布叫扯布，不像以前叫扯洋布。洋布，老百姓叫了多年啦，现在改口，只叫扯布。如果做袄里，就叫扯里布；如果拾便宜，买地摊上的布头，老百姓不会拐弯，就叫拾块布。

那些年，的确良就是好衣服，条绒也是好衣服，这些穿在身上，在老百姓眼里就洋气起来了。穿这些能洋气起来，因为它不是自家的家织布。自家的家织布，是土布。

自织自缝的年月，女人们为了家里人大大小小这一件件衣服，不得不种棉、织布、裁剪、缝织。开春的花籽，四月里的苗，六月里打掐，八月能见上白棉花。土布就是地头这棉花做的。女人为身上这一寸寸布，能听到各样的响声，纺车的嗡嗡声、呼啦啦飞转的木桐声，织布时唱歌似的"吱喔""吱喔"声，还有这用力击打的梆梆声……搓、缠、拐诸工序，就不要说了，单说纺棉。那年月，家家户户有纺车，常年摆在炕头上，女人没有夜里不纺棉的。白天，女人做饭、喂鸡、洗衣、缝补、上工……只有夜里才能安静地坐下来，一盏油灯，一辆纺车，听细微的嗡嗡声，听孩子凑在灯下磕磕巴巴的念书声。夜深了，孩子们入睡了，女人吹了灯，月亮从窗户中洒进来。夜静静的，月色朗朗的院子静静的，纺着线的女人也静静的，不静的只有纺车。月亮照在女人的脸上，她好像并没听见纺车的嗡叫，她的思绪已经跟了这未知的黑夜飞到很远。

又是一年，家里人大大小小都需要薄衫了。女人拉出年前织的新土布，量好尺寸。让棉布缩水——水浸过的土布才能裁衣。锤布不像纺棉、织布、缝织这些工序那般重要，它只是织布穿衣中一道不起眼到可以忽略不计的小工序，但无论如何都不能少掉。

湿好的土布从盆里拎出来，要晾。白花花的家织布，在院里的竹竿上绕那么三五下，垂下来，成不规则的孔状，娃娃们便遮着这块新洗的土布，藏猫猫，不时有个小脑袋在布孔里露一下，再露一下，嘿嘿哈哈地逗着玩。

　　土布半干时候，该收了。女人抹干净炕席，从竹竿上将土布拿下来，铺在炕上，将它叠成方形或长形，往胳窝里一夹，手拿棒槌，在院子南墙根那一块青石跟前蹲下来，捶布就开始了，这梆梆的声音，是藏不住的，越过墙头就跑了。

　　青石，村里各家院里都有。棒槌也是各家用各家的。青石得平，平到水滴上去不溢不流。棒槌，专用，木头旋出来的，尺把长，手握的地方是个槽，刚够一手握的。锤布是工夫活，这些折叠起来的布要锤好，得多少下，再精细的女人都没个准数。

　　一家人全年穿的布，少说也得几丈，这几丈的土布，叠成方块，得多少折？捶平一折须多少下？这些土布要捶好，也不是一折只捶一遍，得折过来，折过去，反复地捶打。女人讲究棒槌拿在手里要顺手，棒槌让人发困的话，女人要么求木匠另旋，要么借用别人家的。

　　捶布，折叠很有讲究。女人折叠的土布，一折一折像书本。捶布的女人呢？她们就像读书的小学生，"读"过一页，翻过去，再"读"下一页。小学生不想读书就不读，捶布的女人却不能捶了这面，那面放着明天捶，等明天，布就干了。

　　女人的手腕还是困了，胳膊也酸了，她看看太阳，太阳离南墙还有好长一截，便松松气，放下手里的棒槌，歇歇。歇下的女人，忙里偷闲比较这捶打过的布和没捶打过的布，不放心，走两步，将布托到太阳底下。经这一比，她看到捶过的布不但平展，而且光亮，没经捶打过的布就是不能比。女人微微发红的脸儿越加好看了，心也宽慰了，心里一高兴，劲儿又来了，拿起棒槌的胳膊呀，轻飘飘的，那富有节奏感的、有力的梆梆声，自个听起来，也比先前时候悦耳。

　　捶布像碾子。棒槌在布上敲打，一棒槌与一棒槌紧挨着，近似重合。细看，棒槌就是这么慢慢地挪着窝，过来又过去。女人将棒槌抡得呼呼生风，扇得折叠起来的土布的角儿，也随着棒槌起起落落。那正被捶打着的地方，如鼓起的风帆，又如风吹着的麦浪，打过去、滚过来，一遍又一遍。

　　折叠的每一折，全打过了。从后往前翻着，这又是一遍。这时候，女人额头上的汗湿了她额前的头发，女人的脸经这热汗的滋润，细嫩了，红扑扑的，好似人抹了上好的脂粉一般。女人手下的家织布呢，经她这般千捶百打，如过了百天的婴儿，终于褪去他一头一脸的皱皮，光洁得可爱起来。

石头巷

村庄的石头巷，青光青光的石头，不平，铺满着。一块又一块的石头，它们不规则地排行，东扭一块，西裂一块，滑头滑脑地全挤着眼在笑。

小孩子喜欢跑，一跑，大人就在后头喊："跑慢点儿，看倒了，磕掉牙齿。"真有磕掉小孩子新长出的两颗前门牙的，巷里的石头也常常能磕破孩子的膝盖。

有一个村落据说是明清时候的建筑，到那里一看，那里的石头巷让我非常感动，踏着脚底下的青石，这感觉是那样的熟悉。这些青石，一块块，似乎从我的村庄里搬运而来，从我的记忆中搬运而来。

村人们搬到新村去住了。记忆中的石头巷还在，只是有些破败，那里有拆毁留下来的低矮的墙头，有盛满尘土的青石台阶，还有矮墙内那半死不活的槐树。

翻新记忆，这矮墙里头是多么的有秩序，可以默想出好友家门窗的颜色，默想出那时候还很年轻的主妇的容貌。

那大门下一大块青青的石台阶，人们称它"门石"。门石上留着当年孩子们的脚印、手印。孩子们做游戏，爬在上面，看羊拐是坑还是背。这块门石上，留着孩子们快乐的岁月，宝贵的年华。

那沧桑的洋槐花树，当时很年轻，开春时节，孩子们爬上去捋雪白的一串一串的槐花，吃够了，将剩的拿回家让母亲拌面蒸着吃。

石头在当年的孩子们心中，有深深的记忆。面对大海，落潮处，太阳照上海面，远远地看见一块发光的石头。我清晰地看到那是一块发着光的地方，我的心中有了谜一般的诱惑。看准那金光闪闪的地方，我一点点走近，等到我的身影足以遮住阳光的时候，眼前耀眼的光消失了，我看到一块青石，刚才发出耀眼光芒的地方是一块青石！

这是一块被海水吞没、洗刷过不知多少遍的青石。摸它，光滑细腻，如女人涂了润肤膏的肌肤。我极爱，捧在手里，一路背了回来。

下雨了。雨天上学，不用发愁，走在石头路上脚底不带泥的。戴一顶草帽，披一张雨布，走上石头巷，没有水坑，不怕滑跤，还能在雨天的石头巷里跑起来。

雨中的石头巷，能照出人影子。小伙伴相跟，比赛看谁找寻的石头又光又亮，照出的人影子真切。小伙伴披着雨披，在这块青石上照照，又跑到那块青石跟前。孩子们在雨中的石头巷里跑着跳着，真是开心。雨中的石头巷，娴静，是妇人手里推着的一个轻轻的摇篮，在雨中浮动。

雨后，石头巷是洗过了的，一片青光。太阳出来，照在上面，一块块青石，焕发着红的光亮。男人、女人，漂亮的大姑娘、俊俏的小伙子，还有一把长胡子的老翁、白发苍苍的老太太，他们在这雨过天晴的日子，从一个个门里出来，在石头巷里露面了，站在自家门口，对着闲话。

清晨、深夜，石头巷是寂寞的。村里的每一个响动，从石头巷反弹回来，是那样的清晰，脆如高挂的风铃。

石头巷的石头老了，当年的孩子们总记得它。如果石头会说话，石头也亲与它住久了的、十分熟悉的一个个人们。石头不会说话，它把灵性赋予了从她怀抱里成长起来的一代又一代的孩子们。

石头桥

拉着祖母的指头，从石头桥走下来。石头桥很奇怪，是一个转着弯儿的斜坡。

石头桥不是一块又一块的大石头的连缀，是小石头，长长窄窄的碎石头挤在一块，胡乱窜动的样子。

刚从娘家走出来的祖母，喜眉笑眼。石头桥这个地方，聚集了很多人，祖母欣喜地与一个个老年人搭话。祖母当年最多50岁。50岁在一个小孩子眼里是老大的一个人了，但祖母的脸笑开了一朵花。我抬头看我的祖母。她的小脚脚一扭一扭地走，边走边用手拂她梳得乌黑溜光的鬓发。祖母的头发到老也才只有几根根的白发。祖母眯起她那双大眼睛，瞅一眼自己小巧的脚，摸摸鬓角的头发，看着她熟悉的一个个娘家人，不住地跟他们说话。

"啥时来？"

"现在回去？"

简单的句子，从娘家人的嘴巴里说出来，听在一个出嫁多年的女儿家的耳朵里，那是另一种滋味儿，如几百年的陈酿，是一首唱不烦的老歌。

这样的问候，把我们送上石桥，送着我们过石桥。

祖母回她的娘家，带上我们小辈，有多少带多少。祖母要回她的娘家看望她的老母亲，在她决定要去的前两天，吩咐她的媳妇们：对付走亲戚的新衣服，她要带孩子们出门儿。

在家乡，跟祖母回她的娘家，就是出门儿，就像现在去旅行，到很远的地方看灵山秀水。祖母的娘家离家近，只几里地，祖母的小脚扭着扭着，不觉就到了。

桥下没有水。这是一个古老的石桥，老到祖母都不知道它是什么时候的桥。石桥被人的鞋底子磨得透亮。小小的一条一条的窄石之间有缝隙，缝隙里镶满了土，但人从上面走过，不见有微尘飞扬，就是大风吹来，也掀不起一丁点的土星。石头桥永远那么干净、亮堂。

桥底有一大片树园子。这是密密的一园子杨树，太阳照着，杨树上麻雀子欢叫着，叽喳得太阳一会儿比一会红。孩子们欢呼成一片，一个个手扬弹弓，准备出击。

石头桥旁边有一所学校。一个大阿姐，高高的个子，都是七年级的学生了。我叫她大阿姐，她带着我去她们的学校。大阿姐的同学都围上来。大阿姐要上课，老师来了，教室的门闭上，教室里传出孩子们的读书声。教室是木板门，当中有个洞。我眼睛的视线穿过洞口，我看见大阿姐粗粗的大腿。我从来没有告诉大阿姐我看她的腿了，我当时感觉她的腿丑死了。一个女孩子，有那样粗的腿简直丑死了。老师突然开了教室的门，我吓得发呆，同学们"哗"的都笑了。

祖母的母亲那会儿都90岁的人了，话说得还是一句是一句，一点不含糊。祖母的母亲，眼睛好，耳朵好。家里一来人，一说话，她就知道谁来了，就叫谁的名。我祖母去了，她叫我祖母的小名，然后看到我，用手拍拍炕席，叫我过去。

祖母的母亲常常睡一个枕头，背对着墙。我坐在祖母母亲的胸前，听祖母的母亲给我唱"院里栽一棵苹果树……"。也不是唱，是念，拉长了声，极像唱的调调。祖母的母亲说一句，我说一句，说完了，从头再说。这样说几遍她就问我会不会背，我像她教的那样从头念一遍，她很喜欢地摸我的头，说我长大了有出息。

祖母与她的娘家人道别。我拉着祖母的手指，走在石桥上，一边走一边念祖姥姥给我的儿歌。

井 台

  天蒙蒙亮，巷道里早有桶儿哐哐啷啷，接着便听见人的脚步扭动，听到桶跟铁钩相磨的吱吱声。这声音伴着几声咳嗽，近了、远了。不用说，这是谁家汉子担水桶去村子后巷的井台前排队。

  大冬天，不待天亮，结冰半尺的井台上，足会排十多对水桶来，一对紧挨着一对，那桶儿一个个像长了腿似的一点点地往前挪。主人大多猫腰，把手笼在袖筒里，挨到自个儿，才从袖筒里取出手来，放在嘴前哈哈，使劲搓两下。千万别以为这个动作是庄稼人娇贵自己，庄稼人是不懂得娇贵自己的。这个动作是在停候，给刚汲上水的人挪出点时间来。

  刚打水上来的乡亲，就在这哈手和双手擦动的工夫，将两桶放到隔一扁担宽距离，取来扁担，两手拉紧铁钩，一前一后挂好，稍稍用劲便起身用心地慢步小走，那模样犹如耍杂技的走钢绳一般。

  下了井台，走上惯走的土路，不用看，那汉子一臂随便一弯压了扁担，一臂前后长挥，大步流星往前。竟有两手都笼在袖筒里，担子挑肩上，两头上下起伏，满满两桶水儿，不溢不流平得照人影子的。

  井口大小，只能松松的容一桶直上直下。井沿，青石做成，周围青光青光，光滑得如用油打磨了一样。要问这井到底是从哪一辈开始使用，很难说清。这井的水，人吃了多少辈子了！前几年还是七八岁只会跑巷的顽童，过不了几年，就会晃着水桶来井台。也有两小儿一人一只手，共拎一只桶来的，一看就知道，他们的父亲上地头了，母亲忙着蒸馍，打发他们抬水来了。

来井台上的人们，像进自家院门一样，有一份坦然的心情、悠然的神态。

天亮了，太阳一点点升起来，人们的脸上也多了些快活。

挑水是汉子的活。早上起来，汉子揉揉瞌睡的眼，趿鞋出了屋，走向扁担。至于炕上地下、生火做饭、放猪喂鸡、打扫里外……一切杂务都被汉子一根扁担挡在了视线之外。

井台上是汉子们谈天说地的好场所，天年的好坏、庄稼的收成；张三善偷懒、李四不随和……居然有"说曹操曹操到"的，你听，一定先是朗朗的哄笑声，"曹操"被搞懵了，正疑惑间，谈论的人们早已偷换了话题。

偶尔也有妇人穿了碎花花衣，挑了水桶来井台。这井台就有好戏看了。房前舍后，男人们的亲亲热热的玩笑，说得年轻媳妇红了脸，说得中年妇人破口骂，这没大没小的嬉闹，让人开怀大笑了。

快到吃饭时辰，便有六七岁的小孩，受家人支使来井台唤父亲。井台对小孩子永远是个谜。他伸脖子到井口，探头看井底自己的影子。大人一把抓住，作势要打，小孩缩了脑袋挣扎着溜了。大人将脚猛劲一跺，孩子只当追了上来，"嗒、嗒嗒……"没命地跑远了。

井台上还有更热闹的——远远听见有嚷嚷声向井台这边来，近了，声音就多少有些聒噪。原来是一个40开外的女人，嘴里连喊"不活了、不活了"，头发乱如雀窝儿，鞋子只剩下一只。她被三四个女人拽着，身子还是离井口越来越近。眼看到了井边，这几个女人拉拉扯扯，不妨脚下一滑，全都撅倒在井台上，井台上的人"哄"地全笑了。

拖架的几个女人恼了，一个说："放了她，只管她去。"

奔井女人拨开泪眼，看看这个、看看那个，竟不知如何是好。打水的汉子见她这般尴尬，戏谑道："你也是，早不来、晚不来，我正打水你就来。那你现在下去，看该掉井里还是该掉我这桶里。"

汉子这话说得井台上的人乐不可支。这女人听了，也有了话说："去，年纪轻轻的，以后有你懂的。"

几个女人上去一拉。她们几个都觉着乏了似的，在热热闹闹的人声中拖肩搭背地走回去。

看完热闹的人们安静下来，他们发觉要过了吃饭时辰了。井辘轳声急了一些，眨眼工夫，水桶由八对、七对变作三对、两对了；原来的随意说笑，变成正儿八经的谈话，再往后，谈话也是有一句没一句的，似乎嘴巴乏困了或者是将肚子里的话洗刷一空了。

井儿送走最后一个打搅它的人，终于安静地敞了口儿，等待明天的来临。

旱　井

水从天上来

水从天上来！

这里是一个村落。

一个穿红毛衣的年轻女人，从门里闪了一下，不见了。一个六七十岁的老婆婆，头上系一方手帕，胳膊挎着篮子，一手拿镰，精神满满的走下坡去了。红红的太阳照在山坡上，层层梯田，绿意盎然的庄稼。与山离得一近，青山越加高大起来。这里，一条条小巷，各样的大门小门，早年的土门也还在，连着土门的土墙有几十年历史了吧？不扭不歪，厚厚地、稳稳地、齐齐地立在那儿，宽宽的影子投到地上，落到墙根处。土门外面，随意的几根细木杆，横横竖竖地搭成架，离地一尺半。上面有秫秸结成的席子，席子上面有切成两份的柿子。这些柿子晒了好多天了，红色暗暗的；红色再暗些，赶入冬前，收在瓦盆里，几收几放，过年前头，这柿子上就有一层雪白的甜霜了。柿子是这里的特产。这里的庄户人家凭着柿树，每年都有一笔可观的收入呢。

这些柿子靠天雨生长。在这块地下不见水源的地方，人们靠天吃饭，吃了一代又一代。地里的庄稼，一年几次雨，纷纷扬扬两场大雪,也就足够了,庄稼是好收成。庄稼生在土里,长在土里,土是宝贝,保存水分,一场雨可保持一两个月。人呢?不能一顿喝足,一月不再喝水。家里牛马得有,鸡狗猪羊得有。庄户人家有牲畜禽兽,与庄户人家养孩子一样,是很在理的事情。一只母鸡,下蛋,一多半换了火柴,换了盐巴诸类家用了,留下来的用来孵小鸡。庄户人家的土院,有母鸡"咯咯咯、咯咯咯"地叫,那一定是它寻到了小虫子,在对小鸡们说:"快来吃,多吃点。"母鸡是不吃的,两只小黄眼睛这边转转,那边转转,看着它的儿女们。主妇看见了,回身进屋,双手满满全是金黄的玉米,洒在院子里。母鸡飞快地跑着过来,圆滚滚、毛茸茸的小鸡们跟在后头,追过来一群。小鸡吃不下那么大的玉米粒,它们用尖尖的小嘴试着啄,嘴巴衔不住又掉地上了。母鸡真饿了,"唪唪唪",很快地吃了一大半,很快地吃完了!院里也有羊,羊毛一年剪一次,能卖钱的。母羊产奶,给小孩子喝,给老人喝,给养病的人喝。喝羊奶长大的孩子结实,喝羊奶,老人的脸总能红得更可爱。羊奶养病,喝三年五年,难治的病奇迹般地变好了。羊奶是宝啊,尝过羊奶甜头的人都这么说。猪更是不能不养,猪是家户人家一年的主要副业,娶媳妇的钱可以说全靠一年一口猪积攒起来。再说猪也是宝呵。地里头全年的肥料从哪里来?猪圈。农家离不开猪圈。——这些都得养,家里就都养起来。一天的用水也就多起来。

靠天上水,这么多张口,家人用水的经济是难以想象的。家里的水从来不敢随便倒的,说这里的人舀水比盛油还要小心翼翼,不能算是过分。洗碗水从来是不倒的,放在一边澄清,下回再洗,洗过几回,实在是脏了,才拿去倒给猪喝。洗脸有规矩:先是屋里当家的人洗,再依次排下来。也有特别的时候,比如家里来了亲戚,先给亲戚洗,这是礼节。可也有倒过来的时候。一大家子,上有白胡子爷爷,下有刚会跑路的豁着牙的孙孙。老爷爷要洗脸了,孙孙闹着也要洗,老爷爷笑得白胡子都颤开了,退后,看着孙孙的一双小手在水盆子里扑腾,这时候,倘若年轻媳妇为这样的事骂小孩,是不行的,要受到老爷爷的责备,倘若不由分说上前拉开小孩子就更要不得,老爷爷会气得跳起来。老爷爷说他就是高兴看小孙孙在他的洗脸盆子里耍水。

节水是这里人们的习惯，可再节省也不能感动老天，在人们需要的时候顷刻下起雨来。人们想起了储水，想起了土窖。这就是旱井。

村里老辈人祖传的旱井还在。以前，七兄八弟大家伙过日子，一口旱井，储足水，一大家子算上牛马要吃半年呢。旱井，从老一辈传下来，是家产，是财富。

挖旱井

旱井与水井不同。水井是打出来的。打井，最激动人心的事情是看到泉水火箭一般突然间从地里喷将出来，接连不断地喷出来。旱井是挖出来的。挖旱井也不像打水井搞勘探，旱井哪里都行的，说白了就是土窖。

八月中秋过了，新刨出来的红薯大大小小滚了一地。怕这些红薯冻坏了，就储藏在土窖。土窖多藏红薯，也称它"红薯窖"。

红薯窖，家家有。从地面往下，直径二尺半，圆圆的一直筒，五六米深的样子。壁侧有两行小坑，坑半只脚深，人踩着小坑上上下下。腊月天气，窖底暖气如春。脚落坑底，往左或者往右，就能看到藏在土窖里的红薯了。

旱井像这样的土窖，却又不完全像土窖。人称旱井口面小肚子大，这与水井、土窖大不相同了。

旱井，也称"水窖"。靠天雨吃饭的村子，在房屋建造前，先得打造旱井。看到这里从老辈人手里不知传了几代人留下来的水窖，不能不让人感动。它与现在的井口没什么两样，一样能宽松地放下去一只桶。但那口的界面，一看就知道是口老旱井。那是由两三块厚实的石块拼成的。那石，是磨扇那种豆沙颜色，上面隐隐地有凿出来的纹路。这些一天天浅显下去的纹路，映着古往今来。人们随着日月的流逝，脸上的纹路会多起来，它呢，它一代又一代的主人，每一天都让它脸上的纹路抚平一点。井口有井架，有井轱辘。站在它的旁边，看这口古老的旱井，它是那样的沉默。但在这沉默的背后，该有多少故事哟。

　　一个村子里住着，是要比哪家的旱井大的。同样大的旱井口，哪家旱井的肚子大，哪家人脸上就荣光。在这个地方流传说一个土老财，他家挖的一口旱井，地面如场，管够七匹马拉的大车在里面转着圈儿跑。

　　麦子种上，庄稼活少了。这是挖井最好的时候。这古老的旱井是用黄土做成。中秋过后，土质结板，比起前半年疏松的土地不知要好多少。土质疏松常常有塌方的危险。一个头发斑白的长者，在小伙子们吃饭的工夫，想看看他们挖得怎么样了，活做得如何，下去，就再没有上来——塌方了。三四个壮年，正满脸泥汗地挥着手里的镢，挥着手里的锹，却在刹那间，不见了天日！为了吃水，村里人搭进去多少性命。挖旱井，挖得人心惊胆战。他们在挖旱井前是要响鞭放炮的，比娶媳妇放的鞭炮还要多、还要响。这些挖旱井的汉子们，要吃好。庄户人家好吃的就是油饼、包子。挖井前吃食有讲究：油饼中间不让有孔，包子是不吃的。人们丰富的想象力拒绝挖旱井的小伙子吃手捏的包子。

　　漏水、塌方，挖旱井最害怕。

　　庄户人家一生三件大事：挖井、盖房、娶媳妇。这里的人将挖旱井放在了首位。这里的人说挖井远不如娶媳妇、盖房。娶媳妇、盖房屋哪里能与挖旱井一样呢？娶媳妇、盖房怕的手头缺金银，挖旱井可是与人的性命开玩笑呢。

　　但旱井是少不了的。

　　讲故事的这个老人80多岁了，他说不清村里这口旱井是他爷辈的还是他祖爷辈的。他颠三倒四地讲述旱井的由来。说这旱井分给他叔叔家。但分家时候，分单上白纸黑字，写得清楚，得给他家吃30年的水。为了吃水，他的叔叔打他。叔叔家不让他家吃水，一见他上他们家提水就打。要不，远远看见他家里人来提水，就锁门了。他们家就没吃够30年的水，唉，那年月有什么办法……老人自说自话地叹息着摇着头。

　　像这位老人说的情形，在那个年代很普遍。旱井一般都是兄弟合作打出来，这就给后人留下吵嘴的根由了。旱井是他们同伙过日子时大家共同的宝贵财产。

七兄八弟一个家过日子，小伙子有的是。农闲季节，他们便开始忙了。在庭院里选好地方，先是大家动手，很快地，直径大约70公分，离地面两米左右的旱井口就挖好了。再往下，不是照直往下，而是斜向土层里，一点点地斜，越斜越里。人呢，随着挖深，也一点一点低下去；斜着挖，使正操作着的地面更为广阔，小伙子们的镢能撂得展手了，锹呢，使起来也怪顺。可别以为这一斜挖，想怎么斜就怎么斜，不行的。这时候，从旱井口挂下一重物来，一个铁疙瘩，或者一张废了的鞋底子。这个垂下来的重物便是旱井的中心线，挖一会儿，得量量，看是不是挖偏。

五个人能忙过来。下面抡镢刨土的，一下是一下，镢抡得那样起劲；拿锹装框的，弓起背，因为是两只筐轮流上下，这只才装满，那只就来了，没有抬头的工夫。唯有挂钩的这个人轻省。井口有个井架，井架上放个辘轳，辘轳垂下粗粗的麻绳，麻绳的尾端有个铁钩，这个铁钩多是挂东西用的，用在挖井上，用来挂土筐。筐上端的绳子，交错成十字条。挂钩的人，拉住筐，整好筐上这十字条，将挂钩套进去。

挂钩这活轮换着做。刨土的刨累了，换来挂钩，过一阵子，又是浑身的劲。装筐的，腰憋得实在难受，换来挂钩，一会儿，腰也就没事儿了。东日头一定半墙高了，井下面投下一个浅浅的黑影——又一只筐下来，这人伸手接了筐，很快，装满土的筐晃悠着上去了。

井面上须两个人，苦并不比下井的人轻省。随着井越挖越深，筐虽说还是原来的筐，却一会儿比一会儿沉，抡着井把的双臂动作越来越慢，上身俯下去，仰起来，一圈又一圈。但筐上来一只，又得下去一只。筐下去的时候，要多轻松有多轻松，玩儿似的。将筐挂在辘轳井绳的挂钩上，用力往下一拽，两手一上一下护了那木井辘轳，只听得呼啦啦啦一阵疯响，眨眼儿工夫，筐下到底了。那倒土的小伙子呢，也不闲着，一筐刚倒完，又是一筐上来。八九月的天气，这倒筐的小伙子，穿着纯白的棉布褂子，已是满头大汗。

越往下挖，井下面的人越见小，井里越见宽阔，从井口往下，整个一个弧形，有镢拉出来的一条一条的印迹，斜斜地交错，如四月挂线的急雨，似乎都能听见那种特有的舒坦的音符。挖到三四丈深，阔出来一个满意的大场面，然后，将井底挖成锅底的形状，这是挖旱井的最后一道工序。没有比将旱井的底挖成锅底形状更好的事了，这一点非常合人的心意。主人站在一边，拄着锨、镢，对着挖出来的锅底子，细细端详：这不就是我们家一口聚水的大锅吗！锅大好呀，锅大，人多。人多家道旺呀。

防　渗

旱井的寿命全在防渗，旱井挖好了，接着是旱井壁的处理。旱井壁是旱井的一大工程。它不像现在用白灰砂浆、水泥砂浆。那时候，没有白灰砂浆，更没有水泥砂浆，那时候，只有红胶土。

井壁的处理要搭架。先是给旱井正中下一柱子，旱井周围呢，也是隔几步下一根，将军一样，直直地竖着。再用一些柱子横着放，将中心的柱子与周围的柱子相连，架就搭好了，俨然一个大型的蜘蛛网络。如果柱子不够高，还可以在柱子上再接一根柱子，这样看起来，就像玩杂耍。旱井壁的处理就是这样在杂耍中完成，却比玩杂耍还要认真。

先是给旱井壁凿眼。在旱井壁侧用小镢头朝里挖掘，凿出深约15厘米，直径10厘米的一个个小圆洞。这些个小圆洞，上下左右间隔尺余，交错开，梅花状的，如女人手里纳着的鞋底上面那一个个错落有致的针脚。看爬在旱井壁凿洞的阵容吧，他们几个，或蹲或站，凿几下，用手掏掉里面的土，再凿。凿洞不会有太大声音，但须细致、耐心。这里做工的，不像是一个个小伙子，倒真像一个个纳鞋底子的姑娘。他们不断地翻架，一行行地凿眼。

凿完眼，就该拿红胶土粘了。

把早就晒干的红胶土碾碎，过筛，加水预浸，揉在一起。红胶土得多卧会儿，然后和，像和面，揉的时间越长，面就越光越筋道。红胶土和得软而细滑，绸缎一样了，滚成圆柱状，20厘米长，直径10厘米左右。将这些圆滚滚的红胶土，一个个打进壁侧凿好的壁眼。有了这红胶土，井壁看起来是一壁的梅花状。

捶井算是这一工序里头最有兴味，也最热闹的场景。捶井，要用到一个大石杵——一个方方正正的石块，中间凹下去，这凹下去的地方，插着杵把，半人高低。杵把上端，叉成一个结实的十字，村人叫它"夯"。夯被四个人一人出一只胳膊"哎嗨"一声抢起来了。

打夯本来就不是一个人的活，哪里有抢夯，哪里热闹。小伙子们抢得热闹，小孩子们看得热闹。号子响起来，"一、二——嘿哟！"夯砸下去，一下一个坑的。

这是井壁。杵横着，对着井壁。这样打夯难度更大一些。将杵把拦腰系住，再牢牢系在主柱上，仍须四个人，仍是喊着号子，将石杵一下一下地打在井壁上。每打一下，小伙子们的脚底下都颤悠好几下，他们不是在地上劳作，他们是在空中。但他们忘了他们是在空中，他们把心眼全放在井壁上了。干活时候，他们是认真的，歇息下来，就是另一回事了。这些活是压不住年轻人的。他们一歇下来就不安生，一定是谁说了谁的笑话，他们在搭的架子上转着圈子跑，就有一个跑不急，一跃，顺主杆溜下去了。老年人用羡慕的眼光看着年轻人，这是年轻人才玩得来的游戏，想当年……唉，好汉不提当年勇，不提了，还是让他们快点干活吧。小伙子们的衬衫汗湿了，索性光着膀子。天气凉了，他们这个储水的旱井里呵，温暖如春。

石杵在井壁侧耐心地一点点移动，光滑的井壁就是这样在石杵一点点的移动下完成。上上下下打过一遍还是不行的，得这样用石杵杵过三四遍，一直捶到井壁光如镜面才行。想想这工程的豪迈和气魄吧，他们这哪里是在为吃水挖储水池，简直就是在造一件精细的瓷器，一件硕大的工艺品！

井壁造好了，井底处理就在眼前。一样的办法，只是井底必须捶得比屋里的铁锅底子硬实光溜。这样的井底，须铺些石子。雨水下来，滴滴答答，有这些石子，井底就少了雨水的冲击。想象那细小的各种各样的小石子：白的、灰的、黑的、珍珠色的、红玛瑙色的，圆滚滚地铺了一地。装满水的时候，三季子在水下，就是一幕风景了。那浅浅的河流，我是见过的，淙淙的流水下面，清晰的碎石影子，五彩斑斓，太阳照着，闪着耀眼的光泽。这是露天的河流，旱井可远不是这样，它默默地，将自己藏起来，只剩一个70公分的旱井口静静地对着蓝天。

储　水

　　旱井挖好了，井壁造实了，旱井的大活就干完了。井里头的木柱子一条条从井口拉上来。家人们一个个欢喜地伸长脖子从这70厘米的井口往下看。大人喜欢看，小孩子也要看。大人不让小孩子看，抓住一个，作势要推他下去，旱井口周围的小孩子一见，吓得鸟兽一般，"忽"地全散了。

　　储水的工具有了，接下来是进水口。这70厘米大小的直筒，上面搭井架，支起辘轳，多用来吊水。那旱井的进水口在哪儿呢？在一个离旱井口三四米远的低于旱井口的地方。选取的这个地方叫沉沙地。漫巷的雨水，汇到沉沙地。雨水经过，流到旱井里头。

　　沉沙地通向旱井，有沟通的管道，那是进水管，木的、竹的，都行。这管道一下子通到旱井井肩部位，伸出井壁15厘米左右，水流到这里就直接落到旱井里了。雨水流经沉沙地的进水管道。管道三四米深。入井的泥沙杂草会相对减少一些，这沉沙地就是旱井的过滤关卡。

　　下雨天，你仔细听，外面的大天地哗哗啦啦下大雨，旱井里呢，淅淅沥沥下小雨。雨小了，大天地下的雨变得淅淅沥沥的时候，旱井里，你细听，滴答、滴答，如上足了马力的闹钟，不歇气地一鼓劲向前。太阳出来了，照在湿湿的泥地上，天上没有一滴雨水呢，这会儿，没有外面雨声的吵闹，旱井里，雨点的滴答声，清晰起来，一滴比一滴舒缓，也一滴比一滴有韵味。一种清脆的音质在空旷里低回盘旋，上升。

　　水到我门前过，我哪有不挡之理？人们说。

　　天上下雨地下流，流到哪头是哪头。这是自然。自然就成了理了。家家的土巷，不是这头高就是那头低。每家的旱井里都缺水。那么，按水的来头依次轮吧。水从东头来，那么水先归东头那一家，那家的旱井不需要水了，轮到下一家。紧挨这家的西家，怕是等得都火烧眉毛了，却不能将水截过来。截水是这里的人家断断不能做的事情。或者，就要挨上了，天不作美，雨小了，停了，那也没法子。这家人也是没有怨气的，跟前头一家的邻居还是有说有笑，在说笑当中，东家邻居的心里就多少有些不过意，下回有雨，少占点时间，快快地将水回到西家邻居的家门口，如此，居家的人情就尽在其中了。

　　旱井里的水，有树叶儿滴的，瓦棱上落的。土巷里有的是泥土、杂草、羊粪、牛粪……这些全不怕。储下来的水不急着用。储上半年，这些水经过发酵，一定能纯净好了。这里的人们用的是最古老的，也是最自然的办法化解一切。

　　雪天也积水。将雪堆在入水口处，能堆多高堆多高。堆雪是件让孩子们兴奋的事，男孩子女孩子出来了，雪落在男孩子浓浓的眉毛上，落在女孩子的绿色围巾上。他们的手冻得红红的，他们的脸冻得红红的，但他们高兴得嗷嗷直叫。他们堆完了自家的，还帮帮别的人家。家里的热炕头哪有在这雪地里好呵，能看一片又一片飞扬着的雪花儿。他们一边堆，一边儿还玩打雪仗。

　　年轻人也爱雪天。大姑娘家雪天就能穿厚而暖和的大棉袄。小伙子呢，大雪天就是战地，哪家的小伙子能干，这个时候就看得出来。小伙子是不怕冷的，大冷天披个褂子，手里拎着木锨出来了。他运作起来，手里那木锨是看不见的，只见那雪儿像使了魔法似的眨眼间在他家的旱井入水口越来越高。姑娘们看得眼热了，在小伙子喘息的时候不好意思地抹下眼睑，似乎从来就没看他一眼。小伙子就喜欢看垂下眼睑的姑娘，垂下眼睑的姑娘才真好看。

　　下雪天，中年人在家里也待不住。天降大福，你说在家能坐得住吗？男人出去了，女人也随着到了门外。出门三句半，有甚说甚。这是雪天，就说雪。出来总有先后，外面的地界，你家我家也没个界线。不是东家多占了西家一块雪地，便是西家多扫了东家一点雪。相处好的，少说两句。相处不好的，你说他说，说着说着，眼睛越睁越大，一个不服一个只想打起来。

年老的，在大雪天也出来了。老汉手里握着长长的烟袋杆，走着咂一口，眯起半只眼睛。老婆婆也出来了，用暖袖护了嘴，挪着小脚站在门厅。下雪天，是这里人家欢庆的日子，是这里人们一件大喜事儿！

雪堆在入井口，一天比一天小下去。明年开春发酵，淀清了，什么时候用水，将桶系在井绳索上，用井辘轳提上来，就是清清的井水了。不用水的时候，旱井口堵着一个大树根，或者一口用旧的铁锅，遮严实就行。

楼　板

　　高高的屋脊，蓝蓝的瓦，屋脊两头插两面小红旗，那是新盖的房。

　　老屋的瓦黑了，有绿的苔藓。老屋的屋脊两头是兽头。

　　老屋的房檐，有滴水，滴水头三角形，带花纹，探下屋檐。雨水从屋脊流经滴水头，滴到檐下，流到院里。屋檐下的地上一溜小坑儿，一个滴水头儿，对着一个小坑。下雨了，打开屋门，坐在门槛里。看雨滴一滴一滴，滴进小坑。小坑里，水花四溅。

　　老屋三间北房，中间是门，东西两边各有一窗户。屋里看，东边窗口有炕，西边窗一眼看不过去，有个界墙。界墙有门，可以进去。靠近西窗口的地方，架有木梯，从木梯上去，就是楼板。

　　屋顶的楼板，是个好去处，上面晾着新摘的花生，亮红的软柿子，暗红的软枣。

　　伴着吱巴巴的声音，踏着木梯上去，爬上楼板，开了天窗。楼板上面与屋子一样地豁亮了。吃着花生，吸溜一个甜甜的柿子，软枣一个个地捏过，实在没有能吃的了，还是不想下楼板。

　　在天窗口蹲下来，朝外望，屋檐下的燕子窝，伸手就能碰到了。但我不敢伸手打搅燕子。燕子的窝里，两三只小燕子显出刚睁开眼的样子，一只燕子守在窝边上，警觉地看你，你不敢再看，悄然将头从天窗门缩回去。

　　燕子飞走了，但在不远的空中，趸了一圈又赶紧回来。它在侦察小孩子的行动呢。黑缎子似的、闪着蓝光的燕子，有美妙的好身段，不怪人们看见它要多看几眼。大人说："燕子是个有气性的，谁要捉住它，它就气死在谁的手掌心。"大人们像商量好了似的，谁都不惹小燕子。

又一只燕子赶回来了，它飞得匆忙，嘴里叼着一根嫩草，很快，那窝里的小燕子"叽叽叽""叽叽叽"，好听地叫起来了。

楼板上有一个大篓筐，树条子编成的。篓筐很高，八九岁的孩子踮起脚尖，手才能钩着筐沿。篓筐里面暗，看不清装的是什么，我们几个孩子摇它有些晃，齐力推倒它，发现原来是念过的旧书。从此，楼板上面成了最迷人的去处。

秋天，楼板上除了能吃的花生、柿子，还有金黄的玉米穗、黑巴巴带些儿紫的棉花疙瘩……凡是能够上楼板来的，全都上来了。

这些玉米穗，这些花疙瘩，是拿筐一筐筐提上来的。一条粗麻绳从天窗垂下去，垂麻绳的小阿哥赏心悦目地看着院子里几个叽叽喳喳的弟妹，他们跑前跑后、七手八脚，忙着往筐里拾玉米穗或者棉花疙瘩，装满一筐，仰头看筐一点点地离地、忽悠悠上升，接近屋檐时忽然从天窗口消失。一上午，装玉米筐下来，又上去……

该上的都上来了，小孩坐在楼板的玉米棒子上，坐在棉花疙瘩上，翻篓筐里的书本，一本本地翻。那书堆里有算术、语文，还有俄语书，全看不懂，但就那么一页页翻。

书页发着黄，散发着陈旧的气味。有一天，在这书堆里面，翻到一本繁体字书，竖行，就更不认得了。但那天，小孩高兴极了，拿它当宝贝。后来知道这书是《老残游记》。

夕阳沉下去了。楼板上的天窗，渐渐变暗，隔着天窗能看见院内东墙上的红光褪下去，只一片灰。

楼板是一块神秘的去处。老屋不大，楼板依旧，人却永难再回到她无忧无虑的童年。

土 炕

想起闪闪烁烁的煤油灯就想起宽大的土炕。

冬日的晚上,一家子关了门,挤在炕上。炕一整天都热着,到了晚上,炉火烧得炕发烫,索性揭了炉子上的铁盖,让红彤彤的火烤屋子的上空。屋子的上空红映映的,人的脸红映映的。

土炕保暖。庄稼人忙收忙种,回来拾些干树枝喂火炉子。那时候的人,走路是要看四周的,脚底的一根红线、一块色彩艳丽的纸片,在他们看来,丢掉都是可惜的。路两边的柴火更是宝贝,拾柴火是很光荣的事。干活回来的人们,不论男女,见了路旁的干树枝,弯腰拾起,夹在胳肢窝下,一天三顿饭烧柴禾。

柴火除了干树枝还有很多。那金黄的玉米秆,那脱了粒的玉米芯,那发着墨黑的花壳子……这些,火炉都亲都爱。它们在火炉子里嗯嗯啦啦地欢笑着。烟气伴着热,穿过灶锅后巷,在炕巷里拐弯抹角,从烟囱晃晃悠悠飘出来,背风而去。晚上,睡觉前,仍是这么一把柴火,让炕一夜都热热的。

娃娃不嫌娘丑,火炉不嫌柴丑,只要是柴,都能做熟饭,都能暖热炕。

土炕,用一块一块长方形的泥板做成。

这一块块泥板是自制的:用土和泥,撒几把穰,和匀。在选好的平地上,再撒一把穰,放一模子。

模是木模,方框,厚二寸,宽二尺,长三尺。将和好的穰泥,一锹锹倒进模子里，平平地抹开，高与木模平。

这样弄20多片，如果天气好，十天半月就干好能用了。如果不急着用，就放在那里。小孩子在干了的泥板上，一五一十地蹦跳。终于有一天，这泥板被拿起，便是要盘炕。

盘炕须请把式。一样是盘炕，盘得好，烟少火旺。盘不好，双眼熏得一看像山里的猴子。盘好的炕上面上一层厚厚的泥土，一样是用泥穰和成。这厚厚的泥炕热得慢，凉得也慢。老年人住习惯了，念念难忘，说土炕不热不凉，养人。

土炕成为过去，但它被人们记着，是一方乡土。

土　坯

在盖砖房之前，盖房用的是土坯。

土坯比烧的砖长，而且又宽。

砖厂做工：皮带将1米长盛在铁板上的泥条子，从机模子里缓缓送出来，徐徐经过切割机，"咔嚓"一声，十个一模一样的湿泥砖就出来了，这叫砖坯。

砖坯须干好，然后装窑、烧窑，出来，就是盖房的砖。

上砖坯的女工，七八个，十多个，分成多个小组。一铁板又一铁板的砖坯，运过来。女工们两手执铁叉，只看见铁叉飞快地抡动，砖墙迅速地往上长了。

打土坯，也是做工，却没有砖厂的气魄。一个砖厂，铲土的、搅拌的、开缆车的、拉砖坯子的，还有那些个上砖的女工……热热闹闹，一砖厂的人。机器的声响和着人声传到很远的地方。

打土坯，只是一人。两个人做伴，也是自个打自个的土坯。

天麻麻亮，男子起来，弯腰，习惯地两手提了鞋面，后跟挨地，磕两下，倒掉鞋壳子里的土；穿上鞋，揉着睡得迷迷糊糊的眼，走到屋外南墙根下。那里有站着的石杵，石杵的木把上挂一个木框。

这木框就是做土坯用的模子。

扛石杵，像扛锄扛锹一样，拿起来放到肩膀上，模子仍旧挂上石杵把，两手攀住石杵把，出了院门。

太阳藏起来，东方有那么点儿发白，这是一天里最凉爽的时候。

这里卧着好大一堆湿泥土，上面插着一把铁锹，像一杆旗帜。好几排土坯，月牙形地排好了，最上面一层的土坯，只围了少半截。

男人放下石杵，在地上摆好模子，开始了他新的一天的工作。

一个新打成的土坯放上去了。不用细看，新打的土坯，一眼能看得出来：昨天的土坯已经有些发白了，今天才做的这一个土坯还是泥红色的呢。

石杵放在手边，弯腰，两手抓住木模的两边，用劲摁住，在地面上左摆一下，右摆一下。木模下面的土地，比先前更平整些，两只手在木模两边猛力一按，木模就像是在土地上生了根。男人回身，手放到一个破旧的瓷盆里，抓一把备好的细炉灰，细盐似的撒在木模底，一锹湿土倒上去，泥土遮住了木模，再挑半锹土倒上去，男人双脚便踩上木模。这男子的踩法，没有踩高跷那样惊险，也不像扭秧歌那样花哨。只见他跳舞般地，在装满土的木模子上，合着自己的节拍，轻快地前跳后跳。胸前的衣服趁着双腿轻快地运作，也欢快地上跳下蹦。脚底下堆积得尖尖的土堆儿下去了，板结平整的湿土齐着木模框沿，土坯的模样出来了。

太阳升上来，光辉洒上耸天的榆树或桑树，鸟儿欢欣鼓舞，拍着灵巧的翅膀叽叽喳喳，热切地相互问候。男人听到这自然的乐声，脚下踩得更加轻松愉快起来。太阳映上男人的脸庞，带着汗滴的额头发着亮。他三下两下脱了外衣，挂在远处的一个树杈上，抬头仰望欢快着的鸟儿，一丝不易察觉的笑容，偷偷藏在他欢愉的神色里了。早晨，没人到这村角，但他有了这些快活的鸟儿陪伴，不会寂寞。他遗憾不懂得鸟的语言，不然，他一边干活，一边能与鸟儿对话了。

悦耳的鸟乐，声声不已。男人打两声哨子，尖尖的，高处的鸟儿听到了。它那小脑袋这边歪歪，那边歪歪，它是在琢磨哨声呢。哨声又响了，男子仰头看它，冲它努嘴，一时间，树上一阵活蹦乱跳。鸟儿们不知道猜到了些什么。

再有心情的男子也比不过少年。一个少年来村的一角打土坯，他或者是不爱读书的淘气包。大人对淘气包说：不念书，学打土坯。打土坯，工夫活，重在一天天的积累。打土坯，要选对地方。打好的土坯，寄放在那里，直到盖房屋。

这少年十三四岁，一早起来，扛了石杵，带了模子，到了选好的地方，摆上模子，撂上土，就踩上了。刚学两天，早上起来，踩在这木模上，双腿酸疼酸疼的，一下一下的，活泛不起来。但还好，只是头几下，后头就活泛了，太阳出来有了鸟叫声的时候，他双脚欢快的节奏就要跟上鸟叫声了。双脚踩木模，眼睛望树上的鸟，当鸟声啾唧，充满无间亲密的时候，他幼嫩的哨声真是比鸟儿还要轻松快活啊。

打着哨子的小伙，不误做工。模子上的土，踩平踩结实了，便下来。"嗨"的一声，石杵落在模子的湿土上，"咚咚咚""咚咚咚"，三五下、七八下，模板里的湿土与一寸多厚的木模紧贴，看上去硬实了，也光了。放下石杵，脚跟碰掉木模，模子松开了。模子里头有能活动的一块小木板，叫挡板。它紧靠打硬实了的土坯，也叫"靠板"。现在，小伙子踢开木模，手心朝里靠紧靠板，利索地从木模里端起刚打成的土坯，两步跨到撂起来的月牙形的土坯墙前，朝最上面的一层放。回来再放木模填土，踩几脚，用石杵打三五下，踢开木模，一个土坯又放上去……

这样打出来的一个个土坯，错落有致地一行行排着，一层比一层高，老百姓叫它"土坯墙"。用土坯盖的房子，老百姓称作土坯房子。

土坯，像其他物品一样，有质量差别，有好赖之分。好土坯的四角齐齐的，简单地说，就是有棱有角。如果踩不好，或者杵不好，不管是哪道工序出了岔子，问题都会出现在四角，稍微受些风雨，待用时，不是掉左角，就是掉右角。掉角的土坯，当然就不好了，如果两角都掉，那这个土坯就只能废掉了。打造出一个土坯，它就有了生命，当你把它沉重地握在手里的时候，会发现它有自己的呼吸。这样坏掉了，真是可惜。

打出不好的土坯来，这样的男人很受他女人的责备。他们盖房，得借别人家的好土坯。那赖的实在不能派上大用场的土坯，便用来垒猪圈、垒厕所。

一早上，月牙形的围墙长高了两层。一个又一个土坯偏斜着，间隔均匀地排列。土坯围墙，侧看像一张大的织网。新打出来的土坯，只有这样摆，才搁得住。就是这样想着法子摆出来，还是害怕。风来了，雨来了，土坯的主人，最先想到的是他们家打的土坯。他们腋下夹着麻袋片，夹长长短短的粗木棍子，冲到疾风暴雨中。他们用棍子里外顶着土坯墙。他们用麻袋片盖好土坯墙，用破了的芦苇席盖好土坯墙。天晴了，揭了盖着的麻袋片，揭了芦苇席，土坯墙的顶层只湿了一点。

　土坯没有人打了，村子里，土坯墙的土房屋几乎都寻不着了。土坯模也不知道扔到院里哪个旮旯里了，院南墙处，也没有立着打土坯的石杵了。

炕 围

人们有了新房，或者结婚，一定得先粉刷装裱屋子，也就是装潢。装潢带墙围。现在的装潢材料繁多，纸的、布的，有纹的、没纹的。

装潢墙围，也有省事儿的，买来果绿或者天蓝的油漆，用粉线袋在齐腰高处打好线，用刷子齐线往下刷。有了墙围，屋子似乎才真正像个屋子。

幼时，看见过画炕围。

炕围，齐灶台高，北至灶台，南不下炕，上面画风景人物鱼鸟飞虫。

盖好的三间屋，墙面刷得雪白，只等请画匠来。画匠个子不高不矮，背一个松垮垮的说大不大说小不小的黄挎包，挎包里竖几只笔杆。

画匠不是泥瓦匠，不是村村有，在人们眼中与教书人一样，是稀客，得好吃好喝好招待。

画匠手艺有高低，须看他画的鱼虫飞鸟看起来真不真。那画上去的云，看上去是不是在一丝丝动。那画上去的草，是不是真如有风在吹。画的那柳梢儿，是不是没在一湾清水里。画的那打鱼儿的老头，撑一叶扁舟，是不是像满载而归。人们不会画，但他们识得好不好。

画匠先上好底色，再用黑线打成一个个长条的方格子。光秃秃的土炕上面，有线盒，有一把硬木尺。硬木尺，四方的，1米多长。一个大的木头三角板。画匠放下这个拿过那个,一点也不打闲。红、黄、青、绿、紫各样各色的颜料盒打开着,沾着各样颜色的画笔混在一起。开始画了。画匠笔下是飞奔的骏马、游动的金鱼、粉的荷花、低矮的墙头、红艳艳的石榴……

炕围多画戏文。画匠从炕台跟前画起,拐到东墙,再由东墙拐到南墙,一直画到炕梢。往往南梢最末一幅画的内容,便是这出戏的结尾。画匠不仅画术高明,文笔也得好。这文笔一得要富有才情,二得要文笔娴熟,在画好的图画上信手拈来,字迹风流潇洒。站在一边看,你得感叹画匠对戏文的熟稔,不只是笔底的人物活灵活现,连同人物的对白都写得真切。

该吃饭了,画匠用画笔,这儿挑挑,那儿描描。他是在给别人画,也是在画他自己的生活。

戏炕围片段有《打金枝》,有《西厢记》《五女拜寿》。炕围里,有新人红红的戏袍、明晃晃的凤冠,有醉人的桃花、明净的窗几,有喜者一抿嘴、恼者一跺脚……这些全都似要下炕游走,活灵活现,真是妙不可言。

柜

我的家乡，家家户户都有柜，那是一样藏衣物的木器家具，字是这样写，但不念"guì"，念"qu"。

这是大家具，高两米多，宽四尺五。这柜分上下两部，各开门，上面门叫"大柜门"，下面门称"小柜门"。

打开大柜门，又分上下两部。上部两层，叫"柜板"。板板带三个小抽屉，叫"腰匣"。一溜小抽屉下面有一个长方形的活动板，宽半尺，可以活动，随意取装，叫"腰板"。

抽下腰板，往里看是一个暗藏。这暗藏里面，是女人最爱。比如，银镯子。金银是女人最值钱的藏头了，多是出嫁前，夫家娶亲的信物。你不免发挥一点想象：那里面放的衣物要贵重一些，除了女人的银镯子，还有小孩子的银锁子一类，藏有几个"袁世凯"，也未可知。

柜是家户人家财富的象征，有窃贼进入，没有不翻箱倒柜的。主人倘若走亲戚，离家之前，先一定记着锁了柜。她走在路上，念念不忘她的柜，直到回来开了门锁，进屋看柜上的锁完好无损，才放心。

柜可以作为陪嫁品。结婚那天，四五个小伙子将红红的柜抬上车，几个送嫁大姑娘在柜两旁一边站几个，和着吹打乐，风风光光欢欢喜喜地一直到夫家。

也有男方有柜，女方也陪嫁了，小两口家里放两顶柜的。还有提早商量好，大小高低，连同颜色一模一样的。两顶柜一齐摆着，平平整整，结实得人看人夸。

柜是家户人的门户。柜门上有"四件"。铁的少，一般都要灿光明亮的铜"四件"。

两块铜片，合在一起，四角切成弧状的花纹。一方精致的铜闩，铜闩下有两个小指粗的铜环。要锁柜门，锁子套了这两个环子，这锁与环便扭结成一个连环。

这是大的，还有两件小的，一样由两块铜片合成，一小方精致的铜闩，两个小铜环。

四件镶在柜上，果然锃亮。

女人闲了，拿干布擦拭。太阳从门里窗里照进来，洒上这铜"四件"，闪闪烁烁。女人的红缎棉袄在柜里，来年添的好衣物也在这柜里，小两口积攒的小钱一样藏在这柜里……

女人有了这柜，多一天，心里就多一份实在。

不知什么时候，屋里的家具变成了摆设。柜在人们眼里太实在、太笨重，有那么点不得人爱。

年轻人屋里的家具，不再叫柜，叫"组合"。

三个或五个与柜一样高低的木器家具，组合到一块，整整遮住屋子的一面墙。组合被格成一小格一小格的，备放电视，收录机；其余的小格格，就得用些心思，买一些小东西放上。

老年人念念不忘她们用了大半辈子的柜。她们说：柜多好啊，能遮能掩的。

风　箱

　　拉风箱是女人每日里的功课。鸡叫不过三遍，素来早起人家的风箱声隔了矮的院墙传来："呼——啪""呼——啪"。有了这第一声响，就有第二声，往后，此起彼伏，天大亮了。

　　人们管拉风箱叫"扇火"，这词极是恰当的。拉动风箱的木拐时，身子或者一前一后，或者一左一右，那炉子里的火苗就一节节地往上蹿，舔上乌黑的锅底，探头探脑地终于伸出方方的灶炉口。

　　"呼——啪"的响声，从一上一下两个小"呼啦板"传出。"呼啦板"，大不如小孩子的巴掌，被屈屈伸伸的风箱扇得出出进进，发出呼呼啪啪的响声。

　　风箱不需用烟囱，一般放在瓦棚或凉棚下，有棚子护着，风箱免遭雨淋。这样的棚子，统称"饭厦"。

　　风箱也算家里一件要紧的做饭用具，打造它需20块钱，算得上家里的大件。风箱用于春夏秋季。冬季里，风箱披上塑料布，闲置起来。冬天做饭用屋里的炉灶，既有了饭吃，又烧热了炕。

　　带风箱的炉子，生火简单方便。柴火用棉花地里的"花柴"、玉米叶、麦秆都行。压好柴火，倒上炭，安好锅，添好水，坐下来安心拉风箱，浓浓的白烟从灶台口，从锅沿直往外冒，先是一丝、多丝，既而成股，顷刻，白烟腾空，又低回旋转从棚子的四下里钻出，上了天。

　　小孩子说天是烟做成的。

拉风箱是孩子们的业余功课。放学回来的孩子们，没有不拉风箱的。孩子背着书包，双手握住风箱拐，拉得很卖力。

拉风箱看书，小孩子都经历过。书铺在腿上，右手拉拐，左手把书。那书也能是一本画本。

风箱跟前的那座，是一块青石，也可以是一个树墩。那青石或者树墩哪里修来的福气，见天闻油香菜香米饭香。

拉风箱也有几般拉法。比如刚生的火，不用劲拉当然不行，可拉得太用劲，火就给扇灭了。如果是馍蒸得快要熟了，拉风箱得不紧不慢。如果是一锅要开的水，拉风箱得扇得火呼呼生风。

如果煮菜，菜就要熟了；或者蒸馍，馍就要开笼，这就不要通红的火。女人想抽空子做其他更要紧的，便用小铁锹撑开"呼啦板"，在灶膛里添一枝柴，自顾去忙了。

女人拉风箱最拿手，也最最有意思。女人做饭拉风箱，不急不慌，一下一下，款款地拉。这个女人，身子是歇着了，心可没歇着，她想起高兴的事情了，想起伤心的事情了。女人伤心的事情多，一时开脱不得，把心里的怨唱出来了，她自编自唱，拿腔拿调的，念经一般了。

不觉菜熟了，或是风箱上燃的那根香烧完了，女人将那没唱完的曲子停下来，她又有了忙的了。

一年有多半年，一天三顿饭，都是靠这风箱炉子做的。风箱就是信号，有哪家拉开了，一村里打仗似的，你听，"呼——啪""呼——啪"，声声相似又各有不同。

灯

傍晚，屋子里亮起蚕豆大的橘黄的煤油灯灯光。煤油灯伴我走过童年，走过少年。在煤油灯下，母亲做她总也做不完的活计；也是在这蚕豆大的煤油灯下，我开始学着写字。

昏黄的灯光给墙上投一个个大大的黑影子。我童年的晚上，母亲在少有的空闲时候用灵巧的双手舞动着，墙上便出现像模像样的一只山羊，接着随意地变换，羊变成一只或蹲或站的小狗。

油灯放在搁置碗筷的灶锅板上。灶锅板平，占地高，灯放上头满屋子亮。放其他地方都不行。比如，灯放炕上，门口那块就黑了。灯放地上，屋子上空就黑些，炕上黑成一片。庄稼人也是有经验的，哪里会放灯在地上？如果剪鞋样，须到鞋窑里寻一双穿过的鞋，或者要寻一个碟子，母亲就端了煤油灯，那豆大的灯火就忽忽闪闪被她放在地上或者端到另一间屋子去。原来放灯的这个屋子一下子漆黑了。好半天才隔窗看月，适应过来。家里有小孩子，端灯前得吩咐大孩子把小孩子抱在怀里，免得小孩子爬动时跌到炕下。

小孩子一见没了灯光，哇哇哭。小孩子离不了灯光。小孩子奔着光，哪儿亮他就看哪儿，灯光的奇妙吸引着他。大人也离不开光，晚上出门，拿着手电筒，说是照明，实是壮胆。

晚上的灯光非常温暖。夜归的人，进院门后朝窗口看。窗口或明或暗，那心情决然两个样。居家也一样。晚上，大人娃娃围一圈，中间不是一簸箕玉米棒子，就是一篓子雪白带壳的棉花。手里剥的是玉米，耳朵听着稀奇的故事，一脸的笑，偶尔大家齐声笑了，笑得灯跳起来。

母亲铺好被褥，孩子们该去睡了。灯光下，铺了一炕的红红绿绿的花花被面，孩子们又精神振奋。他们高兴得一噜爬上去，一齐头朝下顶着炕上这软和和的被子，一个跟头翻过去，抵头碰脚是免不了的，不是你的脚打了他的头，便是他的跟头翻歪了，压到你身上。碰得轻了，嘻嘻哈哈，撞得重了，或者脚打到另一个头上，难免一顿哭笑，总是小的亏吃得多些。好在白天闹腾一天实在累了。大的，被母亲佯装骂两句，去睡了。小的，被母亲哄一哄，也终于含一滴眼泪哭睡过去。一下子，热闹的屋子静下来。后来，父亲也睡了。再后来，母亲或者缝补，或者再纳几针鞋底，忽然长长地打一个哈欠，便将手里的活放在枕边，拉了被子，手招几下，那蚕豆大的灯火，东晃西晃的，灭了，终于屋子里黑下来。

黑暗里的灯，如这屋子里的人一样休息了，第二天傍黑，又亮起来。

暖　瓶

竹暖瓶是我记忆中最早的暖瓶。

竹暖瓶用细细的竹子编织，一圈一圈挤成一个竹筒状，歪歪地放上灶板、桌子，或者老师的窗台。拎它倒水，它会很不老实地支吾，像说愿意，又像说不愿意。放它的时候，它还是支吾，不说高兴，也不说不高兴。人们与它住久了，就不在乎它的支吾了。

这样的竹暖瓶，拎它的时候，那个担心！竹子做的它，久了，有点软，一看就是个病秧子，你要拎它，本来就存了十分的小心。你想象一下拎起它是个什么样子吧，它可是决不会松脱散架，但你拎它怕的就是这个。它在你手里摇摆、颤抖。水从胆瓶口泻出来，山泉一样，却腾起一阵热雾，倒好水，赶快将它放平、盖上木塞，放回原处。

后来，竹暖瓶少了，暖瓶换成铁的。铁暖瓶浅绿色，镂空花样，如孔雀身上的点状，放在灶台上，好像一只站着的孔雀。不过，这可是铁孔雀，不害怕火烤。铁的暖瓶，硬实、耐用，放哪里都不腻歪，也从不叫累。物件儿有新有旧，暖瓶一天天在妇人的抹布下变旧了，彩漆一掉，露出里面一天比一天黑涩、丑陋的铁片来。这只暖瓶，它不再是一只漂亮的孔雀，倒像一只秃鸟，哀怨地立在那里，孔雀身上的点状花纹，变成流淌在黑鸟身上的泪珠儿，一颗一颗，挂在胸前。

后来的铁皮暖瓶，不是镂空花样，是全铁皮包壳，红的粉的，还有鹅黄底子带牡丹花的。它们是结婚的嫁妆，成对儿，一样颜色一样花朵，在桌面一边摆放一个。这样做过摆设的暖瓶，一样逃脱不了脱漆掉壳的命运，红花红过，最终都是要扫掉的枯叶。

后来，有了钢暖瓶。

锃亮的钢暖瓶，玻璃一样，明晃晃的，能照见人影。摆在家里，大大小小的屋子都因为一只两只暖瓶而光亮起来。钢暖瓶，不脱漆，耐用。

但人们还是要换。

这回不是竹壳，不是钢铁壳，是塑料。大姑娘买了做嫁妆。姑娘们的嫁妆大多是日常生活中的必需品。家户屋里添得成这塑料暖瓶。用塑料暖瓶倒水，不像多年前用其他暖瓶那样要拔掉瓶盖子上的木盖。塑料暖瓶，没有瓶盖，要喝水，在暖瓶上一摁，水就奇妙地流进杯子里。这样的塑料暖瓶，也称作"压壶"。

竹暖瓶、铁暖瓶，它们的瓶壳子旧掉，可以新买一个暖瓶壳子。当时的竹暖瓶壳子，几角钱，铁壳子也不过两块。花几角钱或者两块就可以得到一个新暖瓶。塑料暖瓶，人称压壶的，却要二三十块。塑料压壶，壳子倒总是显亮。壳子上，花是花，草是草的，有放飞的蝴蝶，有青山绿树，有云彩。可是压壶坏了，在暖瓶上面摁一下，再摁一下，三下五下，水就是摁不出来，是气人的！

看着鲜艳的暖瓶壳子，扔掉太可惜，留着又有什么用呢？

流行压壶的时代过去后，流行电暖瓶，不用瓶盖，伸手到暖瓶的出水口，将杯沿碰着一个地方，水就自动流出来。这电暖瓶，不要说花二百块买一个，就是电费一个月也得一些花销了。

家户开始用饮水机。真是想象不出，以后暖瓶会发展成什么样。口渴了，嘴巴只一张，或许就能喝到温度适宜的开水了。

锅　刷

不知道哪年出现了铁纱，一团绕得结实的铁丝，用来专门擦锅，代替锅刷。钢锅也只有铁纱才能擦得锃亮，却留得满手油污，腻得人难受。

记忆中的锅刷，却是几辈子甚至十几辈子传下来的。

春天下种。秋天，地里长成一排或两排高丈许的高粱。高粱顶，红缨状。田野里竖起这么一两排高粱，是绿的世界里的点缀。

秋收时候，高粱的脸透红了，收割回家。高粱秆可以派许多用场，可以用来裱天花板。将细细的一根根高粱秆，用线一针针串起来，是家用盛馍的盘子。高粱秆的末梢，带着一把红缨，大大小小的"红珠珠"密密麻麻，红映映的细密的枝条，可以做成笤帚。

做完以上这些，将剩下的琐碎扫到一堆，从中拾起尺把长一小把，用细索子一针针扎好，便有了锅刷。如果能多扎两个，面案上也会有这样一个刷子，可以将面案扫干净。

有了锅刷方便多了，吃过饭，舀两瓢水，拿刷子左左右右转圈儿把碗刷干净，等下一顿再用。拿刷子刷锅，手握刷把儿，是不沾水的。那刷子，高粱穗子，硬实，任刷几下，锅就光亮了。

新媳妇进门，婆婆送来一把末梢高粱，合着一根针线。新媳妇接了，迎着鲜红的太阳光坐下来，将这把高粱一针一束，整整齐齐串成一排，卷起来捏紧，一针一针地转着圈儿缝两三圈或者三四圈，看缝得结实了，将余下的线系成一个小圈套，有了这圈套，便可以挂在灶板下的钉子上了。

　　新媳妇拿着缝好的锅刷，把它送到婆婆手里，婆婆看着锅刷，细眯着眼笑了。婆婆高兴媳妇的针线活精细，更高兴的是，刚过门的新媳妇缝好了锅"刷"子，从此，家就红红火火地"发"起来了。

抹　布

记事以来，母亲手里常常握一块抹布，这布是家织布。那时候，每家都织布，"吱唔——哒""吱唔——哒"响得满巷都是，开始织的布头或者织完以后留的布尾，多用来做抹布。

抹布是一块，方方正正。但哪一边长了一点，哪一角豁了，一样能做的，抹布如添灶的柴，不用挑，美丑都行的。

抹布不讲究，但抹布对于一个围着灶台转的女人来说，可是离不了的。在女人的生命里，抹布忠诚无私。在女人的生命里，也只有抹布伴她的时间最长。女人并不领情，一动气，将抹布甩来甩去，在抹布头上使气。

每次做饭，用抹布擦案、擦刀、擦洗笼、擦洗锅，女人的手里就没有放下抹布的时候。记忆中，母亲拿着手里的抹布将锅拿出拿进，这时候的抹布是衬布。锅把儿（锅耳朵）并不十分光滑，手里有块抹布，再握锅耳朵就舒服多了。抹布的生命像人的一生——经过新生，劳动，然后渐渐变老，老得掉碎布渣儿。但去得快，来得也快，女人的手里总得有抹布可握，才能做得熟饭。

饭后的桌子一塌糊涂，米渣、菜渣、馍渣、蒜皮，处理起来比较麻烦，有抹布就好办多了，一扫而过。

水是人的命根子，也给抹布以新生。抹布过一次水，又全新了。

女人一日做三餐，顿顿都是这样离不得抹布。她们从很小时候起就懂得女人要做饭，做饭离不得抹布。长大了，她们从母亲手里接管了抹布。如此，一代又一代，抹布新新旧旧地替换。

　　织布人少有了，抹布用棉布。发落老人的"顶头孝"，多用来做了抹布。这似乎是八竿子打不上的事情，但民间就是这样。

　　商店里有"洗碗巾""高级洗洁巾"，也说是纯天然纤维制造，下水柔软，油污一擦即净。这"洗碗巾"，下水以后，手一摸，那种叫人不舒适的滑腻感，鼻涕似的，让人心里发毛。老百姓面朝黄土背朝天，从土里刨出的宝贝棉花织出的布才最天然。

　　但不论是老百姓的家织布，还是时下的"纯天然纤维制造"，抹布用来洗碗抹筷擦桌子，经古不变。

春

　　春是年开头的日子。

　　土地苏醒了。田野里的苗儿草儿一个个从沉睡中睁开眼，偷觑。她微笑了，摇头晃脑地与她的伙伴儿招呼。

　　麦苗黑了，鼓足了长势。水渠也不再是干的了，天天有哗啦啦的泉水一寸寸地流进田地里。

　　树青皮了，杨树、柳树嫩黄的芽儿，如一张张雏鸟的小嘴。用不了几天，这芽儿就会展如铜钱般大小了。似乎是一眨眼，这铜钱般大小的叶子，如小孩子的手掌，风一扇动能呼啦啦地响了。

　　春天的天，显得更高了，山也愈见得清澈。渐渐的，山有了湿润的颜色，那是不知名的草儿爬上了山坡。鸟儿跳跃着，歌儿一声比一声嘹亮。春也是她们的季节。燕子来了，在屋檐下往来穿梭，寻寻觅觅，要安居乐业。

　　人忙碌起来了，是地里的麦子翘首以待，更是花儿草儿鸟儿挑动了情怀。春天，好去处在门外，在青绿的大自然的怀抱里，在甜甜的笑声里，在火热的生活里。

　　从屋里出来，暖洋洋的气息扑面而来，围绕着你。跨出门，一边朗声说笑，一边舒展筋骨。在这春天的日子里，在一起可谈的话题太多了，新春伊始，无处不是新生活，一天一个新模样。

　　春天是花园。春天里的男人很早就褪了厚重的棉衣，隔天一个样儿，直到只穿一件薄衫。你看看他们，会增添希望的勇气。春天里的女人娇气。说春天是花草的世界，是鸟儿的世界，不如说春天是女人的世界。女人会说话的眉眼比花儿好看，女人苗条的身段比杨柳袅娜，春天里的女人说出的话儿温柔如青青的流水，春天里的女人唱的歌儿胜过百灵。

春的节日里，她们一群如一朵朵盛开着的花朵。春天里的她们，对明天没有一个不动心思，没有一个不怀有好奇。春天是她们每个人的舞台，她们在这春的大舞台上尽情地挥霍她们的聪明才智。不敢想象春天里没有女人，没有女人的春天没戏。

春天里，小伙子、姑娘们仿佛是一个个才刚长成的青涩果子。他们往往不是那么诱人，但他们在这春天里萌发了别样情思。他们有了一些羞于告人的秘密。春的季节是藏不住许多秘密的，是春将春的秘密倾诉、泄露了出去。此后，他们悄悄地发现，他们进入到一个全新的天地里。

小孩子也在等春天的日子。冬天的天气太冷了，夏天的天气太热了。秋天呢？这是果实累累的季节，但农忙又显得小孩子多余。只有在这春天，小孩子才能骑上大人的肩膀，怀着说不出的好奇，看五彩的世界。鸟儿叫上树枝头了，蝴蝶在花丛中做着舞蹈，蜜蜂忙碌着，一点点地积蓄。小孩子东张西望，咿咿呀呀地说着只有他们自己才懂的话语，高兴地在怀里蹦着，拍打他的父亲、母亲。

农家的早晨

　　小孩子爱睡懒觉。母亲起床,歪头看小孩子睡得正熟呢,慢慢挪开身,轻轻为他往上提提被头儿,悄悄儿下地。

　　天亮了,鸡窝里的鸡们,在鸡窝里高一声低一声咯咯乱叫,急着要出来。它们扑棱棱,扑棱棱地在鸡窝里闹架,那一定是打起来了,是母鸡劝公鸡不要暴躁,公鸡嫌母鸡多事儿吧?

　　小孩子的母亲三步并作两步儿,奔向鸡窝,抽掉鸡窝口插的两块半砖头,一只大红公鸡"脱"得跳出来。接着,鸡们一只接一只地从鸡窝口跳出来。这是一只花花母鸡,那是一只乌鸡,还有来哼鸡、帽帽鸡。七七八八的鸡们,让院子活跃起来,一只只鸡,左左右右地伸腿儿,那腿儿或黄或乌,在身后伸了老长,像小孩子做体操。第一个出来的大红公鸡,谁也不服气似的,往东撵这一只,往西撵那一只,撵得母鸡满院跑,不知道它们是不是在开玩笑。公鸡这样撵几圈,大声咯咯,或者一声长啼,便在屋门口踱步,一边踱步,一边小声地嘎,自言自语一般。众鸡们里的一个或两个,时而也陪着嘎一两声。

　　当公鸡守在屋门口嘎的时候,孩子的母亲走到东房或西房,从一瓦盆里掬一把土麦或者瘪的玉米粒,撒在地上。鸡们看见了,飞扑过去,一时间,听得一片"邦、邦、邦"的啄食声。

　　孩子的母亲在盆里洗净手,将水倒掉,再舀一盆水洗手、洗脸,这时候,屋里有咳嗽声,男人起来了。

响晴的天，因为起得早，显得有些暗。院里的核桃树才一胳膊腕粗呢，却好几米高，枝繁叶茂，密密的叶子小孩巴掌大呢，如果有哪一片叶子不慎掉下来，拾起放在鼻子底下闻，一股糖香味儿，让人闻了还想闻。

刚进4月，早晨已热扑扑的了，男人担第一担水回来，天已放得亮亮的了。天空瓦蓝瓦蓝，没有一丝儿风，门外，"吱喔""吱喔"，那是空水桶在晃悠。墙外巷子里的脚步声，站在院子里听得真切，你能猜出这走路来的不是张三，是李四。巷子里那一两声对话，一个咳嗽，也都听得见。

自家男人"吱吱喔喔"着回来，进了院门，从院心穿过，院心滴一路的水滴。进了屋门，扁担不下肩。孩子的母亲一手的面粉，她赶忙走近水缸，揭了水缸上的木盖。男人提一桶水上来，"哗"的一声，又是"哗"的一声，水尽桶空。男人担两只空桶，出了屋门，没原路走到院子里，走出院门，走向井台了，空着的两只桶"吱喔喔""吱喔喔"，如小姑娘随性儿哼的小曲。

巷里热闹起来，屋子里也热闹了。孩子的母亲刚忙完蒸馍，孩子醒了。孩子醒了先是哭，孩子的母亲不急不慌，她说：哭吧，哭就顶说话儿。

母亲做完手底的活，上炕给小孩子穿好衣服，抱着放进小推车。小推车，木头的，底部装着木轮，能在地上推来推去。小孩子坐进去，靠胸脯有一方木板，木板上放着一个不郎鼓（拨浪鼓）。早晨的母亲，没有工夫逗小孩子玩，馍蒸上笼了，还得扫地，抹桌子。母亲拾起不郎鼓，"不郎""不郎"摇摇，递到小孩子手里，抓住她的手摇摇，便起身做她的事情。小孩子摇着，也发出"不郎"、"不郎"的响声。

太阳升高了，快到吃饭的时候了。水缸里的水晃晃悠悠的，再有一担就满了。孩子的母亲忙忙地在窗前粘鞋底子，在窗台上摞一摞大大小小的鞋底儿，用针线薄薄厚厚成双成对地钉好。孩子的母亲忙着垫鞋底，给男人，给自己，还有小孩子。

太阳照上窗纸，照得窗纸薄如蝉翼，孩子母亲的脸上露出一丝儿焦急。果然,"吱喔"声临近了,一声比一声儿近,男人最后一担水担进了家门。孩子的母亲推开活计,下了炕。小孩子以为母亲要抱她,却见母亲又在忙。笼盖揭了,一屋子的热气,馍香飘到院子里。小孩子的愿望落空了,"哇哇"地哭起来,眼泪流了一脸。

男人放了扁担,把最后这一担水倒进院南的一棵小香椿树的树园子里。男人倒完,也不收拾桶,从木推车里抱起小孩,一只手捏了小孩子的两只脚。小孩子两腿儿直直地蹬在那只大手上。男人用力将小孩举得老高,小孩子咯咯地笑了。

孩子的母亲走过院心,走到香椿树下,举手在香椿树上勾了一把香椿。在男人逗小孩的笑闹声中,孩子的母亲叮叮咣咣,切好淘干净的香椿,放上红辣椒面,一勺热油泼进去——饭熟了。

院　子

　　庄户人家的院子是大院。院南不是南厅，种了很多的树。院是土院，硬实的、溜光的土院。

　　清早，女人生火，安锅，接着就是扫院子。锅开了，灌暖壶，下米，接着扫院子。到吃饭的时候，院子已扫得干干净净。

　　女人扫院子不像男人，拿大扫帚三两下抡着就过去了。女人扫院子，是这样的，拿着扫炕用的扫帚一样的小笤帚，蹲下，一步一挪，一步一挪，院子是她的家，她家的院子与炕一样干净光溜。

　　院子里的树木，不只是养眼、遮阴，更重要的是给儿子备盖房的木料。这几十棵树，种在南院，10年、20年。儿子跟着院子里的树长到10岁、20岁。儿子该娶媳妇了，该盖房屋了，有院子里的树，就是买，也只添几根。

　　庄户人家的院子都种树，有了树，房子就不愁盖了。

　　树园子，是孩子们的乐园。在树园子里摸瞎，比赛上树。那小孩子双手抱树，两脚左蹬右蹬地上去，"哧溜"一声下来，磨烂裤子了，挂烂裤子了。

　　摸瞎，多快乐呵。伙伴们石头、剪刀、布，猜输了，眼睛被绑上一条手绢，其他孩子一个个在树林子里散开着，关注着双手伸向前方摸瞎的伙伴。一个轻轻跑上前，打一下摸瞎人的背，哈哈笑着，跑了。一个又悄悄前去，打一下摸瞎人的头，也嘎嘎笑着，跑了。摸瞎的总也捉不住，恼了！

春天的树园子。小孩子到树林子里面，走起路来，脚抬得高高的。他们怕惊跑了什么呢？鸟儿。

春天的鸟儿，叽叽喳喳，吵架一样了。手里握着弹弓的孩子，搭好"子弹"（石子儿），闭上一只眼，瞄准，"啪"的一声，一只鸟儿落地了。但子弹出去，十有八九打不着鸟儿，那贪玩的子弹不是打在别家的院子里，就是打在自家的窗户上。

夏天的树园子，最热闹。那"知了"，"吱——吱——"，要多烦人有多烦人。但如果把它的声音当歌听，就是另一个感觉了。夏末，午后，孩子们来到树园子，他们各自爬在树上，上看下看，左看右看，他们在看什么呢？一个晶晶亮的知了壳，稀薄的、晶亮的黄颜色的皮壳子，一个完整的知了壳子，一个真知了一样的知了壳子呢！孩子们的手里有了三个五个，手里就再也放不下了。

过年时候的树园子就更好了。一块木板，一端钻一个孔，拿根绳子穿了，绳子两头分别系在两棵距离正好的树上，就是一个小秋千。小孩子轮换着在背后推，嘴巴有节奏地数着"一二三"。

院子能当场。秋天的院子里，东头晒着蓖麻，西头晾着棉花。玉米收了，也堆在院子里，过几天，院子的屋檐下串起两大杆火红的玉米棒子来。阳光透过树林，树园子影影绰绰，一点点圆形的光，在地上晃动着走。

新盖的院子，没有这么大的院子了，没有光溜溜的土院去晒棉花、晒豆子，似乎也没有玉米要串在屋檐下了。越到后来，院子就越小。现在，居然有花园房，不过是院前种点花草，哪里像以往树园子的气派！

房屋建筑，也不用树木，都用钢筋水泥。孩子们呢？摸瞎不玩了，也没有树可爬了，弹弓也是多年以前的老事了。

蝉

"吱——吱——"

窗玻璃上面有个不宽的长方形格格，糊了薄而亮的白纸，夏天，用剪刀将这薄纸裁成一寸宽的条条。那纸条忽忽闪闪的。外面凉爽的风吹进来。那纸条条活动的一端，被剪成半圆形或者尖角形，这样纸条就忽闪得更利索，风一吹，哗哗啦啦地响。

没有风，太阳火辣辣的，倘若在院子里多站会儿，光光的胳膊会晒得火辣辣地疼。人只要一进这土打墙的屋子呀，说什么也怕出去了，光着胳臂挨上那芦苇眉子编织的席子，一挨，睡意一时半会就浓厚了。芦苇，水喂着长大的呢，凉快。

但这一觉还是被打搅了。那虫子不屈不挠地叫得人心火缭乱。但这虫子不是鸡，赶跑它就行。也不是狗，打了出去，插上门，可以一天不让他回来。它是蝉，也叫"知了"。你听："知——知了——知——"

蝉长了两扇网似的白亮亮的蝉翼，摇了这棵树上的，却又飞到那棵树上。

小孩子拣蝉壳儿，五个能换一根甜甜的冰棍呢。这蝉壳脆黄脆黄的，亮晶晶的像谁悄悄地给它们一个个涂了层润润的油。这壳儿极薄，薄得小孩子只许轻轻地从树上拿。这不能怪小孩子太小心，那壳儿太完整，跟蝉一个模样。那头，那眼，那光光的、油亮的脊背，那长长的一条条细细的腿，就连那爬在树上的姿势……如果不是这蜕下的蝉壳少了一双明亮的翼,如果它是黑而又亮,那它就不是一动不动的躯壳,它一定是能爬行,能扑啦啦飞的蝉了。

大人们说蝉蜕壳像一个生小孩子的妇人,要避开人在一个只属于它,适合它的静悄悄的地方。小孩子很难遇见蝉蜕壳,不知道蝉如何又变成一个幼虫。

小孩子听大人这样一说,就毫不改口地相信了。

"知了、知——",或者"知了——知了——"。不论是哪一种响声,一样刺进人心里。只要有树,蝉是棒打不散的。

不知是怀了这白天的恨,还是贪嘴,穿褂子的老少爷们,在朗朗的月光下,打着个红灯笼捉知了。捉知了的孩子说,捉它的时候它是在树下某个小窟窿洞里头。它也不称蝉,叫"闷疙瘩"。

大人小孩,夜里捉了多少,究竟捉了多少天,不知道。中午,太阳直哗哗地照着,知了还是不歇地叫,似乎越叫越响了。

有的人家,是老宅,土院大,便有树园子。园子里杨树榆树一排排一行行,还夹几棵枣树,一棵老石榴。知了的叫声,近了远了、远了近了的,更热闹。这是它们的世界,任谁也阻止不了。

"知了就像你们这些只知道聒噪的女人!"在炕上凉不住的男人,歪一眼身边一样睡不着的女人,给女人一个脊梁。

女人下了炕,扬手拨拉一件薄衫边走边穿,脚步子扇风般,自顾出去纳凉了。

这些似乎是昨天的事,但又似乎非常的遥远。好多年没有热闹的蝉声了。夏季,偶尔有几声,但也只是自言自语,总提不起精神似的。抱小孩的老人,坐在一块墙阴处凉快,听见了,扬头满眼地望。她看见一棵树,想将这蝉声听得更真切一些。她似乎又听到一声,她抱起怀里的孩子,说:"听,那是'知了',它叫得好听么?"

那乌黑溜光缎子似的脊背,那网似的晶亮的双翼,那"知了——知了——"的歌唱……

池　塘

　　偶有路过，能看见一个丑丑的凹坑儿。如果是春夏，周边荒草繁茂，如果是秋冬，荒草瑟瑟，更寒酸一点儿，还能看见垃圾在这凹坑里四处飘荡。回想当年，这里可是村里热闹的去处，孩儿们的乐园。

　　见到葫芦，觉得分外可亲。

　　葫芦浅黄色，锯了顶的或者没锯顶的，各样有各样的好。我见过陶瓷葫芦，白底，上面有蓝花花，或者是蓝线组合成挑担的古装男人，它常常被放在架子上，让人看。我曾有过一个玩具，是塑料葫芦，打心眼的东西，舍不得丢。这塑料葫芦，没嘴，是硬塑料，与乒乓球一类的，啪嗒下去，能跳起来，扔得越重，跳得越高，梆梆的，硬实，响亮。

　　葫芦瓢是真葫芦，从中间破成两半儿的半个葫芦瓢，或仰或伏，不是在水缸里漂着，就是插在盛面的瓦盆里。

　　葫芦皮是能止血的。手哪里蹭破点皮，想起葫芦皮，那白白的一大片从葫芦内壁揭来，迅速摁到破伤处，很绵很柔的感觉，似乎连痛也减轻了许多。

　　说池塘扯到葫芦，是因为想说游泳。一个不靠水的地方，游泳只是小学课本里一个词，比如"游"，老师就教："游泳的游。"然后，老师又教："泳，游泳的泳。"至于游泳是什么，怎么游泳，老师是不教的。

　　游泳停留在小学生各自的想象中，想把它想成什么样就是个什么样。

但村子里有池塘。一个大池塘，大到这里成年都是积水。夏天，池塘里的水是雨水，更多的是山水冲过，留下来。大冬天，这里是冰，厚厚的冰，在太阳下闪着光，一伙小孩子在冰上玩。

这是偌大一片洼地，不知道它的深浅。洼地周围是杨树，杨树粗细不匀。粗的两手合抱才行，细的只有胳膊腕粗。但这些或细或粗的杨树一到夏季，就鲜活起来，绿莹莹的叶子一片片像嫩娃娃的脸，明亮亮地在太阳光下闪烁，风过处，它们一阵欢笑，笑得池面皱起一层层水波，一点点晃着，往远处散开。

池水是永远的黄色，带一些浑浊。夏天，天天暴雨，池里的水就一点点往高里涨。

夏天该午休的时候，池塘这里吵红半边天。男娃、女娃，有刚学步牵了老人手的嫩娃娃，有十八九的小伙子，都来了。娃娃们扑扑腾腾下了池塘，他们在水里相互嬉戏，逗胆小的玩伴。小伙子也下去了，他们是因为热，想沾沾水舒服一下，或者只想露露他那光光的瓷实的脊梁。他认真地擦洗，用后脑勺看过路大姑娘慌慌的眼神。

但这熙熙攘攘的氛围是大家的，人们不把焦点放在某个人身上。池塘边，站着大婶子，她们来看热闹。这里有咯咯嘎嘎笑的，有吱吱哇哇哭的，有用手指着远处哈哈笑起来的。

池塘边上的人们，大多带着好看的葫芦，大大小小的葫芦，握在他们一个个的手里，漂在池水上面。他们带的这葫芦，不是瓷的，不是能弹起来的硬塑料，是真葫芦，大葫芦。你看，这个中年男人正给高不过膝的小儿忙乎呢。他将这大葫芦，用细绳打着漂亮的套，细绳处再接一条麻绳。同样的两个大葫芦，一左一右系在孩子的两个腋窝下。

这孩子五六岁的样子，在父亲的催促下，一步步往池塘里边走。父亲微笑着看孩子走到池塘边，"扑通"一声跳进池塘里了。

父亲欢呼着，跑向池塘，他的眼睛不离开儿子，手里的粗麻绳也握得比先前紧了。他看见儿子两手拍打得水花四溅，叽叽嘎嘎地乐。儿子两腋下荡漾着大葫芦，一高一低，一高一低，喜庆地跳着。一个两三岁的小儿子，穿着红兜兜，也来了。这位父亲，熟练地给儿子绑上个大葫芦，只是一个，在儿子胸前。

一个年轻的母亲，又笑又恼地跑来了。父亲笑着说：

"不怕，不怕，我就是这般大小下的池塘。"

儿子"咕咚"一声掉进池塘里，被惊得"哇"的一声，大哭了。很快，小孩子咧嘴笑起来，他胸前的大葫芦，漂在水上，左倒右倒，右倒左倒，真真一个搬不倒了。

日头偏西，池面上的大葫芦，一个一个，漂得近了远了。

日头继续西沉，池岸上的人声，不像晌午那般喧哗，也还有一个、两个、三个小子们，舍不得跳出池塘……

后来，池塘的水浅了，渐渐的，池塘干涸见底了。

山　水

　　这篇《山水》不是山山水水，是大雨过后的洪水。

　　夏天，大大地热过几天，准有大雨降下来。短是骤雨，长则连阴。若是骤雨，虽给炎热天气一个急刹，给烦躁的人们一个惊喜，毕竟短暂，只有几分钟，最长不过一顿饭工夫，太阳又油盆一样炙烤人们的肌肤，赌气似的咂摸吸吮刚才落的那几滴雨水。这样的天气才是最可怕的，闷热从地面蒸腾，人们坐着站着，动一动，头上像出笼的馒头，冒热气。

　　如果能遇到连阴雨，就不一样了。人们先是感受到了久违的凉爽，小雨滴不稀不稠、不紧不慢地下落，如思恋的少妇，缠缠绵绵。

　　连阴雨不急，但也叮叮咚咚，一下半天、一天，下两三天，人们不急不慌，坐在门槛里，望着院里的雨，说着家常。倘若雨下五天、七天，地下渗足了水，多余的雨水积了一院，差几线就上了门前的台阶，人们才多少有些惊慌。有迷信的妇人，拾一青砖，缩着脖子，踏进细密的雨帘，将砖直立在院心，说这样雨便知趣，不会闹出让人们惊慌的事。

　　但老天似乎无动于衷，雨还是丝丝缕缕地下着。于是，屋里的锅敲响了，屋里的盆敲响了，屋里的碗敲响了，满巷子的人家"咣咣咣——咚咚咚"……

　　他们在与上天对话。

　　不知是立在院当中的青砖，还是这敲碗敲盆的咣当声起了作用，总之，雨渐渐小下来。天却不见放晴。

一个早上，太阳公公打着哈哈出来了，像一个爱捉迷藏的老顽童。

家家院里头积着雨水，院里的雨水像一面面镜子，里面投着长着草的墙头，投着院子里果树的影子。

墙已湿了一臂深了，偶尔就有一声闷闷的"轰隆"，那是哪家的土院倒了墙。女人打一个寒战，女人说："好爷哩，雨下得墙倒屋塌！"小孩不管这些，小孩子想：墙倒就倒呗，倒了墙或许能方便窥见哪家院子里的杏黄了，偷着进去摘几颗。哪家有枣子，拾着吃几个。忽然听见——"唿啦啦""轰隆"的响声，这响声一村人都听到了，很快，村子里有了喊声："发山水喽——山水下来喽——"

孩子们往村头跑得飞快，常能跑脱一只鞋，转身拾了，提着又跑。

村头发山水的地方，成排的大人们或站或蹲。孩子们从他们后面，钻空空，挤进去，便看到浑黄的山水了。山水让孩子们激动万分，他们看到顺山水而下的树枝。老年人也来看山水，他们是村里的长者，他们说顺水会有西瓜漂下来，扁担漂下来，一只木箱漂下来，一只女人的绣花鞋漂下来……水边的人们笑出声来了。

年轻的后生，挽了腿脚下去，山水淹上他们的大腿。他们试着在山水里顺走一段，转后逆水走几步，大笑着谈下到水里心悸的种种感受。

小孩子学样，也挽了裤脚下水，只是在水边儿走走，山水冲得他东摇西晃，给村人们制造了不小的慌乱。

中年人实惠。他们摸着也下了水。他们把裤脚高高挽起，拎着竹筐，到水中央，弯腰，双臂探下去，山水挨着他们下巴。他们顶着山水的冲击，忽然双臂一用劲，竹篮从水里跳出来，竹篮里盛着乌亮亮的炭。一会儿，山水岸边，有了好多炭堆了。

山水里有时还真会冲下来一根扁担，或者一对新箩筐，谁眼尖捞上来，谁就是这扁担、箩筐的主人了。人们议论说这是哪个遇上这山水，走不急，箩筐给冲掉了。有人笑了，说："这个走不急的人，如果是一个财佬，多好。"听着的人都开心地笑。

　　这样的山水流一天、两天，到第三天停了。山水过处，一垛一垛的水洼。太阳出来，照得这垛水发烫，三四天的光景，这里便没有一点水的影子。

厕

一提这个字眼，人便觉着不雅。人们用"方便""解手"这些词蒙混过关，或者说"去那里"，听者还是要问，那就要被人笑了。

厕所在言语中是非常尴尬的，日常生活中，这个不上台面的地方，却是没有人能离得了的。倘若有哪个一天不进这个地方，就有了大麻烦，总归是不健康。

最不洁，又最最让人离不得的地方，莫过于厕所了。要出门，先得跑趟厕所。赶集的路上，常有三个两个女人，站在路边，朝不远处一个厕所张望。一看就知道，那里面有她们的同伴。

这无垠的田野，靠路边偶尔有厕所，方便了路人，也为了来年土地多打两把粮食。某个手勤的农人，趁一个早上，小雨天气，将缺棱少角的半截砖头，或者拆了屋子的旧土坯，运到路边，半天工夫，垒一人多高，里面挖个坑，就是一个能方便人的茅厕。来这儿方便的人，多来不及细想积粪，只想这儿能方便，是好事儿。

日常生活，说来太有意思了。比如刚生的小儿，炕上、地下、花被单、新棉袍，随时随处都是他（她）的厕所；大了，也不上茅房，院南墙根下，那打扫屋子堆积垃圾的地方，每天早上，小孩子就先上那儿报到一回。小孩子蹲在那里，手不闲着，拾地上的树叶儿，玩地上的蚂蚁。

厕所各有讲究，一家一个样。一座四合院，厕所在西南角，上有屋顶，里面深如胡同，进去，见不了阳光，有门。进去的时候，开了门，从门外进些阳光，模模糊糊能看见一个台阶，上去，一边一个又大又厚的石墩子，站上去，中间一石槽，看到这就不要再往后看，那后面就是茅坑，那坑不是挖的，是一个大口的瓷瓮，口大得吓人，难怪那时候的小孩子多不入厕。

那瓷瓮也真是让人太害怕了。小猪掉进茅坑就给淹死了。茅坑能淹死小猪，就能淹小孩子。大人提起这个，都不敢想，就在茅厕的门上钉个铁扣，出出进进，茅厕是关着的。

旧屋越来越少，新屋越盖越多。屋子大变样，厕所也跟着改进：一样不露天，南墙上有用薄瓦堆成梅花状的窗口。还是瓷瓮做的茅坑，但两块水泥板正好盖上，不像以前的大瓷缸的茅坑敞着口了。两边脚站的石墩改作砖头。石槽是半块石板。

以后，厕所里面，茅坑不见了。不见不等于没有，一样与茅槽相连，只是它不在墙内，而是隔在墙外边。

以前的茅厕里，都放着一对瓦做的尿罐。"庄稼一枝花，全靠粪当家。"老百姓积粪最要紧。各家各户，茅厕必备，尿罐也必备。一年三次五次地担了这对尿罐送尿到地头，用茅勺舀了倒在麦行里。春秋时节，尿倒在地头堆起来的土堆里，周围用土拍严实。种麦子的时候，小平车装了，半车一小堆，均匀地在田里堆起来。该犁地了，把这些小粪堆，一堆堆用锹洒在刚收了玉米的湿地里，开犁种麦。第二年，等着收胖胖的麦子吧。

哪个孩子生得"娇"，好看了，他的家人就给他取"尿罐""茅勺"做小名，这两样都离不开茅房，一"臭"，邪恶就不敢近前了。

茅坑放在墙外边，茅房里就不见尿罐了。这样改造起来的茅房，是不用自己送尿的。有专门拉尿的生意人，先前，这生意人寻着不用茅厕粪的人家，给这家十块八块拉走。后来，拉尿的生意人不掏这个钱，主家也不议价，只要清除了茅坑，白送。再后来，反过来了，有人家要清除茅厕，得给拉尿的生意人十块钱。

近两年厕所上锁成风。出门人，什么都能带，只不能带厕所，怎么说都得有人提供方便不是？倘若在人烟稀少的山区，要上厕所，推开一家陌生人家的门，喊一声主人，说是借厕所一用，没有人把你往外推。但入城边人家的厕所，却比登天还难了。那儿的家家户户，厕所都放在门外边，但家家厕所门上都有把新旧大小不一的铁锁，眼望着厕所进不去，你说急人不急人？

一家小孙子从学校回来，正碰上上完厕所的奶奶。小孙子一蹦一蹦地跑到奶奶跟前，书包顺手丢给奶奶，一溜烟钻进厕所。奶奶喜滋滋看着小孙子的背影，笑哈哈地说："以后呀，到学校每堂课下了，你都告老师：我要回家尿尿。"

"为什么？"

"积粪呀。"

孙子与奶奶哈哈大笑。

草　帽

掐麦秆

收麦季节，麦场上，有了一个又一个麦秸垛。麦秸垛是一个个麦娃子组成的。将麦娃子头朝上你挤我我挤你地堆成一个圆，又将麦娃子头朝里一个挨着一个横摆在圆的上面。这样一排排摞上去，就是一小垛。每天都有麦娃子回来，不几天，就成了一大垛。摞到不能再摞，麦秸封顶了，另起一垛。

麦场热闹起来了。孩子们跑着，尖声叫起来，那是他们在藏猫猫。他们拉成一长串，叽叽嘎嘎，那是老鹰捉小鸡。麦场上的孩子们，他们这儿一堆那里一伙，从这个麦秸垛蹿到那个麦秸垛，有的是欢乐。

老婆婆也来了。她们是打麦场上特有的风景。她们扭着小脚，拎一个蒲团，腋窝下夹着半新不旧的一块包袱，包袱里裹着一把小剪刀。

到了麦场，她们在这个麦垛前逗逗，在那个麦垛前翻翻。这些牙齿几乎要掉光的老婆婆，将田地交托给儿孙们，她们有自己的干头。

老婆婆仔细地将麦秸垛一垛垛看过，在相准的麦垛前，蒲团"啪嗒"一扔，就地坐下来。

麦秸垛的主人过来了，他从背后就认出坐在他家麦秸垛前的老人是王家婆。王家婆稀罕上他家麦秸秆了。他路过麦场，路过自家的麦垛，见老人知趣地就了麦垛根子掐。麦秸垛的主人走过去，笑着从高高的麦秸垛上，刷刷地扔下几个麦娃子来。麦子上了麦场，就如上了自家的炕，不像在地里那么怕刷。老婆婆高兴地笑了，望着眼前这个年轻的麦秸垛主人。年轻的麦秸垛主人与老人开玩笑说："别光顾着赚钱，明年记着给你这个大侄子一顶新草帽。"

老婆婆愈发笑得张大了嘴巴。

一晌午，老人掐出一大捆的麦秆。不过这麦秆只有掐出来的末节光溜，每一根麦秆还有两节得掐。未掐的这两节一节比一节细，最细的一节与胖胖的麦穗相连。

该做饭了，老婆婆将掐好的麦秆用带来的布包袱卷了，起身将剪下来的一堆麦穗，用手全推到麦垛的根底，顺手将坐过的蒲团也靠在麦垛底下，这是说她下午还来这儿掐麦秆。她得忙几天，到麦场开辗，她的掐麦秆就只能接近尾声了。

老婆婆这些日子少说也要掐一老捆麦秆。这一老捆麦秆就是这样一小捆一小捆地夹回来。她宝贝似的把它们用布条捆好，放在院里遮雨的地方。这些还只是从麦秆上掐下来的毛活。她先得照顾家人辗场打麦晒粮。掐麦秆的事情往后推一推，到麦子入库，屋里生火，掐它也不迟。

天说凉就凉了。老婆婆安安稳稳地坐在暖和的屋子里，掐她的细麦秆，掐她更细一点的麦秆子。老婆婆盘腿坐着，腰稍稍弯下来，两肘分放在两个膝头。她的左手抓一把要掐的麦秆，用左手的拇指和食指递出一根来，右手接着，用右手拇指的尖指甲上下那么一颠，要脱的麦秆皮便留在右手了。左手一根根地递，右手一根根地掐，弄到末了，老婆婆身子左侧的麦秆，光溜溜齐整整，如光身子的小娃娃，光洁得可爱了。右侧却是一堆你搭我我搭你的粗暗的麦秆皮。掐出的这些光溜溜的麦秆，用布条捆好，不再放到院子里，而是堆在一个墙脚。老婆婆不发愁小山一样、堆在窗前炕上的麦秆皮。她三下两下挪下炕，抱一怀麦秆皮从灶眼里送下去，再抱一怀，有多少麦秆皮都能在欢腾跳跃着的火苗中消失。

　　过了头遍过二遍，这样过两遍手以后，中间的那不粗不细的一节麦秆，闪着缎子般的光了，那更细的一节麦秆，如六月天的日头，耀人的眼睛。说得形象一点，这三节粗细不一般的麦秆，从粗到细，就像磨面机磨出来的粗麦面、细麦面。这里还有一比：这粗麦秆如了无风韵的黄脸婆子，中粗的是略带些媚眼儿的妇人，而这最细的，苗条可比18岁的妙龄姑娘了。最细的麦秆，老婆婆真是太宝贝了，用它做的帽子才值大价钱，一年的收成好不好全在这细麦秆。中粗的价钱虽然不高，却还能卖几个钱。那粗的麦秆，做成帽子多是送人，或者给自家人留着。

　　这样有比较，麦秆就不能胡乱放，一样一样捆成小捆，再分别捆成三大捆。小孩子不能乱动，见老婆婆掐帽辫子实在手馋，那就求老婆婆答应她用最粗的麦秆学着辫。

掐帽辫儿

　　冬天，沿巷坐着的老婆婆没有不掐帽辫儿的。她们用自己这样的劳作换回几个钱买盐、买调料、买火柴，满够用的。

　　老婆婆坐的大碾盘，只剩一扇了，就像她们大多没有了老伴，不能搭对了。不能搭对的碾盘被放在一棵老槐树下，夏日里，人坐在上头乘凉；冬日里，她们也坐在上头。只是屁股底下多个蒲团。

　　树叶被一夜一夜的西北风刮光了。没有了叶子的枯树，经日头一照，红映映的。这没有风的天气，招人喜欢。碾盘的不远处是一家院落。如果在这家院落外的南墙根处坐下，一晌午，你的棉袄都是热热的。这些老婆婆在这无风的日子，在这南墙根下坐着，说闲话儿，掐帽辫儿。她们不论坐哪儿，都坐蒲团。她们在蒲团上坐下去，两腿轻快地交相叠成八字儿，用金黄色的帽辫，从左脚腕和右膝盖相抵得最紧处很快地往上长，越长越长，长到老婆婆的下巴尖了。老婆婆松松腿，一手伸下去，一大截闪亮的帽辫，被收到她脚前的一个塑料袋里。这样，不管老婆婆掐得多快，也不管老婆婆掐得有多么长，塑料袋聚宝盆似的，有多少都能装得进。塑料袋里送得多了，东扭西扭，便取出两只胳膊、一只脚，把帽辫盘成八字儿，细布条系了，刚才还挤挤攘攘的塑料袋空出好多。

掐帽辫儿的老婆婆，腋下夹着个包裹，包裹的两头黄澄澄的，那是一卷刚从水盆里捞上来洒净水的麦秆子。每天晚上，将第二天要掐的麦秆——一小捆或者一大捆放进一大盆清水里面，轻轻按一按，让它们灌足水。第二天一早，将它们从水盆里捞出，洒净。这时的它们可不像它们干的时候那样一折就断，湿了水的它们颜色比原来深一些，却比原来柔多了。如果干的麦秆儿是一个个说话脆声脆色的小姑娘，那么这湿过的麦秆儿，我该说她一个个像什么呢？摸摸她柔和的肌肤，看看她羞涩的面容，怎么看都像一个风情的待嫁女子。这些待嫁的女子们被老婆婆用小包袱卷成卷儿，她们就是这样一个个经由老婆婆的手，上了帽辫，轧成帽子，分戴在一个个作田人的头上了。

掐帽辫儿只用七根麦秆，底子就搭成了。掐七八排，必有一根太短，当添上一根，短的便退出来。这样的帽辫儿，可不比姑娘的发辫光溜。隔一寸长，便有一个麦茬留下来。若将这丈把长的帽辫儿摊在炕上，绝不像盘曲的花蛇，只像爬行着的大蜈蚣。

老婆婆们坐一块，晒着暖和，掐着帽辫，说着闲话儿。说王家媳妇嘴刁，张家媳妇说谎。说一回，笑一顿，不觉包袱里的麦秆只剩十几根了，只剩七八根了。眨巴眼将剩的最后一根也插进了帽辫，这才像梦了一觉似的，看看太阳。是做饭的时候了。

掐帽辫儿白天能掐，晚上照样掐，也不点灯，摸黑掐。一天掐三四卷麦秆，三四卷麦秆能掐丈把长。

早饭忙过后的老婆婆，想起她的猪，想起她的鸡。剩汤剩菜"哗啦"倒进猪槽里了。晶亮的白玉米或者黄玉米，随着老婆婆飞扬的双手一颗颗落到院子里。老婆婆这才安下心来，自顾自夹了备好的麦秆包裹，拾了装有帽辫的塑料袋，插上门，自在逍遥地边走边掐起来。这是她们的日常课，她们有了这日常课，说得那样开心，笑得那样开朗，毫无拘束的，就像掐这金色帽辫儿，想掐多长就多长。

小孩子书不愿读，就是家里的帮手了。扫院子，割猪草。女孩子家就学掐帽辫儿。也是一卷儿麦秆，老婆婆教她夹在腋窝。小女孩子起先觉着腋窝底下夹着，别扭得慌，将那卷麦秆放在就近一块石头上，要一根，取一根。老婆婆看见，瞪一眼，说那样就不是女孩子的样子了，再说那样也真是太慢了。女孩子便又学着样儿夹包裹。女孩子夹着包裹，只能站定掐，不敢走动，一走动，麦秆不是倒在脚前就是被丢在脑后头。老婆婆看见了，有些不依不饶："麦秆怎么说丢就丢？可惜的，这每一根都是过了手的，工夫是能丢的么？"

有的婆婆一边掐帽辫儿，一边照管小孙孙。小孙孙恼了、饿了，哇哇大哭。老婆婆舍不得让孙孙哭，可也舍不下手里头这活。于是，她低头在包裹里找寻，挑到最后，终于有一根被抽出来。这一根，不是颜色有些暗，便是稍稍有些弯曲。老婆婆将这根麦秆从中间折住，三扭两扭，便有一个虫子模样的东西从手指间冒上来。老婆婆一边小猫小狗地叫着，一边将手里的"虫子"放在孙孙眼前的空地上。这"虫子"一着地活了似的，翻腾着打着转儿，老婆婆手里掐着帽辫，口里念："活虫，死虫，疙了了虫。"

小孙孙不哭了，呆了似的看半天，用手指试着触，"虫子"不动了，一个姿势摆在那儿。小孩子又要哭。老婆婆拾起"死虫子"，又扭那么几下，放在地上，"虫子"又活起来，打着圈转，孩子又看半天。

将一盘帽辫儿，全打开，撒在炕上。这又是一道工序：掐"蜈蚣腿"。

掐"蜈蚣腿"须讲究，留得长了，不好看，留得短些，又怕慢慢散成窟窿儿，这就坏了。老婆婆掐帽辫儿有些年头了，下手是不会错的，快而又准。一会儿工夫，帽辫儿光溜溜，真如黄毛丫头又细又软的长辫子。将这又黄又亮的辫子放进一口大瓷瓮里，小碗里放了硫黄，熏一熏，拿出来，这些辫子愈加灿亮金黄了。

一盘又一盘的"8"字形状帽辫儿摆了一摞，又一摞。该是到钉帽子的时候了。钉帽子更是细活儿。钉草帽就是一团白线，一根针，从帽顶中心开始钉，一早上只能钉那么几圈。近看，那从中心"洇"

开的一圈浅比一圈的帽辫，扣在那里，极像一个不紧不慢爬行着的蜗牛。但在我的想象中，如果稍稍离炕边远一些，那芦苇席子铺出的炕，犹如潮刚落的海岸，那扣在离针线笸不远处的一个亮晶晶的小东西，就像一只非常惹人喜爱的花纹漂亮的贝壳。老婆婆不想那么多，老婆婆心情有些急迫地钉帽子。一顶又一顶的帽子，在她的双手中终于成形。

市上卖的草帽儿，细麦秆掐出来的帽子比粗麦秆掐出来的草帽，贵上一倍。细麦秆，掐帽辫的时候急人，钉帽子的时候更急人。一圈转过来，与没转圈还真差不多。没有几分耐性，这活还真做不成。以这样的心境钉出来的帽子少掏钱，能给你吗？粗帽辫儿就另当别论了，不说那掐起来，一会儿一大截子，只论这钉帽子，那可是一上午一顶新草帽了。

卖草帽买草帽

崭新的草帽泛着金光，很抢眼。集会上，街道两边的草帽一家比一家摞得高。草帽儿摞成摞，很有意思，远看如麦场上的草垛子，又如麦场上一个又一个的胖娃娃。

买草帽的时节大多是快要收割的季节。各家各户每年里的这个时候都要给家里添置草帽，多者三四顶，少则一两顶。他们这时候来赶集，头上戴的旧草帽破了，一边塌了下来，戴得很不端正。他们知道家里屋墙上挂着的草帽也旧了，乌铜色，没有光泽。他们买草帽的时候，蹲下，一手将新买的镰放在脚旁，便与卖草帽子的行家对话了。

"多少钱？"

"一块钱，人家卖一块五。"

"八毛。"

"八毛哪拿得了？你看这成色，这做工……"

讨价还价后，总是买了。过两天要收割，那天气，身上的油都要被晒出来，怕是这天下午就要动镰。庄户人家这时候天天都得到地头去看看。

他们说：麦子熟一晌，一会儿一个样呢。

这会儿的人们掐着指头过日子，该买的看见了就买，动镰的那十天半月哪里还会像现在这样逍遥地赶集？

新草帽就那么三顶两顶地扣在旧草帽上。他不会忘记蹲下时放在脚旁边的镰，于是，又拿镰在手，起身离开草帽摊，寻思着买其他物品了。

买草帽与新婚的女子有关系。麦子收割完，娘家人"走麦罢"。也没什么稀奇的，庄户人家的事，不外是几个白面馍馍。但这"走麦罢"有一样不该落下的就是这新草帽。姑娘回婆家，娘家人提笼戴帽，走亲戚。

在热热闹闹的集市上，新出嫁的姑娘，紧紧跟在母亲背后，买草帽。买这样的草帽得细心挑。草帽辫儿细不细密，做出的针脚是不是又小又好看，都看过了，还要仔细察看帽边儿的结口是否看得明显——这是近看；如果都没有问题，那就得将拿草帽的那只手伸出去，身子往后略略一仰，眯了眼，端详帽子顶端圆不圆，这才决定拿不拿走。

母亲将新买到手的白亮亮的草帽再细细看一回，随手递给不离她左右的闺女。姑娘接着草帽，她那双油亮亮的眼睛，添满了光彩。这光彩，是太阳光下的草帽映的，也是从心底里溢出来的。

集上的人渐渐少了，一垛一垛的草帽儿也小了下去。这些草帽儿是老汉拿扁担一步步挑来的，是老婆婆拿包袱裹好，扭着翘翘的小脚一步步背来的。现在，望着各自跟前已不多的草帽儿，他们低头开始数怀里零零整整的票子。他们不急着再卖。剩下的这不多的几顶，家里人用得着。再有多出来，打发给邻里亲戚。

围　巾

　　冬天出门，绑围巾。村里人不说围围巾，说绑围巾。小孩子，五六岁、七八岁，刚上学。大冬天，去学校前，母亲拿条围巾，左看一眼围巾，右看一眼围巾，围巾的正中落在孩子的头顶。这是长围巾，二尺多长，宽只是六七寸。围巾两样颜色，一绺古铜色，一绺银白色。围巾两端交叉从下巴底下绕到后脑勺，绑一套，怕松了，又绑一套，绑成死结。

　　长条围巾很轻很软，着脸儿，绵绵的。围巾的一端有个商标，一指宽，白颜色，绸缎一样地光滑，商标上面有红色的椭圆形图案，蓝色的拼音字母。

　　这样的长围巾，往往不能严实地遮住后脑勺，到学校，同学们的手总悄悄从翘起的地方伸进去，冰冷的手指头摸着你温暖的后脖子。

　　一种方围巾，也是绑。方围巾对折成三角，两头绑在下巴处。大姑娘就这样绑围巾。绑好围巾的两个小头头，对着姑娘的脸，左晃晃，右晃晃，围巾红红的，姑娘的脸也红红的。

　　姑娘绑红围巾，姑娘绑绿围巾，一样好看。

　　方围巾，碎小的方格格，像现在随物品带的塑料套子上的碎方块块，一个个鼓起来，用劲一摁，"啪"地响了，再摁再响，不觉，塑料套上的碎方块，噼噼啪啪，炮一般地放光了。

　　方围巾上的碎方块摁不响。

　　小孩子有了方围巾，害怕冬天过去。冬天过去了，盼着冬天快快来。

方围巾少见了，长围巾又时兴起来。但不叫绑，叫围。围巾两端在胸前垂落，末梢的流苏被风细细吹着。遇到刮风天气，小孩子放学，双手拾起宽宽的两端，严严实实地遮了脸。

小姑娘又盯上大姑娘的长围巾了。大姑娘的长围巾从后肩搭过来，从下巴底交叉绕过，左右手各一扬，脊背后头是两条鱼摆尾了。这在孩子们眼里是多么好看啊。班上有一个女孩子来学校，就围这么一条，她围大姐的。家里有个大姐好呵。

这个女学生，她围长围巾，走在上学的路上，走在回家的路上。她学大姑娘围围巾儿，围巾一端胸前、一端背后，一会儿又将两端全搭到背后……

后来，又有一样宽足一尺的厚呢子长围巾，这样的长围巾是大姑娘的订婚礼物。这样的长围巾，玫瑰红。大姑娘围着这样的长围巾，红艳艳地骑在马上，做了别人的新娘了。

钩　针

钩针，用来钩织镂空花样。那细白的洋线，钩出的镂空样的背心，套在小伙子红的或者黄的球衣上。

钩织品多是大姑娘手里的织物，她们给哥哥织给弟弟织，也给未婚夫织。

钩针流行起来，学校里的女学生，也夹个线球，在上学的路上走着，在放学的路上走着。她们也在钩织，给她的父亲，给她的兄弟。她们手里的织物，多半才开始就不织了。

她们给家里要一根自行车辐条，在上学和放学的路上，打磨钩针。

学校离家一里半。学生们一天三趟，来回地走。

路两边有绿绿的麦子，黄黄的菜花，那发青的小树苗，清溜溜的渠水……放学了，女同学从学校门出来，争着抢着寻粗石头，占着一个，蹲下来，从口袋里掏出细铁条。小伙伴们，花花绿绿，蝴蝶般地你飞落了，她飞落了，争相赶在别的女学生的前面。汗水挂上欣欣然的脸，她们忘了叽叽喳喳，耳边一片"嗞嗞嗞"的响声。

走到水渠边，有哗哗哗的水声，又你争我赶地，聚向水管，头挤头，你喝几口，她喝几口。喝完水，在水渠边蹲下来，洗两把手，钩针在湿泥里擦擦，又在渠边的石头上磨。

来回这么磨10天、20天，铁针磨下去了，有了一个长长的坡度，越到头越尖——该弯钩了。

拿磨好的钩针，头朝下，在平地上轻轻磕出一点钩，用大拇指的指甲抵住那弯过来的尖部，恰到好处地一用力，钩针就做成了。

衣领宽不过一寸，长足有一尺。一件蓝布衫，一件黄布衫，硬领上有这么一条钩出来的衣领，领口扣严实，齐齐的领子外露一线白线领，人就靓了许多了。

小学生手里的白线领没有钩出来呢，钩针的热度降温了。母亲拿着它说"闺女钩衣领，将白线钩成黑线了"，说完哈哈大笑了。

秋　千

春节里，村里的年轻人急着栽秋千。

有备好的秋千杆，檩粗细相近，长长短短三根。两根长的，一模一样，三丈许，做竖杆。一根短，做横杆，是秋千顶。横杆竖杆用绳绑成"门"，横着的秋千顶中间用红绳系一块红布，要不，插上一面小红旗。

现在，横横竖竖绑好的秋千杆，卧在地上。村里的年轻小伙七七八八、高高低低的都来了。中年人来了，老年人也来了。秋千离不了年轻小伙，也用得着老年人。

妇女们三三两两，袖着手，站在一旁看。妇女们一年到头就闲这么两天，她们也来凑热闹。她们说着秋千，自然就说到秋千顶上那块红布。一个女人说自家正备好一块给孩子剪鞋口，说着便快快跑回家，剪了红布，随身带了针线，回来，在横木当中裹了，用红线缝几针。女人讲究正月里不拿针线，但这些讲究，在这件事情上，女人一时竟忘了。

秋千得系铃铛。铃铛看上去，铁锈了，但摇它，很响亮。

村里的"笔杆子"，拿着写好的对联来了，糨糊是才烧好的，冒着热气。几个人上前接住，又是一阵忙。忽然，人群里一阵哄笑，有一个的脑门上长了一只"红眼睛"。原来，哪一个调皮，用糨糊在红纸上粘粘，粘红了，点在这一个的脑门上。这人小丑样的，逗得在场的人们哈哈哈。小丑不服，猛追过去，两人就地摔跤。这个时候，秋千这块场地，干活的、不干活的男女老少，看戏一样地热闹了。

几个老年人不笑，围着一块碌碡，一个蹲下来，手在半边翘起来的碌碡下面抱土。他是让碌碡放上去更平稳。一根竖着的秋千杆下面，有三块叠放着的碌碡。

但秋千不栽在三块叠放的碌碡上。

碌碡上放石墩。石墩上下两底平平，周边一圈花纹，口面比碌碡小。两边的碌碡上面，各放一石墩。

但秋千不栽在石墩上。

两个石墩上，各放一个井辘轳。井辘轳立起来，露出中间的井杵眼。这井辘轳面又比石墩小。

秋千不栽在井辘轳上。

一边一个井辘轳上面，各倒扣一石窠，石窠口正好遮住井杵眼儿，石窠平平的，底面朝天。

秋千不栽在倒扣着的石窠上。

一边一个倒扣着的石窠上边，各放一个铁球。

秋千栽在这铁球上。

老年人站远一些，中年人也退后，小伙子们分成两拨，一边三根粗绳。秋千杆眼看要从地上立到半天空。

这是人心振奋的时刻。号子拉响了："一——二""一——二"。

"当啷——"秋千架离了地，接着，"当当啷啷"地，随着脆脆的铃铛响，摇晃着越升越高。忽忽悠悠，秋千一会儿比一会儿高，一会儿比一会儿高，绳定处，半空的秋千上，红布飞扬。

秋千底下，一片欢腾。

小孩子巴望秋千快快栽起来。他们跟在穿新衣服的年轻人后头，围着看他们绑秋千架，围着看秋千架的横杆上系了一块红布。他们想着秋千栽好，他们先坐上去。

秋千栽好了，却是一伙年轻人先上去，他们以主人的身份站上去，先小小地晃悠，这小小的晃悠一回比一回高，悄悄然高到离地两丈。

一旁的年轻人眼红了，看秋千晃到低处，乘势一跳，两手抓稳秋千绳，两脚一前一后，落在秋千板上了。这意外的变动，让秋千的铃铛如鼓，急骤地响起来。这歇不住的铃铛，怕一直要响过正月十五，响到要拆秋千的那一天。

两个年轻人面对面地，你弯膝，他弯膝，越飞越高，高得惊呼声四起。这对年轻人下来了，那对又上去。他们在秋千上晃，秋千本身也在晃，让一边站着的人看看悬心。

年轻人的瘾过足了，想起了老年人。有的小孩子眼尖，蹦过去，揽了绳，却还是被年轻人揪着耳朵拉下来，眼巴巴地看年轻人推一个老婆婆坐上去。老婆婆咧着没牙的嘴，笑着，慢慢地被推送，才送了三两下，老婆婆就嚷着要下来，说是风扇得慌，这两天刚刚好了咳嗽。

你坐一回，他坐一回，日头要下山，大人们一个个回家了。小孩子"哄"的一下，一窝蜂向前，秋千板上立时闹开了，你推我我推你，任谁都不下去，你出左腿，他出右腿，都要上秋千。这时候，就有一个孩子王，他说大家排队，秋千空下来。

小孩们天天来玩秋千。这些小孩子呵，正月里头做梦也是荡秋千。他们三三两两搞好，一个坐上去，一边一个推，或两个坐上去，一人推，反正怎么好玩，怎么能在秋千上多坐会，就怎么着玩。

正月十五元宵节。

正月十五赏月，哪个不赏月，变个大老鳖。怕变老鳖的男女老少，连怀里抱着的小娃娃，都出来了。

正月十五，可好看了，家家门口挂花灯。秋千架，一片红火。人们在这个十五月圆的晚上，都要在秋千上坐一坐，特别是老年女人，她们说，正月十五荡秋千，能长命的。

老年人一个换一个坐过。小孩子也一个换一个坐过。怀抱小孩子的年轻媳妇，她们也一个挨一个荡秋千。这个年轻媳妇抱着小孩子，坐上去，迎着众多人的目光，红了脸，悠两下，赶紧抱了孩子空出秋千板。

村里的小媳妇比不得村里的大姑娘。村里的大姑娘，在这天晚上，三五成群，来到秋千架下，上去疯一回，笑得叽叽嘎嘎。小媳妇就不敢，小媳妇也有想荡秋千的意思，但两个跟着，你推我，我推你，推着推着，秋千板上就有了人。

秋千到正月二十几，还在那里站着，风一吹，铃铛就响开了，铃铛动，秋千就动。该上学了，小孩子走在上学的路上，坐上去，荡两下。放学回来，一窝蜂似的，站在秋千架下了，一个挨一个，你荡荡，我荡荡，不荡不回家。

新春二月，秋千连小孩子都似乎坐够了，它像个孤独的老人，默默守候在那里。有一天，大伙拆秋千，把秋千放下来，秋千杆收到仓库里，碌碡滚到打麦场，再过三两个月，得用碌碡碾场呢。石墩，这家门口一个，那家门口一个。各人认出自家的石墩，抱了回去，摆在自家门口的老地方，井辘轳安回井口，吱喔喔唱起了它的老歌。

来年正月，人们会从仓库里重新抬出秋千杆，重新放上碌碡，碌碡上放上石墩，石墩上放井辘轳，井辘轳上倒扣一个石窠，石窠上面放一个铁球，铁球上架着秋千架，人们就又一次在空中，欢快地飞腾。

扎 拐

扎拐子就是踩高跷。

正月里讲究穿新袄新裤子，闹红火，耍龙灯。

"嗵嗵嗵""锵锵锵"……正月里，亲戚没走完呢，社火开始了。

一街的人，红红绿绿。这里是一个方阵，那化了妆的人，脸白一块，红一块，横竖地排着队，那肥的薄绸裤子，风一吹，像翩翩起舞的蝴蝶，锣鼓队的鼓点子重重地敲在鼓面上。

锣鼓队带来闹社火的气氛，给人一种久逢的感觉。他们敲着，一点点往前挪。

鼓声渐远，扎拐子过来了。

街道两边，一边一行。那人晃在两根木头橛子上，前走走，后晃晃。那文静的相公，那羞涩的小姐，这是《西厢记》里的一出，那个丫鬟，手里还提着一盏灯笼呢。穿着白袍的白蛇，穿着青衣的许仙，这是《白蛇传》。许仙头上戴一顶一走一忽闪的毛边帽子，那眉眼，那神情，如戏里走出来的一样。

你正一个个地端详，扎拐子的中间道上，跑上来一个戴黑丝绒帽子的老婆婆，她穿对襟的绸衣服，脸上一块大大的黑痣，一看就是个哄人的媒婆。媒婆脸上打了胭脂，手里提一根烟袋，走一步，吸一口。

这婆子是男人扮装的，你看他的手多大呀。他的手在头上蹭那么一下，又放在脸上，妖里妖气模仿女人的样子。他的木拐比别人的木拐都高，像在半空中飘着的，飘到西，飘到东。他突然跑起来，端平着两胳膊肘，上身朝前，将两胳膊肘往后奋力地戳，东颠西扑，他跑到"小姐"跟前去了，跑到"丫鬟"跟前去了。人们以为"她"要跌倒了，"她"却笑嘻嘻竖直腰杆又跑到拐子们那里逗了。

又一个小姐样的，她的手里握着一个木牌子，木牌子上写着"金枝"。她前走后挪，前走后挪，好半天，也走不了几步。黑丝绒婆子跑过来逗这"金枝"了。

这是一个挎着簸箕的农妇，她的头上包一方蓝帕子。

这是一个扛锄头的老汉，戴着草帽，嘴边画着胡子。

提篮的，担担的。

织女来了，手里是一个木梭。

牛郎来了，担一副儿女担子的牛郎，在一只金牛的角上飞奔。

滴滴精

一种手拎的炮花，比麦秆稍壮，长四寸左右。周身圆鼓鼓，一端有一小节是空的，瘪瘪的，手拎。如果手怕拎，点一点唾沫，粘在墙上，粘在炕沿上。这是小孩子的游戏，他们站远了，一边拍手，一边看滴滴精火花飞溅。

饱满的那一头，火光一闪，"哧"的一声，精花出来了，"哧哧"声不停地响起来。如果是晚上，黑的安静的夜，这四溅的火花就像天上的一颗颗明亮的星。

滴滴精的炮药味好闻，是一种炮药香。滴滴精只有过大年时候，街上才摆，10支、15支一把，一把三分、五分。大人买回来给孩子玩。每年，家家户户买滴滴精。粘在墙上的滴滴精，粘在炕沿上的滴滴精……一时间，屋里的角角落落充满了好闻的火药味儿。

滴滴精圆圆的外皮，不是随便纸张就包得的，得用一种暗色的薄光纸，上头密密麻麻写着黑字，长字体的，印出来的字，大大小小错综排列。这是记忆中最早、最好的滴滴精。它一把10支，抱成团，用一绺红纸缠好，一小捆一小捆齐整地摞在支起的木板摊位上，等人来买。

滴滴精买了，过大年要放，正月十五也要放。小孩子一会儿一根，一会儿一根。孩子多的人家，这一个孩子放，那一个孩子不能眼睁睁看着，于是，这样的滴滴精，10把买得，15把也买得。

滴滴精，人工制作。他们制大炮、小炮，也制作滴滴精。滴滴精跟红红的大炮放在一起，跟长长的鞭炮放在一起。过年前后的货摊是红色的海洋。在这红色的海洋里，有暗色的、上面有油墨的包装好的滴滴精。它们一根一根，成了把，码成堆。

这样的货摊，出现在来来往往的人的眼睛里，是多少年前的街市。手拿一把檀香，一张卷着的灶爷，又把身子弯在货摊上，买四五把滴滴精，放在自行车后座旁侧的黄挎包里——他是我的父亲。

过年、过十五，滴滴精走街串巷。欢天喜地的正月，晚上，哪里有四溅的精花，哪里就有孩子，有人群。滴滴精走着、跑着，跟着一串的笑声。那惊讶的叫声，那恼着了的哭声，多半也都是为了滴滴精。

滴滴精，"哧哧"的焰火四射，随即悄然消失，与天地间的大气混合了。那一个个火花四溅的"灯笼"，洋溢着喜气，是孩子们的欢乐和喜悦。

嘣　嘣

　　一个坐着的半老头儿，头上戴一顶旧了的草帽，身前放着一个条筐。条筐里东倒西歪放着些大肚皮玻璃瓶，蜡黄色，亮亮的，如树上的蝉蜕。

　　这玻璃瓶，长脖子，老头儿从筐里取出这个吹两口，又拿起那个吹两口。

　　"嘣嘣……"

　　街上的人流，东去了，西去了，他们看左边看右边，耳朵里装满了这种声音。

　　老头儿唱起来：

　　"买嘣嘣，买嘣嘣。

　　买个嘣嘣吹三响，

　　家里富贵又安康；

　　买个嘣嘣呼啦啦吹，

　　明年不知道你是谁。"

　　卖嘣嘣的老头，念最后一句，是逗蹲在他筐旁边的那个小孩子。那个小孩，食指含在嘴里，一条胳膊放在膝盖上看老汉唱。老汉唱完，小孩子笑了。老汉看着小孩，说："笑什么！买一个，将来一定考个官。买不买？"

　　这孩子不好意思起来，站起来，向后退了一小步。又一个小孩近前看着筐里横七竖八的嘣嘣，他的手里握着山楂，小嘴巴红红的，一动一动。

看大肚皮的嘣嘣是一回事，买一个自己吹，是另一回事。不掏钱，那卖嘣嘣的老汉不让你试吹。掏了钱才答应，直挑到你满意。五分钱一个，老汉教你吸气，呼气……你果然会了。"嘣嘣，嘣嘣"，你激动起来，这是你自己的声音。

街上手里拿嘣嘣的孩子，一会比一会多。有一个孩子想起学校里老师教的歌曲。他试吹了一遍，自己哈哈哈笑了。再吹，还是笑，但两次笑得不一样。第一次的哈哈大笑，是自个喝自个的倒彩，第一次，也太离谱儿了，好好的曲儿吹成那样，真要笑掉大牙了。第二次的笑，就带些儿自信，有勉励的意思。吹得多了，口顺了，吹得还真像模像样。

吹一曲，再吹一曲，吹不够，迷上了，直吹得两腮发酸，下巴都要掉下来。

街北街南，街东街西，到处能听到嘣嘣声，各样的声调，各样的声色。日渐偏西，老汉跟前的筐里的大肚皮嘣嘣，一定只剩七八个了。

嘣嘣儿容易碎。孩子吹乏了，或者又看见什么稀罕物，将嘣嘣儿往口袋里一插，飞奔而去，嘣嘣儿不是掉地下了，就是在口袋里压碎了。大人不悦地说："看，看，才这么半会儿就报销了。这个东西玩不得的，稀脆的玻璃，会吸到嗓子里的！"

年年春节，街上总有嘣嘣的声音。卖嘣嘣的吹，买得的也吹，直吹得一街呼啦啦响。

嘣嘣儿，孩子们小时候的玩意，伴着吱吱哇哇的洋茄子，伴着锵锵的铁钹、铜钹。二十多年过去了，这嘣嘣儿还能见着，问卖嘣嘣的老汉，他说这也叫"玻璃脆"。他家卖这玩意三辈子了。照他的话推算，爷爷的爷爷也玩过这玻璃脆，听过嘣嘣儿呼啦啦地响。

我也买了一个，不为"吹三响"，也不为"呼啦啦吹"，只是吹吹，你听，"嘣嘣——"。

转　灯

孩童手里绿绿红红的转灯，让你回到小时候。

在他们这般年龄，你也玩这个，伞形，一面粉红，一面翠绿，不分上下，两面的中央都有一样长的凸出的一小截。一端支地，拇指、食指捏住另一端，用力一拧，粉的，或者翠绿色的小伞，就会魔术般滴溜溜地在地上旋转起来。

从学校回来，你灰扑扑的，脚上的布鞋都看不出什么颜色了，背上的书包轻快地、有节奏地打着臀部，扬起的灰尘儿，斗牛似的东跳西蹿。谁家下蛋的母鸡"咯咯嘎""咯咯嘎"，骄傲地、有气派地表白自己的功劳。你听见了，但又像没听见，顺小巷一个劲地小跑，一拐，看见门边的那块大青石，睄见门前的那一棵老槐。但今天，这些在你的眼里，毫无情趣。你从台阶上跑上去，"吱呀"一声推开门，一跳一跳地进了院子。

院子是土院，光得没一棵小草苗苗。院子，母亲每天都要扫一遍。母亲手握扫帚，弯下腰，一扫帚、一扫帚，扫得极细密。初春，母亲在屋子里生火做饭。大清早，屋里的门大开着，浓烟滚滚而出。屋顶上的烟囱终于有烟飘上来，屋子里依稀能看出人影。门里的烟越见稀了，散出来，悠闲地飘上屋檐，飘上了房屋顶，终于到看不见。

放学回来的你，穿一件毛背心，额头上汗涔涔的。你进屋将套在脖子上的书包一丢，从口袋掏出转灯蹲在地上玩。

炉子里添几根玉米秆，呼噜噜蹿着的火苗儿，舔着锅底；锅里的水"吱吱"地响着。地上,炉子旁边,放有几根玉米秆,玉米秆的末梢带着土,还有干泥巴。但这些你都不管,你一门心思玩你手里新买的这个有红有绿的转灯,两手指一拧,那转灯旋转起来,像一个舞蹈着的可爱的小姑娘,有些调皮,一不想转,就撒娇般地一骨碌躺下,显出翠绿色的短裙了。你刚扶起她,要她再转,母亲喊:"学校里还玩不够你,没看见炉子里没有了柴火?快点到外面拽几根回来。"

你当然来不及看,赶紧出去抱了满怀的柴火回来。母亲看见,唠叨说抱那么多,屋子里乱七八糟。你又回头送出去一些柴火,接着看"小姑娘"满地旋转。

吃过饭,你一遍遍拧那转灯,一遍遍地看"小姑娘"时长时短地舞蹈。你故意把她放在一砖槽里,看她是否能蹦得上来,你故意把她放在炕沿边上,看她跌下去的样子。有一次,你居然将她放在高高的桌子上,她从高高的桌子边沿滚了下去,还一直在转,这让你的好奇心得到满足,你大加赞赏,一遍遍地让她大显神通。就在你得意忘形的时候,她又一次从高高的桌子上"啪嗒"跌下去,跌坏了脚。转灯没有了脚,还能成个什么转灯!你头上的汗一下子凉下来。你傻了似的,瞪着眼望了大半天,清醒过来,看母亲正忙着舀猪食,一扬手,将转灯拍出,眼看它落到院子的一个角落里了。回头一想,不对,你飞奔过去,弯腰把她一把抓在手里,双眼在院子的四处寻索,终于照准一块青石,狠狠地一砸,那个才玩了一晌午的红红绿绿的崭新的转灯,顿时灰飞烟灭。

该是上学的时间了,口袋里没有转灯的你,丧气得一步一步挨到学校。没有了的东西,越是想。那红红绿绿的转灯,被你搞坏了,你就越想再让它转一次,想得你手直痒痒。你学孩子们的样给自己做转灯。打针用过的圆柱体药瓶的古铜色盖子,是软软的橡皮,它比转灯小多了,也没转灯的光彩。可它是圆的,在它中间安个轴一样能转起来。

你从火柴盒里悄悄偷了几根火柴棒,拿剪刀敲掉瓶盖上的铝壳子,拿下古铜色橡皮瓶盖,在瓶盖中间钻好眼,从眼里穿过火柴棒。

红红的火柴头朝下，真又是一个转灯了。你看那火柴棒转，它哪里还是什么火柴棒，真是一位倒立着的戴红帽子的洋小姐了。但它到底没有买来的转灯亮。买来的转灯，全身上下光溜溜的，是穿绸的，穿缎的。手制的这个，头戴洋帽，却一身的土布，洋不洋，土不土的。但这个你也爱，它转起来，灵巧地东扭扭，西摆摆。转快了，飞一般的，如刮过的旋风，如轻起的薄雾，又似乎是一只灰白的鸽子。那些年，你和伙伴们做了多少这样的"小鸽子"呀！

小人书

十天一集。

女人从地里回来,进门掏炉灶做饭。女人飞快地掏出炉里的灰炭,取了柴火,取了炭,把柴叭叭地折断,填进炉灶,伸手到放火柴的地方,摸着火柴盒,打开,火柴用完了。

饭做熟,手伸进盐罐,盐罐空空的,没盐了。

火柴盒里没有火柴,母亲说赶集记着买。盐罐空了,母亲说赶集记着买。母亲这样念叨,像小孩子记功课。

一条南北向的街。街上有饭店,有要卖的芦苇席,有打制的铁犁、铁锄头,有合作社。合作社里有布匹,有圆镜子,有线袜子,有盐和火柴。

合作社的门,漆着大红油漆,一溜三个合作社。布匹、线袜子类一个;盐巴、点心类一个;还有一个合作社卖锅碗瓢盆。

买了盐巴,买了火柴。合作社盛盐巴的大瓮,在木柜台下方,柜台上端悬着一杆秤。点心放在大木盒里,口敞着。火柴浅紫色,像地垄上的鸡冠花。我捧着一包火柴,像捧着一把鸡冠花。

母亲拉我从卖火柴的合作社出来,到了另一个合作社。

这是布匹合作社。布匹合作社,有一溜玻璃柜台。玻璃柜下面的东西一小盒一小盒挨着。一个小盒里面一样:钢笔,铅笔,乒乓球,还有一个盒子里是一摞花手绢。

在这里,我兴奋地看到一样东西——小人书。小人书,崭新的封面。

小人书，又名画本。

它的封面，像新衣服。赶集，要穿新衣服，特别是女人。母亲穿着新衣服，我也穿新衣服。

我看见玻璃柜下面的小人书。隔着玻璃，我一本一本看小人书的封面。看过这个，看那个，看过一遍，又看一遍，我说：

"妈，我要画本。"

母亲看着沿墙高高的柜台。那里竖起着一匹儿一匹儿漂亮花布。母亲似乎没有听我说话，她在看花布。

"看好哪一样？"售货员看着母亲问。

母亲摇摇头，她不要花布衣服。

"我要画本。"

售货员听见了，从里面拿出一本，递给我。

我看着小人书，崭新的封面上有一伙穿军装的人，围着一个小孩，小孩手里握着红缨枪，仰头看他们，笑。

母亲低头看我手里拿着小人书，说不要，伸手要从我手里讨去还售货员。

我身子一扭，躲过母亲伸过的手说：

"我要。"

母亲不买，闪身出了合作社。

我懊丧地把画本还了售货员，哭着追母亲。我拽母亲的手，她不拉我，只管走。我喊着说："我不要了，不要画本了。"

母亲步子慢下来，弯腰擦我脸上的泪，伸手掏她的口袋，一角、两角、三角……

母亲拉着我走回合作社。

我又看到小人书了。母亲指了指，售货员把刚才放进去的那本小人书，又拿出来。

母亲也看柜台里的小人书。售货员重新给母亲取出一本来。母亲拿在手里看了看，给我看。我高兴起来，挑了一本厚的。

厚的这一本，封面是个女的，齐耳剪发，穿蓝花花衣服，她背后有船，有飘动的芦苇。这女的，腰里插着枪。

我识字后，知道这本小人书叫《洪湖赤卫队》。

这本《洪湖赤卫队》，让我翻得卷了角，让我翻破纸张了。齐整整的后皮，破损了。母亲糊好，压在枕头底下。

母亲不识字儿，我翻看，她也翻看。她看里面的人影儿。她从人影儿的一个笑，一张口，猜那人在笑什么，说什么。

染指甲

10 岁前后，染指甲。

那是一种石榴花红的颜色。读者啊，你如果是 13 岁或 14 岁，你就要见怪了。我说的不是你们认为的那种染指甲。我 10 岁那时候，染的是那种纯正美好的红颜色。那种颜色，现在已经不那么容易见到了，就像你们很少看见鲜红的石榴花。亲爱的读者，那鲜红的石榴花，火红的红指甲，我也是好多年没有再见到了呀！

这是田野里生长出来的植物，一种叫指甲藻的绿苗苗。你们拿着这篇文章，问你的妈妈，她会告诉你。

十一二岁的时候，年轻的妈妈，从地头拔几棵指甲藻回来，第二天，家里的女孩儿手指甲都成了红颜色，那种火红的红颜色。

背着书包，从家里跑到学校，从学校跑回家里。那年月，我的小伙伴顺着一溜土墙跑，顺着长长的陡坡跑，上去了，又下去。村边的那个庙，庙旁边的小泥沟。我们是在那个小泥沟里玩着长大的。我们几个在前，十几个跟着。我们一个个土猴似的，在沟里爬上爬下。

有一个在沟里挖"倒倒虫"，小伙伴们跟着挖。有一个在土地里跪下了，小伙伴们跟着在土里跪下。我看见伙伴们长出红红的好看的手指甲来了，回家第一件事就是给妈妈要红指甲。

过了几天，家里有了两棵绿苗苗，还有几大片碧绿的蓖麻叶。那大大的蓖麻叶子，我们叫它"大麻叶"。小孩子用大麻叶遮阳。下雨了，小孩子用它顶在头上。那肥大的大麻叶子，遮住了我们的小脑袋。请你想想头上倒扣一张大麻叶的情景吧：雨天里的我们，一个个像跳脚的呱呱叫的大青蛙。

晚饭后，妈妈将捣烂的指甲藻，放在大麻叶子上，用大麻叶裹了我要染的手指头。那捣好的指甲藻，充分的绿汁，从包好的大麻叶里头流出来了。我看看这绿的汁液，这绿的汁液能让指甲变红而不是变绿？

除了大拇指，我把一手的四个指头全伸进大麻叶，让大麻叶紧紧包住。我感到手指头阵阵冰凉。

这是夏季。夏季的小孩子喜欢沙堆，喜欢坐在清凉的石头上。手指被包进大麻叶里，就像放在清凉的石头上，像放在流动着的小溪里。

大麻叶外面，用棉线绕住。绕得手指都有点儿发麻了。

但我不吭声，我要红指甲。

夏夜，满天的星斗。院子里铺着芦苇席，一家人躺下。风从墙头过来。

妈妈指着天上的星星，让我们看远远的天河。妈妈说：

"牛郎织女，一年一次会面的日子，就要到了。"她指着头顶，"天河走到这一块，他们就该团圆了。"

"三个星一排，中间那颗又明又亮是牛郎星，他担了一双儿女，追织女。"

她又指着一颗星："这是织女星，你看，最亮的那一颗。"

妈妈说着，摸摸我的手指。她说那指甲藻里面放了冰片，有点疼。不疼，染不红的。我听着星星的故事，没觉着怎么疼，糊糊涂涂地睡了。

醒来，我不睡在院子里，是睡在屋里的地上。猛然，我记起了染指甲。我先看我的左手，大麻叶好好的，还在，只是叶子蔫了，软绵绵地贴在我手上。我看右手，手指包着的大麻叶不知去向，我看见那四个手指头，个个指甲儿都成红的了，连着指甲的手指头也是新鲜的红颜色。我一高兴，赶紧脱了我左手的大麻叶。我的左右手的手指头红得一样了。

绿的指甲藻，染出了火红的手指头。

那天早上，我快乐地去学校了。我的手指头也是红颜色。

刚染的红指甲还不是最好。最好看的红指甲，是染过几天后的。被水洗过一遍又一遍以后，你再看那好看的红颜色吧：白白的手指头上，一小截鲜艳的石榴花红，像朝霞，像夕阳，像水中的一颗红玛瑙……那是醉人的红，透明的红，红得人见人爱，红得那不漂亮的姑娘，只要有这样的红指甲，别人就不由地想多看两眼了。

这样染红的指甲，不褪色。它一点点生长，像一个人的生命在一年年地生长一样。它长出一点点了，它又长出一点点了，它长到手指甲的一半儿了，它快要长出手指甲了。那抹最后留在手指甲头头上的那点儿红，像一弯月亮了……

香脂插屏

圆铁盒，大如酒瓶盖，有着可爱的红颜色，盖面上有图画，图画黄颜色，模模糊糊记得是一座长长的桥，弯弯的桥弓像月亮，这是香脂盒。香脂与胭脂，一字之差。胭脂抹在腮上，红红的好看；香脂抹脸用，涂一点喷香。

香脂，到了冬天供销社才有卖。

厅堂正中桌子上摆放一个带花纹的木座，木座里嵌着方方正正一块镜子，镜子上有凤凰，孔雀，或者是南京长江大桥。这样的大镜子，叫"插屏"。

插屏正前方是叠起来的一对香皂盒，粉红或者大红的香皂盒，是娘家的陪嫁。香皂盒一左一右是两个带花的玻璃杯，一个杯子里是把红塑料梳子，一个杯子里是把绿塑料梳子。透亮的香皂盒上面有一小圆盒，里面红红的东西，就是香脂。

少妇家里的炉子只为冬天取暖，不安锅灶的。既是少妇，有了孩子也是只有一个。这个孩子要么四五个月，要么七八个月，刚学走路的样子。少妇清早起来，梳头洗脸。女人很讲究，先梳头还是先洗脸是有前后的。脸洗过了，头梳好了，对着镜子揭开香脂盒，再揭开香脂上那层薄薄的金纸，用食指蹭一点在脸上抹匀了。这时，少妇的屋里漫着清香。

少妇对着镜子，左看右看，满意了。她又给孩子擦脸，在香脂盒里蹭点，仔细盖了香脂盒，走近孩子，一边逗孩子，一边用有香脂的手指点孩子的鼻子、脸蛋、额头、下巴。孩子受这一凉,又感觉有手指头在眼前不停地晃,他那稀疏的小眼睫毛就不停地闪。如果少妇哪一点点重了,小孩子就会腰一闪,把两小腿儿翘起来。"咕咚"一声,小脑袋着地儿了。

小孩子"呀呀"地哭起来,少妇倒很开心,抱了哭得委屈的小孩子走向插屏,说:"插屏里怎么有个小孩子呀,那个小孩是谁呀?"

小孩子看见插屏里的自己,奇怪地看着,不哭了。小孩子脸上的香脂,这会子还是东一点西一点,小孩子看着,小嘴咧开了,那样子不知道是想笑还是想哭。趁这工夫,少妇将小孩子脸上的香脂点匀开,然后看看镜子里的小孩子,回望她怀里抱着的小孩子,在小孩子的脸上狠狠亲一口,真香。

香脂是姑娘们的最爱。冬天,姑娘的口袋里除了小镜子、手绢儿,再有就是这香脂。姑娘的裤子口袋里,有细微的叮叮当当,那是小镜子在碰香脂盒,或者香脂盒碰着了小镜子。姑娘在地头摘棉花,偷空儿拿出小镜子悄悄照一下,当然有时候也会掏出香脂盒擦一点。香脂真香,与抹香脂的姑娘一起走,一路的香。

中年妇人看着大姑娘,带一种落魄的口气儿说:"看小女娃娃,爱好的。"

姑嫂们说在一起,笑在一起。

入冬了,去代销店掏一毛八或两毛钱,买一盒。出了代销店,揭开,薄薄的一层金纸,盖得严实,平展展的。主人舍不得揭开,凑到鼻头,闻闻,香;又盖住。

第二天,脸多洗两把,擦了,再揭开香脂,看看,闻闻,才小心地将金纸揭开一小角,似乎揭开得多了,香气就跑了。

怀念香脂,怀念插屏。

花　馍

　　红白喜事儿讲究"老亲""新亲"。老亲是上辈的姑家、上辈的舅家。"老亲"有了红白喜事儿，多是送一盒"包子"——白面馍馍。

　　"新亲"是未娶未嫁的儿女亲家。有了红白喜事儿，新亲就须费事，除割肉、扯布料其他买办外，要紧的是捏花馍。

　　村村有捏花馍的把式，村村不能缺捏花馍的把式。花馍出村，不只代表这家人，也代表这个村。

　　有这方面功底的，多是老太婆。围在面案跟前的是喜欢这行当的年轻媳妇。

　　走亲戚前一天，这家热闹起来。炕上放着一大面案，年岁大的行家，被请来做花馍。她坐上炕，喝了两碗热糖水，然后便揉那一色一色的面。

　　给老行家打下手的半老的媳妇来了，喜好这行道的年轻媳妇来了，凑热闹只是想过过眼福的小媳妇也来了……

　　案头围满了叽叽喳喳的媳妇们，面案上一大块的面，你揉他揉，不大工夫，面团就滑腻洁白如煮熟剥了壳的鸡蛋。

　　老太婆调好各种颜色的面团，再揉小半会，那黄的、红的、绿的面团，如上了油般地光滑细亮。

　　色彩纷呈的案几上，红有品红、桃红、枣红、石榴红；绿有深绿、果绿、浅绿。黄绿颜色的面团杂糅，如绿叶上撒上斑驳的太阳光。

老太婆用大拇指和食指捏两样颜色：一样是黑色，一样是紫色。这两样颜色少用。譬如这黑色，捏老虎的眼睛得用一点。做主妇的跑这跑那，一会儿，老太婆提着嗓子要几根白棉线，一会儿又要几颗黑豌豆。

老太婆要来了这些，伸手从口袋里掏出一把玲珑的白亮亮的小剪刀，放在案几上。再摸，又是一把小而又小的木梳子……

一个老虎很快地成形了，它威严地爬在案几上，在老女人的拨弄下，虎头一会儿东，一会儿西，它的眼睛是那两颗大豌豆，它的胡须是几根白棉线。老太婆随意地碰碰老虎的尾巴，那尾巴一下子就翘起来，似乎都要向前跑。围一圈子的女人赞叹着。

捏老虎用黄颜色的面多。捏孔雀，用绿颜色面多。这些，老女人样样来得的。

一对老虎是花馍里的"大件"。大件捏完，"小件"就好打发了，不过捏一些红花绿叶，用细竹棒扎好插在圆滚滚的包子上。

这是年轻女人学习的好时候。一块桃红或者浅绿色的面团，在你的手下要很快变成一朵红花或者几片绿叶。其余的，黄的是花蕊，紫的做树枝……凡彩色全摆在这张宽大的案几上，就看你的眼力将这七彩搭配得自不自然了。

学捏花馍的女人，拾一块绿色面团，在手心里揉几揉，放在案几上，用手掌心一摁，然后抄起小擀面杖。三五下，手下泅出一片绿来。摸来剪子，"噌噌"几下，树叶的大致形貌就出来了，再用梳子左右地摁，叶的一根根"血管"活灵活现了。一朵红花放上去，一点花蕊放上去，弄几小点黑面做花的籽实——这朵花绽放了！

蒸花馍以前，在捏好的花馍上抹一层油，蒸熟了，那红花儿、绿叶儿油亮亮的，与真花朵一样一样的了。

熠熠生辉的红花绿叶，连同那生动的老虎，走亲戚回来，全切成一份一份，打散掉。精细的女主人看这花朵好看，挑一朵。或者为了老虎头能辟邪就先拔了老虎头，将它们插在照门的墙上。

打　散

　　白面馍馍，圆锥形，仿佛打麦场上散布着的一个个麦秸垛。
　　白面馍馍出笼后，隔一天，老百姓称它"酥馍"，咬一口，像咬酥饼、蛋糕一样。
　　这馍，不比平常吃的。平常馍，掀起笼，拿一个大馒头，用力一掰，想要多少就是多少。这馍只是一个包子馍的四分之一，看着它两面齐齐的刀锋、雪白的面茬，你想象包子馍的主人，拿刀，横一下、竖一下，均匀地将馍分成四份的情景。小孩子手里的馍，是这四分之一的馍上切出来的一小份。
　　小孩子有了这一小份白面馍馍，疯到门外，咬一口，跳三跳，遇到好伙伴，一起跳绳、踢毽子。
　　一块踢毽子的小孩子，有的手里也有一份儿白面馍馍，有的没有，空空地吊着两只手。
　　手里没馍的孩子，她踢罢，看你踢，也看你吃馍，脸上显出不自然的神气。如果你让她咬一口，她很感激；如果你没让她吃，只顾了自己，她会冷不丁地冒出一句：
　　"我知道是谁家给你家打散的馍，他们家的婆子跟我妈吵……"
　　刚说到这儿，毽子落在地上了。她一把拾起来，踢开了，暂且忘了你手里的馍，那半截儿话也不说了。
　　村子里住几十户人家，今天这家逢上红白喜事，不几天又轮到那一家。村里的风俗，走亲戚回来，进门第一件事就是把馍送给近邻们，让大家都尝点新。女人将盒子里的白面馍馍取出两三个，在面案上切成四份，切成六份或者八份，一家一小份，打发前巷、后巷的孩子，送完这家送那家，一趟趟地送，这叫"打散"。

哪家都有三亲六戚的，一年里头，今天这家打散，明天那家打散，村里人隔三岔五都能尝一点这白面馍馍。

白面馍馍上面有红的花、绿的叶子。这红花绿叶，被刀伤得支离破碎。但这支离破碎的花儿叶儿，叫孩子们喜欢。母亲们从来舍不得吃打散来的白面馍馍。她将这些分给孩子们。孩子多的人家，每人分的少一些，孩子少的人家，每人分的多一些，但不论多分少分，总是要分。分白面馍馍的母亲就总有些不公，不是这个多了，就是那个上面有花花，他的没有。有倔脾气的孩子，为那点红花、绿叶，宁愿撇掉手里的馍，一骨碌滚到地下，大闹一场。

母亲心疼地拾起撇在地上的白面馍馍，吹吹，回屋里放灶案上。倔小子哭够了，滚一身子的土，见母亲进进出出，该做什么还做什么，便自己爬起来，溜到灶案前，踮起脚，野猫子似的，把那小块馍馍叼跑了。

补天地

灶台上少不了盖炉火的器具，这器具圆形，铁制，中央隆起，四周低平，俗称"鏊"。

鏊一年四季不离灶台。做饭时，有锅安在炉火上，鏊靠炉墙立起来。饭熟了，从炉中提锅出来，赶紧搬下鏊，盖上炉火。

冬天里，炉火拐弯抹角，在炕下运行，土炕一天都暖暖的。

夏季，屋里不生炉火，在屋外的院里做饭。鏊安静地盖在屋里的炉灶上。

鏊用得久了，黑得发亮，它是家里的一件器具，像家里的锅碗、柜子一样，发着光亮。

冬天比夏天似乎更有趣些，不说冬天的纷纷飘雪，就说一家人围着半开着的红彤彤的炉火，就足够人回味的了。那红彤彤的炉火上，有半盖着的黑亮亮的鏊。鏊上也许是几片热腾腾的馍片，也许是几片香喷喷的红薯，一家人你拾一片，他拾一片，一点点地吃。

这是鏊的妙处。

这是红火热闹正月末的一天，新衣服还没舍得换呢，对于小孩子，似乎只有赖在身上的这身新棉衣，才多少留住些喜庆。整个正月，敲锣鼓，响鞭炮，惊天动地。天是老百姓的天，地是老百姓的地。老百姓闹腾过了，少不了看天破了没，看地裂了没。人语天应，老百姓在这正月末的一天——补天地。

一个大的黄瓷盆里，有搅好的面糊。稀稀的面糊和着绿绿的叶子。这绿绿的叶子不是韭菜，是地里的花花菜。把花花菜一棵棵用小铲子从麦田地里挖回来，洗净，刀切，搅在面糊里，然后放盐，放调料。

鏊热了，油刷抹过，用勺子从瓷盆里舀一勺面糊，看准鏊中央，往上倒。"嗞嗞嗞"，一阵热闹，面糊自行流动，女人用筷头这里一拨，那里一拨，稍一会，面糊成一个焦黄色碎花叶子的面片儿，用小铲随手一翻，又"嗞"的一声。瞬间工夫，正反两面黄亮亮的，一股清香飘散开来。

这热热的又黄又绿的煎饼，就是人们的午饭了。女人一勺一勺地舀，一勺一张，每一张都折成扇形。这每一张，自行流出来，张张不同，或像一个没尾巴的鸡，或像一头跑起来的马，这里出来一个牛蹄，那里飞来一只燕子，奇形怪状，团在煎饼周围。

煎饼越来越亮，越来越薄，像一张密密麻麻写满小字的纸，从鏊上一页页揭下来，揭下来。

瓷盆里的面糊不觉下去多半盆，很快的，只剩一两勺，最后只剩半勺了。女人将面盆斜倾，全倒进勺子。这半勺面糊，可不像刚才那样一勺倒了，而是一滴一滴往鏊上点。滴到鏊上的面糊，像跑着的小绵羊，像拍着翅膀的红眼睛鸽子。它们一个个跑了一鏊。

这个时候，锅台边围了家里大大小小的孩子们。他们一个个伸长脖子，张开手。女人滴完了，顺手拾起几个，一个孩子的额头上摁一个。孩子们先先后后都烧得"呀"一声，但随即都笑开了，你看看我，我看看你，随即又去争着看镜子，看自己变得好看了还是丑了。从镜子里看见自己，他们又免不了一场大笑。

母亲将盛在竹箩里的这些"点点煎饼"，交给大孩子。孩子们一哄而出，面向房屋，他们将手伸进竹箩，抓一个，奋力往屋子上扔，"点点煎饼"腾空而上，飞上瓦片，飞上屋脊，他们又朝庭院里通向门外的"猫窗"口跑，猫下腰朝猫窗眼扔进一个……

清　明

"清明时节雨纷纷",那雨细细的、绵绵的。落在人身上,渗进泥土里,让人回想过去,追忆故去的亲人。清明,也有晴朗的日子,阳光烤得身上的毛背心暖烘烘的。

一个大家族,清明上坟由爷辈里的长者掐算一个"吉日",然后一家家传开。

上坟那一天,一大片人。爷辈们个个戴着大草帽。草帽,是随身之物,能遮阳能避雨的。父辈们胳膊弯里抱着刚会走路的小孩子,人群中是跑着跳着的孩子们。

庄户人家讲究多,比如清明,女孩子不让上地头。但这个规矩又不十分严格,女孩子闹着要去,长辈们为了热闹,让这些丫头们都跟上了。

清明祭祖,上地头的爷爷、父亲们,没有不担担的。扁担两头各挂一个小篮子。一个篮子里是白瓷碗,碗里黄澄澄泡湿的小米做底,上面围一圈半熟的菠菜和豆芽,菠菜圈里放四五个剥了皮,玉白颜色的大鸡蛋。那年月,鸡蛋是孩子们心中顶好的美食,就是现在富足的年月,看着这么打扮着的一碗鸡蛋,也想伸手尝一个。

另一个篮子呢?它更好看,更稀奇:

篮子的底部,放着一个大大的圆馒头,这个圆馒头的底部差不多就要与篮子底一样大了。圆馒头上面,有面捏蒸熟的小猫小狗,鸡鸭麻雀,虫蛇走兽。这些手捏的小动物,用尺把长的细竹棍儿挑了,一个个插上大圆馒头。那细竹棍儿受不住小动物的重压，一个个弯成弓的模样，星星般点在篮子上方，跟着大人的步履摇头晃脑，倒像活的一样。

　　早饭后去祭祖，这些小动物没等祭完祖宗，就被孩子们偷一个、偷一个地咽下肚子里去了。有时，还为此争执不休，比如，你拿了我爸爸篮子里的，我便要从你爸爸篮子里抢拿。拿着了自然欢喜，拿不着痛哭流涕。大人看小孩子哭了，助兴说："大声哭，哭得大声点儿，地下老爷听了高兴着呢。"大人小孩听着这样的话，都笑，那正哭着的孩子也连哭带笑了。

　　家族大，跑的地方多，一大帮人跟着满山沟跑，每到一个地方，给坟头上压张白纸，噼噼啪啪一阵鞭炮过后，跪下去一大片。孩子们跟着跪了，但总操心谁家篮子里可还有鸡蛋吃，看着人家都起来了，也顾不上磕没磕头，一碌爬起来，拍打两下膝盖，连蹦带跳地蹿进人群里。

　　晌午，太阳热起来了，男娃们看见大人们扁担两头轻飘飘晃动着的两个了无生气的竹篮，有些发蔫。女娃娃这时候可没有一丝颓唐，争先恐后地往麦子长得旺盛的地方跑，拣最高的长势最好的拔起来，刷刷根头的泥系上辫梢，像编辫子一样编好。原来短短的辫子，现在想要多长就多长了。

　　爷爷们欣喜地看着这些女娃娃们，一边指那更绿更高的麦苗儿一边说："娃娃们续吧，续辫子好啊，能长命百岁！"

　　想念清明时节那竹篮子，想念竹篮子里晃晃悠悠的鱼鸭飞虫，想念用麦苗续起来的长长的辫梢。

汽　水

　　大热天，我们小孩子喝一种有颜色的水，橘红色，用颜料染成，加糖精。夏天，喝一杯有色的凉开水，真美。

　　那时候有水壶，绿色铁壳儿，有一条寸把宽的背袋。小孩子多用空酒瓶，灌满水。水是母亲饭后，烧好了，晾在一个瓷盆里。

　　这温热的开水，用小水缸细细地从酒瓶口"咕咚咕咚"灌下去，盖上铁盖子。这个铁盖子那时可迷人了，掏了它里面的皮套子，然后盖在酒瓶口上，用手心在上面拍紧了。喝时，不用揭盖，酒瓶口对住嘴，瓶底一颠，就喝上了。这样喝水，流在口里的水，不多，也不会少，一会儿一口，一会儿一口。

　　也有从保健站要回一个透明的葡萄糖瓶的，那最好。这种瓶厚，比酒瓶耐碰，开水直接倒里面也无妨，也不像装了水的酒瓶得双手抱着。这胖胖墩墩的瓶口处，能系绳，用纳鞋底的索子，在瓶口绕两圈，系个结，拎了绳圈，瓶子在小孩子的膝侧前前后后地游动。

　　葡萄糖瓶盖是皮塞子，滴水不漏的，喝水得来回揭盖，那种皮实的盖子，往出拔和朝下摁一样费力气。倘若在皮塞子正中钻个孔，这个孔不大不小——大到瓶口儿朝上，口对住瓶盖能吮到水；小到瓶底儿朝上，好半天才能蓄那么一滴——半前晌或半后晌，渴得要命，见了水瓶只想咕咚咚大喝一气时，便在皮塞眼里添一根麦秆。

　　夏季，念书的孩子似乎个个爱喝水。大人也乐得孩子这样。孩子就像地头的庄稼，大人怕他们干着渴着。那时候的糖，稀缺。但有小颗粒"糖精"。每回去学校，小孩子在开水瓶里放两粒或三粒，那水就很甜了。如果放到四五粒，还一准给甜苦了。

后来，那无色透亮的葡萄瓶里的开水，是红色了，橘子红。

这是一种"色"。饭吃过，孩子们一门心思配制他的"色"水。将倒出的开水放一点"色"进去，再放两颗"糖精"进去，见母亲没发现，又多放一颗"糖精"，用一根筷子呼啦啦搅几下，满意地装进瓶子里。这红色甜水，大热天的集会上也有。一张旧桌子，桌子上放一个大瓷盆，盆的旁边放六个或八个玻璃杯，杯里一律装这红甜水。每个玻璃杯上，用齐齐整整一方无色玻璃盖了，二分钱一杯。这二分钱一杯水，遭到人们的议论了，街上的人说："这哪里值二分钱呢？不就是一杯水嘛！弄一桶凉水，放一包"色"进去，再放一包糖精，就这样！"

但赶集人实在渴了，也就忘了七七八八的议论，从口袋里摸出二分钱，拿过一杯。若是小孩子要喝，喝过一杯，还要，大人就说："有什么好的，回家自己也能做。"

还记得另一种解渴法：用家制的薄醋（醋制出来分三样，一样是头回醋，味浓。二回醋比头回略淡。三回醋味就淡多了，村人们说味道薄），加进去糖精，摇摇对着瓶口抿，那味道又酸又甜的，滋味真好。

夏天，学生娃都有一瓶，或是甜水或是甜醋。下课的哨子一响，你看，女同学一个个拿出她们的宝葫芦，你灌一口，她灌一气。着恼的时候也是有的，为了你让她喝了三口，她却不让你喝。

那时候的夏天，孩子们带水，为了解渴，也是玩。现在，这些全成了记忆。想不起当年色水的味道，那橘色水却在头脑里荡漾着。

饸 饹

　　乡下人的吃食，多不买，自己做。

　　吃什么呢？麦面稀罕的年月，只有过年才蒸麦面馒头。少有白面的平常日子，老百姓一样换口味。那时候，人们多吃粗粮，比如：玉米面，红薯面。玉米面的做法多样，鱼鱼儿、糊糊，各有吃法。红薯面做饸饹。

　　乡下红薯多。天凉了，站在村口，眼下的红薯地，一块地挨着一块地，绿茵茵铺满着。

　　霜降过了，用镢头铲红薯地，便有大块大块的红薯，湿漉漉的，从深褐色的泥土地里跳出来，一个个像新落地的娃娃，滚上地皮。清早下地，不到中午，就收获了满地的胖娃娃。它们东倒西歪，一个擦着一个，挤着眼，舒舒服服地晒太阳呢。

　　红薯到家，人们把它做成红薯粉、红薯面。这不，想吃红薯面饸饹，有了。

　　饸饹面一须又一须，圆溜溜，均匀，粉条粗细。这样均匀的饸饹面，手工是做不出来的，须用饸饹床压出来。

　　现在的人们吃麦面，那饸饹床扫地出门了吧？或者把它添灶火里烧了吧？

　　饸饹床，一架小型机器。如果有它的照片，看一看是不错的。

　　记忆里，它是一个高脚板凳做底，四条腿儿，稳稳地站住。高脚板凳的一个适当部位，高上去，中间有一个窗口，圆形。圆形的窗口,上面有一个活动的木塞,也称"木杵"。木杵带着长长的木把儿,木把儿能随意抬起压下。如果抬起来,木杵打开,从圆圆的窗口看下去,窗底有一个铁漏,铁漏上一个又一个的小眼儿,让这个暗的通道,闪进一点又一点的光亮。

红薯蒸熟,掺了面粉,成热热的红薯面团。面团一个圆疙瘩、一个圆疙瘩地分开,小皮球一样的。它们一个个安静地等待,被依次装进饸饹床里。

饸饹床安放在灶台跟前。将木杵打开,把一个热热的红薯面团放上杵眼。那木杵往下倾斜,一点点往下。饸饹床吱呀呀响起来。小孩子弯下腰,屁股高高地撅着,头就要擦着地了,他高兴地喊:"头头出来了。"很快,这个小孩子手里揪了一把热乎乎的饸饹,一边往嘴里放,一边跑到院子里去了。

饸饹床吱呀呀响着,饸饹流苏般徐徐而落,盘起来。孩子又钻到饸饹床下,伸手接饸饹,却被他的哥哥或者姐姐拉起,把他安放到压饸饹的木把上。握着木把抬上压下的哥哥姐姐,满头大汗了,他们把小弟弟当秤砣了。这个孩子,没有得到要吃的东西,原是要哭的,可坐到木把上,起起落落上上下下,感觉飞鸟一般,脸上的恼全消了。

一疙瘩、一疙瘩的红薯面添进去,一把又一把的饸饹,从窗眼里不断地缓缓出来,带着红薯面热热的甜香。

多年不见饸饹床的影子,细心一点的人,或许把它安放在少有人动的角落里了。这个红过一时的饸饹床,像默默无言的织布机,像安安静静的石磨,悄然无声。

醋

柿 树

　　来年的春天，麦子醒来，柿树也有了活气。干巴巴的黑树皮不再萎缩，黑皮之间的枯白变成浅黄。抬头，树枝也活过来了，一条条富有生气地尽力向上伸展，尽力向东南西北伸展。它们的伸展也各自有讲究，不是直直地伸开去，而是弯曲着，各式各样地弯曲着。这样的弯曲让你一看似乎是老早形成的，早到不知道是哪一年就已经那样儿弯曲着了。这是一棵老柿树，千枝万条，错综纷披。

　　这时，树上还不曾见绿叶。

　　不要急，有了鹅黄的树枝、树条，跟着就会有点点绿意了。只一个芽儿，嫩黄，如初生小鸡的嘴，小小的两瓣，张着。就是这么小的两个瓣儿，才几天的工夫就大如小孩子的手掌了，又几天，这叶子不再是嫩黄而是深绿了。叶子也壮实，厚厚的，风一吹，呼啦啦，唱歌一样。

　　不知道是哪一天，又有了新的发现。那两片小嘴儿似的叶子长大了，分开着，中间居然有了果实。但这果实是被罩着的，被柿花罩着。柿树与桃花、梨花一样，结果前，先看见花朵。柿树的花朵，白里透着黄，像一个四四方方的小篓子，要说它是花，也对的，篓子的上端，朝外翻卷，像喇叭花。没有人像赞美桃花那样赞美柿花，它却在该到来的时候，就来了，呼朋引伴，一年比一年多。

柿树开花的时候，你去看吧，绿叶纷披中间，闪着点点的银白，太阳照下来，红映映的。这时候的柿树像一个大乐园，一个个穿白裙、罩红纱的姑娘们，在树上闪烁着奔跑。她们在干什么？她们是在捉迷藏么？

花开花落。柿花落的时候，地面是花的海洋，黄的落花点缀着湿润的泥土。落花神色暗暗的，多少有点儿伤情。但它那有些斑痕的脸上显出满足的神怀。抬头看，一个个如小指头般大小的绿色果实裸露着，生气勃勃。它们在柿花的多天呵护下，长成了。柿树底下落有多少个柿花，柿树上就结有多少个柿子。这是柿花的骄傲呢。

不懂事的小孩子，拾了地上的柿花，放进嘴里，涩涩的味道里，有些甜呢。但大人不让小孩子吃，说吃了屙不下。柿花落的那个月份，还真有小孩子屙不下的，大人就骂他准是吃了柿花。

有的小柿子才指头大小呢，就落了。小孩子在柿树下面拾了，能吃的吃掉，不能吃，装进口袋，拿回家，将这些小柿子一个个用线穿了，系一个圆圈，戴上手腕。

等柿子长到再大一些，摘些回家，放进盛水的盆里，过些日子，吃起来，又脆又甜。

很快，麦子收了，玉米长出嫩绿的苗。人们在田里锄禾苗，累了，在柿树下面歇凉。这一歇，左左右右田地里的人们，都聚来。中年人在树下拉家常。年轻姑娘小伙子们上树玩捉迷藏，别名"打瞎驴"。

这游戏，还真"打"。"瞎驴"的眼睛被蒙上了。其他的一些人，七八个，十几个，在"瞎驴"身上打。说打，也不是，是逗，是拍。

这样来回在蒙眼人身上拍，说不准，你的手来不及离身，就被捉了。但这样，有情趣，也最热闹，笑声不断，口哨声传到很远。

有时大气也不敢出，那是"瞎驴"逼近你了。这时候，最危险，你可能已经到了树的末梢，"瞎驴"还是往前，你再后退，树梢已弯成弓了，你不被捉，就得跳下树，真有冒险从高高的树梢上跳下来的。也有例外，"瞎驴"抓着抓着，如果前那么一点，或者手多伸那么一下，就抓着。在这紧要关头，他退了回去。这时候，幸运者就憋不住笑。"瞎驴"知道那里果然有人，再回头，那人早抓了另枝逃掉了。这"瞎驴"又得挨"打"，打在他的胳膊上、头上……又是一串的笑声、口哨声……

快活的年轻人，麻雀一样，遍布柿树的枝枝杈杈……

柿树一天比一天丰满，多是成对的双胞胎，也有成串地结着，一垛儿三四个。这些柿子红了脸的时候，玉米收回家了，绿绿的玉米秆铺了一路。风凉了，吹在人身上，吹着柿树。新种上的麦子地，有明显的麦行子，上面这里那里的，是变得夕阳一样红的柿树叶。又是一片红红的柿树叶子落下来，接着，又是一片。柿叶越来越少，遮不住的是累累果实，这时候的柿树是火红的，如火烧云，是地头的景观。忙碌的人们走过，用满意的目光看俊美的柿树，说：柿子红了。

柿子熟了

玉米到家，麦子种上以后，地里头火红一片火红一片的是一棵又一棵的柿树。熟了的柿子一个个小灯笼样的，挂在树上。柿树的叶子也红了，一片又一片，连成红彤彤的夕阳。绵绵细雨浸湿了它们，它们愈加丰润，在秋日的和风细雨中，招摇出一片静寂。

这是人们熟悉的收获季节。

一只只筐子收拾到院中心，一条条麻袋从屋里拉出来，扔进大大小小的筐里，扁担放在肩上。这一天，柿子就要收回来了。

地头的柿树，等待着，等待着人们收获。年轻的男女们高兴地爬上柿树，很快地，地下火红一片了，如天上的火烧云。一阵接着一阵的噼里啪啦，火烧云在蔓延、游移，一个个图像清晰了，又模糊，走出一个似马非马的图像来。

劳动着的人们不注意这个，树上的人们尽力摘他周围的红果实，尽力地摘。如果柿子很高地挑在树梢，年轻人冒着跌下去的危险爬过去，仿佛不这样，就失了年轻人的勇气。

他们一边尽力摘着红的果实，一边说着话，大张口地笑。他们七嘴八舌，没有情节，没有主题，想到什么就说。两人笑骂，树上树下的人和着，不觉，一树摘完了，年轻人上了另一棵树。

树下的人忙着给筐里拾，一筐满了，接着下一筐。

地里头，柿树空了，只留着红了的树叶。柿树像一个嫁了姑娘的老人。

他们得将这一筐又一筐的红果实运回家里。小平车是稀缺的。他们多用扁担挑。一张扁担宽又宽，放上肩头，两筐红红的果实就离地了，一前一后，凭空晃悠，吱呀呀地响出连声的节奏。柿子不知道是喜是忧，它们不出声地紧紧挤在一处，听吱吱呀呀的响声。它们掌握不了自己的命运，它们有的只是好奇。它们惊讶自己居然离开了抚养它们七八个月的树身，现在被放在筐里，一个上坡，一个下坡，这是要往哪里？

它们看见平整整的梯田，一行行新的湿润的土，过半个月，小麦就要露出绿头头了。它们看见村舍，有鸡鸣狗叫的声音。它们听惯了这样的叫声，只是没有像今天这样听得如此清晰。它们经过一棵大槐树，转过一个被磨得溜光的石碾，看到一个挨一个的房屋。从一个圆拱形的门进去，是一个干净的院落。当它们从筐里一个个滚出来，滚到这个院子里的时候，它们终于知道它们注定是要待在这个院子里。但它们不知道人们要它们干什么，就像它们不知道为什么不能永远生长在树上一样。

但人们知道要它们干什么。人们一一安排着它们。担筐的男人或者女人，把它们倒在院子里的西墙角或者东墙角。

一筐又一筐的红果实回来了，一条又一条装红果实的麻袋回来了，院子里滚了一地的红果实。这一天的收获是，人们将地里头的"火红"搬到了屋里。院子里的柿子与下午的太阳对照，映得屋子的门窗红了，墙红了，一个屋子全红了。

这些红红的柿子，是不能在院子里久放的，主人要一个个地安排它们的去处。

旋柿子

天凉了，一筐一筐的柿子被移到屋子里。在移回屋的一小堆柿子旁边，人们放一架自制的小机器、一条小板凳。

柿子去叶，插上机器，右手一旋，柿皮儿就完完全全被削掉了。

我怀疑现在的削苹果机子，是仿民间旋柿子机制作的。旋柿子的小机器，是庄稼人的制作。

起先，只是一块小铁片，在它上面开一小绺缝，便成了旋刀。旋柿子时，右手握住这铁片，左手握住柿子，转动，一个柿子就旋出来了。

用旋刀旋柿子，旋出的柿皮薄厚，全在铁片上开的这一绺口的宽窄。旋刀口开得窄，旋出的柿皮薄，旋出来的柿子大。旋刀口开得宽，旋出的柿皮厚，旋出的柿子就小了。开旋刀口，讲究，须开得合适。

但再好的旋刀，在手里握的时间长了，人也会手心乏困。人们想着给旋刀装一个木座。木座有轴，有旋杆。轴上装一个铁的三角杈。三角杈代替手。把柿子插上去，右手握旋杆旋转。柿子与固定好的旋刀接触了，脱了皮。

这就有了旋柿子的小机器。

现在的削苹果刀，与旋柿子机器一样有杈子，有旋杆。它们有一样不同：家户的旋刀座架是木头，削苹果机的座架是钢的。

被旋的柿子，放在一个支好了的架子上，一个个摆开，一行行排整齐。被旋的柿子多起来了，柿皮淹没了机器的底座，堆积起来，波涛一般，往上涌动。

日升日落，这些被旋的柿子们，上面渐渐裹上了雪白的霜，厚厚的一层，那是甜的面粉。它们将瘪下去，一个个很软，成饼状，人们叫它"柿饼"。这些柿饼有一个很好的前景，它将跟随列车走南闯北，会到大城市，还会出国。

那些半边软了的柿子，用小刀切成两份或者四份，称"柿分"。柿分，也一个个晾在太阳底下。待它成了暗红色，就不涩了，吃起来甜。

柿皮也晾晒，待上面有了雪白的霜，也能吃，甜。但柿皮扎扎拉拉，吃多了，肚子会胀起来。

这些里头，有软柿子。盘桃一样的软柿子，人们叫它"盘柿"，大而瘪。玉米面蒸出来的斧头（一种馍的形状，像斧头），与软柿子是绝搭，一个软柿子就一个玉米面斧头。十个软柿子就十个斧头，是年轻汉子的一顿饭量。

那些这儿有个疤、那儿蹭破了的不能旋的柿子，它们也有用，将它们一起收拾到一个大大的瓷瓮里，等着发酵。

淋　醋

人间有造酒的说法，淋醋其实就是造醋。

4月间，石榴花红艳艳的时候，人们身上的衣裳由棉变夹，由夹变单。这是淋醋的好时节。

去年收获的柿子，装在屋角那大瓷瓮里。麦子开始拔节了。春风一天暖比一天，出门，双手都不要袖着了。

每个时节做什么，人们不会有半点遗漏，比如，到了这淋醋的时节，家家都做着淋醋的准备。

淋醋要一个小瓷瓮，还须好几个大瓷盆。家户屋里凑不齐，互相借。

开春，没到淋醋的大好时节呢，醋瓮就给打开了。这时候，第二年开春，这柿子瓮就不叫它"柿瓮"，而能很顺口地叫它"醋瓮"了。揭开醋瓮，第一眼，你便很不满意，去年一瓮通红的柿子，现在变得干巴巴，而且黑了。你拿来长长的擀面杖，从醋瓮口伸下去，用劲一挑，里面是红红的柿肉，颜色与去年的新柿子一样，只是全是软的，也完全模糊。这是你不想要的。你再将擀面杖伸下去，果然一个硬硬实实的柿子，昏头昏脑地滚出来。你扔下擀面杖，拾起那柿子，掰开，一咬，酸酸的、甜甜的。尝够了，再挑几擀面杖，打出一碗这样的柿子来，家里人都吃。这是醋柿子。

春天里，中午，放学的孩子们，一进家门，手拿擀面杖伸到门背后头大大的醋瓮里去。

母亲说："过几天我就淋醋，你还吃！"

过几天，用擀面杖在醋瓮里挑一个完整的醋柿都很难了。这时，母亲真要淋醋了。

淋醋得先搭醋。搭醋是将淋醋的用具，收拾到一块儿搭起来。淋醋的用具，是一高一低两条木凳，是几根木棍，还有一个淋瓮。淋瓮就是那个底端有一个眼的小瓷瓮。

木凳支起来，淋瓮放上去，用绳子把那几根棍子绑好，固定住淋瓮，让它结结实实待在这搭成的框架上面。固定起来的淋瓮，前高后低，成一个仰望着的姿态，像极了一个能射向远方的探照灯。

淋瓮里面装了红红的柿瓢。去年收回来的红红的硬实的柿子，到来年，发酵成一瓮柿瓢了。屋里屋外散发着醋的味道。醋味的散布，让邻居们知道是这一家还是那一家在淋醋。

醋搭起来。淋醋的女主人在搭醋的木凳上搭一件男人的裤子，掐一朵石榴花儿，插在淋瓮旁。这里极有讲究。传说有个醋姑姑，爱打扮，也爱男人，用老百姓的话说是爱汉子。淋醋的人家为讨醋姑姑高兴，先掐一朵红石榴的花儿，将一条汉子的裤搭在木凳上，醋姑姑高兴了，淋出来的醋是上好的。

搭醋还要搭在屋里少有人去的地方，免得陌生人冲撞，醋姑姑怪罪。

女人吃醋，怕就是从这里来的。

把和着麦秸的红红的柿瓢放进小淋瓮，按比例掺进去水，堵了淋瓮眼，让水彻底地渗透到柿瓢中。第二天早上，才开放。

醋从淋瓮的底端淋出来。堵淋瓮眼的是一根秫节。将秫节从一头剖开，去心，留住另一头的秫节疙瘩，将空心的秫皮撕成绺，像暑天家户窗口飘动着的纸绺绺。这秫节疙瘩是淋醋的开关。停淋，把秫节往下拉紧，秫秆的疙瘩在淋瓮里头拌住，醋一滴不流。到了放醋的时辰，将露在淋瓮外面的秫节往上送，霎时，瓷盆里就有了水滴的响声。盆里的醋多到小半盆的时候，淋醋的声响在瓷盆里激荡，发出滴溜溜的声响，如4月间叮叮咚咚的雨声。

秫节从淋瓮眼里插出来，算得上一个过滤器，应该说秫节是淋醋的再过滤。第一遍过滤已经在淋瓮里头进行了。淋瓮里的柿瓤，和着麦秸。麦秸是网，拦住了柿瓤，这是第一遍过滤。过淋瓮眼，醋沿着秫节条子，落下来，是清澈的流水，这是第二遍过滤了。

一遍淋完，再掺进去水，照淋第一遍的方法淋第二遍，完了，第三遍。三遍完了，就倒了淋瓮里的柿瓤。这要倒掉的柿瓤，人们叫它"醋糟"。这是些无味的东西，随便倒在院子里。鸡来了，鸟儿来了，用爪子扒拉着，从里头觅食。

一大瓮的柿瓤，用淋瓮一点点淋过，保守估计也需半个月。淋醋的日子逢到下雨的天气，那就热闹了。外面的天下大雨，屋子里头下小雨，哗哗啦啦，叮叮咚咚。母亲坐在窗前，安静地做着活计。淋醋是母亲的活。在母亲看来，淋醋就像做棉衣，纳鞋底一样，从搭醋那天开始，母亲就计算好了哪天一淋醋出来，哪天二淋醋出来，这一大瓮醋大约需淋多少天。

母亲坐在窗前，忙着手里的活计，淅淅沥沥的淋醋声，让屋里安静。这是母亲的音乐，是她心中的乐声。一共三淋醋，淋醋的乐声各个不同，数三淋醋的声音最宏大。而这些只有母亲们才能听得出来。有串门的女人来了，一进门就听见了淋醋声，问母亲淋的是不是三淋醋，她说她听出来了。

院子里的醋糟多起来，旧的变黑，与新倒出来的鲜红，形成对比。淋醋末了，院子的一角全成醋糟了。鸡在里头不停地刨。醋淋完了，醋糟完全变黑了。有一天，打扫院子，扫成一堆，慢慢地，这些醋糟成了积肥。而满院里是久久挥发不掉的醋糟味儿。

木 匠

　　对门花墙门楼的主人，是一个木匠。他有一把好手艺。他的院子里，有长木凳、大锯、小锯、凿子、刨。院子里长年有刨花。花墙门楼底，杏黄的刨花一卷儿一卷儿的，像小姑娘天生的"卷卷毛"。

　　大锯、小锯、凿子，也常常能见到。站在一边看两个人一上一下，"嚓嚓"地拉锯。干这些活离不开长凳。那年月，长凳与人很有感情。看电影了，两个小孩子一人一头，扛着长凳，去占座。有了这条长凳，一家人，大大小小都能坐了。没有长凳的人家，羡慕有长凳的人家。我家对门，是木匠，他家里有长凳。

　　社员赚工分，家用的，除了盐做不出来，调料做不出来，其余队里按人口分。但家用小板凳，队里不分。居家总不能像看电影，随便拾一块砖头垫屁股吧？

　　这得求木匠。木锨头松动了，杈齿坏了，拉地的犁、种麦子的耧、割麦子用的镰……凡是木器家具全都离不开木匠。坏了的木器儿，到木匠手里修好了，不好用的木柄物件一过木匠手儿，好用了！

　　玉米擦子的制作方法是将窄窄的一块长方形木头，安个八字撇的腿子，支起来，中间凹个浅槽，装一个粗如小指的铁钉。手拿一穗玉米，头朝下，擦下去，玉米粒儿四溅，玉米穗上就有了一竖儿空白。多擦几下，玉米棒上所剩玉米粒寥寥，剥玉米就轻省了。

　　擦玉米用的擦子，便是木匠做出来的。

　　木匠家的孩子们，有推推车。推推车，木头做的，长方形，四周木雕花纹儿。这个木推车,两头都有座儿,座中间是块平平的木板,小孩子坐上去,木板上可以放一块馍,放一块饼干。对面也坐一个小孩,两个小孩子脸对脸地坐着,你的手在木板上拍,他的手在木板上拍。推推车顶得上一个看娃婆婆。

推推车,一边六个小木轮,一推,一齐呼啦啦地跑起来。木匠家孩子一个接一个,大孩子看小孩子。大孩子毛手毛脚将小孩子放上推推车,呼啦啦推着跑,竟跑跌了,了不得,小孩子从推推车里跌出来,哇哇大哭。

木匠家里刚过岁的小孩子,脖子底下围着塑料做的套牌,软不拉唧坐在座上,他的小胳膊正好伸在身前的木板上,你一推车,他就咧嘴笑,如果你推着车猛跑,他就笑得"嘎嘎嘎"。

木匠家的推推车,推出来,就是大家的,他家里的小孩子也似乎是大家的。孩子们推着木匠家里的推推车,推着推着,就推出门,推到巷里。推推车里坐着木匠家的小孩子。抱孩子的女人见了推推车,走来了,从推推车里抱出木匠家的孩子,把自己孩子放进去,女人说木匠家的孩子把推推车坐够了。

木匠家的板凳多。他爱奇思怪想。木匠家有一个葫芦样的板凳。木匠家的这个葫芦板凳,惹得小孩子都要葫芦板凳。木匠笑着说,他原不该做这个惹事的葫芦板凳,他做一个葫芦板凳,就不知得做多少个葫芦板凳。

葫芦板凳,三条腿,板凳面呈葫芦形状。我与木匠家孩子玩得高兴,木匠家的孩子高兴得哈哈大笑,笑得放下她手里的葫芦板凳。我拾起葫芦板凳,转身跳出她家门楼,飞跑进我家了。刚进家,木匠家的孩子飞跑着跟过来,见我怀里搂着她的葫芦板凳,冲我怀里一扑,将她的葫芦板凳一下子夺过去了。我哇哇大哭。母亲拉着我到木匠家,我有了一个与他家孩子一模一样的葫芦板凳了。

聋子线摊

　　街道的一个拐弯处，就地有一个线摊。一大片变黄了的白布，上面放着五颜六色的线。

　　先前，他卖丝线。丝线闪着绸缎的光亮，用来绣花。绣花要用圆圆的竹圈，我们叫它"绣花筝筝"。两个竹圈套一块，结口有细螺丝，细螺丝控制两套竹圈间缝隙的宽窄。绣花布可以是厚的粗布，也可以是薄的细软的绸缎。

　　绣花针，小，连着丝线的绣花针，呈现出富贵的样子。

　　姑娘们、年轻女人们绣枕头，绣大人、小孩子的缎鞋面，绣贴身穿的抹（mā）肚子，绣男人围腰的钱褡子。钱褡子，湖蓝色的底子，上面一朵大莲花。莲花底的颜色是深桃红，或浅桃红，渐往上成了粉红、浅粉红，周围用白丝线围绕，一边一个绿叶儿，翠色欲滴。钱褡子的盖上，绣一朵小莲花。莲花，绿底，向上蓝色，顶部蕊黄。钱褡子背面，用彩线绣一个飞翔的蝴蝶，那蝴蝶的身子，用黄丝线、黑丝线绣成一个葫芦状，两翅膀黄色，上面有黑点子，这蝴蝶，跟田野里的蝴蝶像极了。

　　钱褡子左右各一耳，系带子用的。初看，怎么都像戏台上的相公帽。鞋面是枣红的缎面，用银白色的丝线，绣一朵四季花。

　　姑娘学绣花，绣花老人教她：得看，那花儿在树上怎么开，就怎么绣。

　　后来有了尼龙线。尼龙线不能绣，得扎。姑娘们手里用的是扎花针，怀里抱的是"绣花筜筜"，后来叫"线筜筜"。布装在线筜筜上，用针在布面上下扎，"嘣嘣嘣"，竹圈里"泅"开了山河、树木、水草，有一只只飞鸟叫喳喳飞过来。再后来是腈纶线。姑娘们不绣不扎，用腈纶线给未婚夫纳鞋垫儿。

聋子摆线摊多年如一日，集会的那天，他的线摊跟前总有很多人。

线摊上有毛线。毛线那些年稀罕，一毛钱一尺。人们扯毛线，不是织毛衣，是给女孩子系辫子。中年妇人，辫子用一条布系住。老婆婆的头疙瘩，用纳鞋底的索子系住，将索子染成黑颜色，长足二尺。梳头时候，老婆婆把索子挂在脖子上，绑的时候，与头发一起垂到半脊背，最后跟盘起的头发一起高高地堆到脑后。灿红灿绿的毛线，当时称"洋毛线"。女孩梳好辫子，用毛线一圈一圈扎起来。

洋毛头绳，一尺喜气洋洋的洋毛头绳，是可以私订终身的。

聋子有个憨老婆，也来线摊，坐在线摊后面。她头上梳三个小辫子，五个小辫子，梳一头的小辫子，毛头绳红一点、绿一点地系着。

街上，只要聋子的线摊摆着，跟前总会围不少人。聋子的耳朵更聋了，聋子用他自己的方式卖线。人们习惯了，来人从他的线摊上提起一把毛线，不说话，只抬头看聋子，聋子也不伸耳朵了，伸三根或两根手指头。

串巷的叫卖声

从春到冬，村落的小巷里，不离叫卖声——"春卖小葱夏卖韭，冬天还唱卖豆腐"。

卖小葱

春天，院里的花儿开出花苞。早上，巷里传来卖菜声。那卖小葱的人的嗓门儿，那么一喊，用不着出门，你从那喊的音色，就知道那卖菜人是男是女，是哪一个，连同他的模样、穿着都在你的脑子里了。那葱也不用看，想着是带红脆皮的小山葱，咬一口，脆生生的辣，辣出你的鼻涕，辣出你的眼泪儿。

你说："这小葱儿真辣。"

卖小葱的听见了，脖子一歪："不辣？不辣还叫小山葱？"

竹盘秤。竹盘秤里已经放了几苗葱了，递上三毛两毛，这些个皮儿红脆的绿汪汪的小山葱就是她的了。

回到家，小孩子从中抽一苗，剥了，就馒头饼子吃。

卖桃卖杏

夏天，不只是卖老韭菜，还有卖桃卖杏的。夏天的杏是黄杏，桃是红桃。一个卖杏卖桃的老太婆，大脚板，挑个竹担，一头一个大竹筛。一竹筛是一堆黄杏，一竹筛是一垛红桃。那桃一半儿是盘桃，一个个像盘腿坐的俊姑娘。一半儿大大的桃子，嘴儿带点儿红，红艳艳，水灵灵。小孩子围着大脚板婆子，越来越多的小孩子围着她。大脚板婆子看围着的孩子，手一摆：

"去，回家叫你娘。快去！"接着喊，"卖桃喽——哪家要买桃喽？又大又甜的红桃——卖杏喽，哪家要买杏喽？又大又甜的黄杏来喽——"

唱山歌一样的叫声，逗得孩子们专注地看，有的哈哈笑起来，有的也哑着嗓子喊："卖桃喽——又大又甜的红桃——卖杏喽——"一边喊着，四散着跑开了。他们有的跑回家缠他的娘。有的不回家。他们知道娘不会给他买，要桃吃，是要挨骂的，说吃嘴打嘴！

那儿真出来一个拉扯着娘的小孩。秤盘里放七个八个黄杏或者盘桃，称好，倒进小孩子的衣襟里。娘骂小孩子害人精，小孩不在乎娘骂，从衣襟里拿起一个，看一眼站在旁边眼馋的小孩子，张嘴咬了一口。

卖韭菜

怀胎的韭菜，也来卖。"卖韭菜哩——哪个要韭菜哩——"

听到喊叫声，女人们出来了。她们叽叽喳喳，在怀胎韭菜上用指甲一掐，一番讨价还价后，终于分了这卖菜人的韭菜。卖菜人推着篓子走了，女人们各自抱了自己的一份，挑一块干净的地方，坐下来，细心地择起韭菜来。她们把开着的俊俊的小白花一个个掐下来，她们要怀胎韭，就是要这韭花。这些一把又一把的韭花，洗净晾干，放上盐，捣碎了，腌上，是冬季的菜呢。

卖豆腐

冬天的豆腐，8月就喊上了，一直喊到过了大年。寒气逼人的冬天，大雪封门。大清早，巷子里传来一声："豆腐——卖豆腐！""豆腐——王庄豆腐！"能说出是哪庄上的豆腐，那可是味道纯正，不偷工的好豆腐。这常来卖豆腐的小伙子，喊叫得也特别，末尾来个急刹。但如果不是这样的叫喊声，听到的人就咕哝："睡会，再睡会，不是王庄豆腐，不要。"

王庄出来的小伙子，那装豆腐的两只木箱，每回都空着回去。小伙子对着每一个来买他豆腐的人都缩着鼻子笑笑。买豆腐，可以用钱，也可以用东西换，用玉米，用黑豆。

一碗黄颗粒玉米，倒进卖豆腐人的玉米袋子。他称你的碗，然后拿开豆腐上铺着的白布单，拿一把小尖刀切下去，一切一个准，是该要的斤两。白雪铺满着大地，卖了这几家，那卖豆腐的一边推了车往前一边喊："卖豆腐——"

换针头线脑

村落除了这些有季节的叫卖，还有更多更有意思的叫卖声。

卖针头线脑的，是一个头发蓬乱的外地人。他喊："卖洋火哩——哪个拿破布头换洋火哩——哪个拿破布头换羊毛头绳哩——"

"家里的破布都收拾着，等收破烂的来了，换洋火。"村里人这样说。

卖针头线脑的，还有一外地人，他这样喊："河阳老汉卖针线，媳妇女子都来看。"

不知道这个老汉是不是真的河阳人。他这么一唱，大姑娘、小媳妇都出来了，他的货摊前围了红红绿绿。有的媳妇，胳膊上端着一个小孩子，小孩子好也像着了迷。

一个针换了几盒火柴，有的换了两根红头绳。大多的姑娘媳妇，你推我，我推你，只为看热闹。这个色彩艳丽的货摊，把大姑娘迷住了，把小媳妇给迷住了。她们感叹着摸上好的丝线，看着各样的颜料，各样的印花布。她们从货摊上拾起一个竹圈，它是两个竹圈，套着一块的绣花等等。那印花布姑娘这个比试那个比试，又放下了，她们为着价钱贵。她们说还等集会时候是到街上看是不是更便宜。

换塑料瓢盆

有时候，巷里过来这样一个人：手里拿一个货郎鼓，手一转，"嘭嘭嘭"地响起来。

这个最热闹。一伙小孩子跟在他的后面。

货郎推一个小平车，小平车上有桶，有瓢。他的桶都不怎么新了，他的瓢也不怎么新了。但他天天推着这些桶、这些瓢叫卖。也不是卖钱，是换东西。拿破了的茶壶换，拿缺了把子的勺子换，拿不穿的衣服换。

人们走近，你看桶，他看瓢，看看又放下。一个女人拿两件衣服出来，她左看右看，还是拿回去，她舍不得她的衣服。小平车动起来，他得换一个地方。

收头发

"收头发——哪家有头发——"

收头发，一样沿巷吆喝。

长辫子的人家，操心有这样的吆喝声。收头发的人，也有拿小东西跟你换的，比如拿一面镜子、一条毛巾、一个小娃娃的玩具，跟你换。

头发长长了，剪掉放那儿也是放着，拿它换一面镜子，换一个小娃娃的玩具，挺好。母亲拿着女儿剪的头发出来了。头发一尺多长呢，母亲说："真是舍不得。"

"舍不得，放家里也没用咯。"收头发的说。

母亲摸着系着红头绳的头发，有些拿不定主意，她想：收头发的人收了这些头发，究竟做什么用呢？

母亲不放心地问收头发的人："你收这头发，只做唱戏的胡子？"

"是哩。"

母亲想一想，收起剪发，母亲说，还是挂在屋里吧，又不用钱花，也不用换东西。

另有的母亲不说这些，她递过一撮头发，在收头发的筐子里挑了一个瓷兔子，她说她的孩子要瓷兔子。

小炉匠

还有一种叫卖声，呼啦啦一大片。你在屋里听怎么也听不出来是喊什么。你出去，沿声跑几步，一个脸上几抹黑、十四五岁的男娃，转过身。他的衣裳是灰色的，腿脚那儿掉着一片，手里拿一个铁条，或者是做活的工具。

是他在喊，他又喊了一句。你说："你喊的什么？"

他又呼啦啦地喊一遍，他对你说话，一边说一边用手动作。哦，原来他是钉锅钉碗的小炉匠。

跟着他走，你会看见一个小炉子，火炉跟前有两个人，一个呼啦呼啦扇风箱，一个手里拿着钳子，钳着一个铁东西在烧，火苗跳跃着蹿上来……

小孩子拉拉队似的，跑过来，他们唱：

小炉匠

叮叮咣

你爸在唱戏

你母抹胭脂

……

小炉匠

叮叮咣

……

小孩子跑着跳着，一路唱着跑过去了。这个小炉匠，小孩子这样唱，他听不懂吧？

小孩子的喊声，振落了巷子里黄黄的槐花。

起刀磨剪子

"起——刀——磨剪子——"

一个苍老的外地口音传过来，一声儿歇了，隔会儿，又一声。越传越近的时候，这声音就有些变样儿，像音量不足的广播夹着杂音。但这杂音却不与广播里的杂音一样。广播里头有杂音，铁锈般的，浑浊。这杂音却溜溜儿的脆，七高八低，听着它就如看见了蹿上蹿下的水珠儿。

出门，看见一个老人扛一条两头沉沉的板凳。他的后面，七高八低地跟着一群娃娃们。这些娃娃们手里拿着棍棍棒棒，一个个欢天喜地。这"滴溜溜"的杂音便来自这些孩子们。

老人60多岁的样子。村里人没人知道他姓什么，也不知道他的名字。他隔三岔五来村里一趟，人们叫他"起刀磨剪子的"。

人们听见"起刀磨剪子"的喊声，头脑里就会映出一个模样来：脑袋不大，黑黑的圆脸上布满皱纹，头发有些花白，下巴微微向上翘，嘴巴子有些往里瘪，双眼有神，看上去蛮精神。

村人们说："起刀磨剪子的"来了。女人们想起家里要磨的剪子。

"起刀磨剪子的"每回来，都有生意。起刀一毛，磨剪子八分。

一个有阳光的地方，太阳暖暖地照着，"起刀磨剪子的"周围有了女人们。女人们的手里拿了刀或者剪子，也有的手里刀和剪子都捏着。他们一边说闲，一边看老汉起刀或者磨剪子。

起刀磨剪子的家当，全在这条窄窄的长凳上。走路时，板凳扛在肩上。做生意时，人骑在板凳上。这条半长板凳的中间，发着古铜色的光，似显非显，有个细腰处，是磨剪子的一双手常常抓握的地方。

凳子两头不如中间光滑，却也有声有色。一头是一个小铁桶，铁桶里有磨石、起子诸般用具。桶旁边系一洋瓷缸，这洋瓷缸不是家用的，出门才用，能盛五碗水。洋瓷缸上面有朵绛红色的花，用旧了，不怎么鲜艳。缸底侧面有两个大黑疤，不知道啥时候缸底给碰得掉了瓷。这缸被凿了两个眼儿，用钢丝儿串好，系在凳侧，要起刀或磨剪子的女人们，谁第一个来，就从家里舀一瓢水，倒进缸里。

现在，刀锈一点点被卷起来，刀锋一回比一回亮，这缸里的水也一点点浑浊。

磨剪子用磨石。"起刀磨剪子的"接过一把剪子，把手伸进铁桶，在放磨石的铁桶里挑拣。那里面的磨石，大的如古砖，小的手心也能放下。磨石有各样颜色：瓦蓝色的、潮红色的……磨石的面有的粗，摸上去蹭手。有的细，一摸如脂膏，像是摸到了女人的肌肤。

快响午了，有起好的、磨好的，女人拿过来，满意地看看，在拿来的布头上试试，付过钱，走了。也有结伴儿来，一定要等伙伴儿也起好磨好，一块回去。这时候，起刀磨剪子的人身边，一堆女人，有说的，有笑的，真是热闹。

响午了，围着的女人，一会儿比一会少，慢慢地散了。终于，只剩一两家。乡下的规矩，外地人做活（比如今天来的这"起刀磨剪子的"），最后一家起刀或磨剪子的便管吃饭。这话，磨剪子的手艺人不说，最后起刀或磨剪子的女人是知道的。她麻利地回家，做熟饭，端出来，"起刀磨剪子的"吃了饭，便一定不收这家女人起刀或磨剪子的手工钱。女人坚决要付，"起刀磨剪子的"就恼了，扛凳子要走！

后晌的活，比前晌少。"起刀磨剪子的"松下气来，与村头的老人天南海北地拉呱。村里人极少出门。他们喜欢有外地人来，就像这"起刀磨剪子的"来了，坐下来说一顿，笑一顿，总是与平常日子不一样。

　　女人们手里也不再是要起的刀或要磨的剪子，而是一个厚厚的、硬邦邦的鞋底，女人边听边在白的棉布底上用锥子扎，顺手，带线的针便从鞋底的这边溜到那边去，接着，传出好听的"哧啦"声。线在鞋帮子里一小步一小步地走完一个下午。

　　太阳要落山了，"起刀磨剪子的"收住话头，起身收拾了叮叮当当的家具，将缸子里的水倒掉，将凳子放上肩。村里人也不拦，退开一条道儿。这"起刀磨剪子的"晃晃悠悠，在还剩一些余光的天底下，越走越远。

理　发

　　街上很多店面，挂着美容美发的牌子。一个半截儿白门帘，门帘上印着红色大字，"美容"之类。玻璃里面是招眼的美女画，乌眉、红唇。

　　这是女人去得多的地方。

　　但以前，这样的"店"专侍男人。它不叫"店"，屋子的木板门上刷两个大字："理发"。一个又一个老汉朝这屋门走来，掀门帘进去，按着次序儿，剃头、刮胡子、刮脸。

小辫子

　　理发，只有剃刀。

　　小孩子头发留下来。女孩子留头发，一留长米把。男孩子也有留头发的，只留脑门心一块，或者脑后头一块，头发辫成一条细辫，长长地在脑后头甩来甩去。这样的小辫子常常被抓。抓它的，是邻里的大伯大叔，或是学校里的伙伴们。上学不到几天，留辫子的男娃就闹着要剪掉了。

　　又有在男娃两鬓各留一块，脑后头再留一块的，俗称"猪耳朵头"。这样的男娃多是两三岁，留这样的头是为了让孩子看起来丑一些，现在人却是想着让孩子看起来好看。

夏天，许多小男孩剃了头发，留一个光葫芦头。

剃 头

剃头师傅一边干活，一边与顾客对话，说到高兴处，师傅便停下手里的剃头刀，笑几声。

顾客的脸刮得光洁了，头发刮得精光了，从长条椅子上起来，离开椅子，坐在一旁，接着是下一个等待理发修面的男人。

剃头部里，没见过有女人。

带把儿的剃头刀，刀刃闪闪发光。老汉子的光头是用剃刀剃出来的。冬天，老汉的光头，用一条白肚子手巾围上，利索精干。夏天，老汉的光头在太阳下真正是明光可鉴了。

那年月，老汉光头，青壮年光头，小伙子光头，小男孩也光头。

光头的小孩子，邻里见了用手招，说过来让爷弹个光，或者说让叔弹个光。小孩子的光头常常被大人用手指弹。有的还要在小孩子脑袋上拍，拍完还说：光葫芦。小男孩挨了这一下，一只手伸上头顶，尴尬地摸他那灵光脑瓜子，看着在他脑袋上弹光的那人与他的家人说笑，与邻居们说笑。小孩子最怕剃光头，一见大人招手就跑远了。

光头小伙子的光脑袋可不兴人摸，有人想摸，手没上去呢，两人就打一块儿了。要不，你摸一下，他要还你一下，才罢手。

一绺阳光，从理发屋子的窗口进来，从门口进来，照在墙上的一张年画上。剃头老汉手里的剃刀，锋快地在一个老汉的头上游动，无声无息地游动。

老汉闭着眼，舒服地躺着。他的裤腿扎起来，脚上一双圆口黑布鞋，雪白的袜子。老汉的手搭在胸前，两手交叉，他仰面躺着，外头的黑褂子敞开，露出里面的白汗衫。他的白汗衫，结着疙瘩扣，疙瘩扣也是白的。

剃头师傅围着顾客的头这边站站，那边站站，有时将窗口进来的阳光遮了一半了。

门背后，挂下来一条宽宽的蓝布子。剃头师傅拉住挂下来的一头，剃刀在上面沙沙沙，该剃哪儿，又开始了。

蓝布子在门后摆动着，从外面吹过来一股风。

刮脸刀在脸上晃动。胡须刮得光光的了。他的眼睛眉毛，他的左脸右脸，他的耳朵……

抠头、挠脚、掏耳朵。

剃一回，两毛。

推 子

后来，有了推子。男孩子的头发留成小平头。

推子从后脑勺上去，一下又一下，后脑勺留出来长两三分的头发茬。脑勺推完推脑盖，最后打理两鬓。

头发茬一律两三分长。如果是圆脑袋，好看。脑袋长点或带后脑勺的，留平头比剃头部剃出来的好看多了。倘若遇上一个好的理发师，又要强三分。

孩子们都不要剃头，一把推子五块钱，很快有人学会用推子推头了。

有了推子，巷子里热闹了。小男娃的头就是这家叔叔或那家叔叔推的。这家叔叔推得好，那家叔叔推得更好，家长拉着小孩子，只管找那家叔叔。小孩像一头小羊羔，被母亲拖着。

小孩子害怕推头。母亲哄他来。他的头发实在是太长了。叔叔正给一个孩子在理发。那孩子身上披块塑料布，塑料布上落着短头发茬。拿推子的叔叔笑着说："等这个推完，叔叔给你推一个。"

小孩子任你说出花来，也不愿意。

母亲拉住他，母亲说再闹送到剃头部。

孩子安静下来，坐在院里的一张板凳上。

孩子身上披上那块塑料布。推子用旧了，夹头发。叔叔小心地推着，真夹了孩子的头，孩子会"呀"的一声叫。理发叔叔就怕孩子叫，可孩子还是叫了，隔一会，又叫了一声。

有的小孩，一夹头发，就跳起来，也不管头发理得高高低低，理成个什么样子，再怎么拉也不往板凳上坐了。小孩与母亲在院子里兜圈子。

院子里的人都笑了，连那里站着的一个小女孩儿，也张开豁牙儿的小嘴巴，笑这小男孩。小男孩不去剃头部，年轻人不去剃头部。剃头部是老汉们的去处了。

拔汗毛

女人不进剃头部。女人拔汗毛。

一条长长的细绳，在女人的手指上缠绕，探测仪一样，在对面坐着的女人脸上来回寻索。

早饭刚过，太阳照下来，落在院西。两个女人坐着蒲团，待在太阳的背阴处。

来拔汗毛的女人出门走亲戚。要么是外甥娶媳妇或者外甥女嫁人，要么是亲家家里有事情。女人这才想到净脸。

细绳在女人的脸上，上上下下。女人的脸被细绳勒得红了、白了。细听，噌噌噌，那是汗毛多，被拔下来了。

拔脸的女人，前仰后合，一下又一下，鸡啄米似的。手指上绕着线，那线绕得很花，有一根牙齿咬着，一下又一下，狠狠地啄在对面女人的脸上了。

女人的额头。女人额头上的汗毛最难拔，线绳走上去，磕磕绊绊。线从绕线女人的手指上退下来，女人用指甲在线上抹过去，汗毛下来了。

被拔的女人，眼睛闭上，这是在拔她的两个太阳穴上的汗毛。

"探测仪"不再寻索，女人的脸被拔干净了。

被拔的女人睁开眼，她说："脸利落多了。"

刮眉毛

　　刮眉毛用拣来的瓷片，找一个齐锋的石台阶，"啪"一下，瓷片碎成好多块。

　　从碎出来的瓷片里，挑出一片两片出锋的，那是黑光的、能照出影子的瓷片。

　　手握瓷片，瓷锋对着眉毛，刮眉毛开始了。

　　要刮眉毛的女人，闭住双眼。女人手捏瓷片，在眉毛上边这里动动，那里动动。这是刮眉毛，也是在画画。瓷片在她手里动一小会儿，得停下来。她身子后仰，左右端详，接着刮。

　　刮了一只眉毛，还有一只。

　　刮了眉毛上面，还有眉毛下面。

　　刮眉毛，得小心，免得伤了眼睛。瓷片锋利，不能在眉棱上下留一条口子。女人拔脸刮眉毛，为了明天后天走亲戚。哪里能在眉眼上留一条小血口呢？

　　一片瓷片好像钝了，换另一片。刮好眉毛的女人，拿镜子左右照，那眉毛细了，弯了，显得好看了。

剪辫子

　　提倡剪发。

　　女学生得剪发。老师说："女同学，把你们的辫子剪成短头发。"

　　第二天，有的女学生果然剪了发，齐齐地搭在耳梢那里，跑起来，耳梢两边的头发飞动着。

　　额前的头发，有的学电影里的学生头，剪齐了。有的在头上留偏缝，梳到一边，用发卡别住。

　　放学，站好队伍，听老师训话。老师表扬新剪了头发的女学生。

老师一个两个地数，老师说还有六个没剪。

一天不剪，两天不剪。老师说再不剪，站厕所。

第二天，厕所门旁站了六个女学生。

过了一天，厕所旁边站着的女学生少了两个。

又过了一天，厕所门旁站了三个女学生。

下课，教室里的同学跑出来，逗站厕所的女同学，拉她们的长辫子。站厕所的女同学恼了。上课的哨子吹响了，他们一窝蜂似的，哄向教室。

厕所门前剩两个女学生。

两个女学生站在梧桐树下的厕所旁。老师在上课，讲课声从窗口跳出来。两个女学生商量。"就剩咱两个，咱俩不剪。"一个说。

后来，厕所门前只剩一个女学生。她高高的个子，穿红袄。她是班里辫子最长的女生。

这个高个长辫的女学生天天站厕所。

有一天，厕所门旁没有了女学生。她没再到学校来。

校园里的女生，一律剪发。

女人也剪发。剪发的女人，一天天多起来。

剪头发的女人，理发只用一把剪子。她们自个对着镜子剪。

也有女人，你给我剪，我给你剪。

女人剪发不像小女孩剪发那样，在头顶别一个发卡。女人在两边耳后，一边别一个头卡。耳后的头卡，黑色，灌进去一个银白色的气眼，这样头发卡得紧实，又比只有一个黑发卡好看。

削头梳子

一个红的或者绿的方块，巴掌大小，两头有不长的梳齿，人们叫它"削头梳子"。

方形的削头梳子，两片扣成，能打开，里面静静地躺着一块黑色刀片，刃锋利。

母亲给女儿削头发。

早饭后，母亲和女儿站在院西边太阳晒着的地方。地上放着一个盛水的脸盆。母亲的肩上搭着毛巾。刀片，用两手指仔细捏了，放进削头梳，吧嗒扣住。女儿背着母亲，退进母亲怀里；母亲手捏打头梳，在女儿头上刮，每"噌"一下，都有削下来的头发，掉在地上，掉在女儿的肩膀上。

母亲一手拉着女儿几根头发的末梢，一手削。母亲从女儿的后面走前来，看女儿两耳后的头发是不是整齐，看女儿两鬓角的头发是不是好看地鼓起来。母亲与女儿面对面站着，母亲在削女儿额前的头发，女儿额前的头发也长长短短地好看了。

女学生的头发不再是齐凑凑的。用削头梳削出来的头发，长长短短地剧齿一样在头上纷披，飞飞扬扬。

年轻女人的头发也长短不齐，在头上飞扬起来。

中年女人渐渐不用黑头卡，也用削头梳削她的头发，让她的头发飞扬起来。

老婆婆的头是头疙瘩。她说：现在的年轻人不像样子。说着，又一边想：她什么时候也剪飞扬的头发呢？

刮胡子刀

女人有了打头梳子，男人有刮胡子刀。

一个小塑料盒，长方形。打开，盒子里有一块地方，放着银白色的铁片，不同的两片叠在一起。一个圆形铁杆，两寸许，也是银白色。把铁杆拿出来，把两片叠起来的铁片拿出来。又揭开一层，看见镶着一面小方镜，看见盒底层放着刀片。

人们将刀片细密地用刀片纸包着。打开外面的包纸，里面还有一层，乳白色，薄如蛋膜。男人要用刮胡子刀刮脸时，打开盒子，取出上面放的两样东西，再拿出刀片。将刀片嵌进相叠着的两片中间，拧上小铁杆，便是一个装成的刮脸刀。

男人用毛巾湿了他的胡子，抹上肥皂，揉揉，对着盒盖里的小镜子，刮他那长得不像样的胡子。男人刮完胡子，手在胡子上摸，一溜过去，他说：时兴的刮胡子刀比剃头刀省事多了。

剃头刀多年见不着了，削头梳子、刮胡子刀也像故事一样，成了往事。街上没有了剃头部、理发屋，到处是美容厅。美容厅，男人进，女人也进。美容厅里，电带的塑料壳，"呜呜"地低吼。男人的头发长起来，男人的头发套着皮筋。女人的头发，七染八染，如果还做不出花样，推个寸头，就风光了。

牧　羊

　　鞭子，现代家庭中很少有了。我记得鞭子的用场：一是吆车，二就是牧羊。

　　吆车，吆的是骡马大车。鞭子用来指挥拉车的骡马。车是胶皮大车，笨重的木车厢，一走动，吱吱响。

　　胶皮大车不会自己走起来，车前头套有骡马。骡马需要人领路，领路的人就是车把式。车把式教骡马走路，靠的就是他手里的鞭子。

　　吆车把式的鞭杆是一根细竹子，棕色，被汗浸得溜光。鞭节，用牛皮结成，拧得很紧，麻花样的，上面有绒毛。拧成的鞭子，越到鞭梢越细，鞭梢就是鞭尾巴，荡在空中，摆来摆去。

　　吆车把式喜好鞭子，像会写字的人爱笔一样。吆车把式是弄鞭子的好手，他们在鞭梢上系一个红布条，亮亮的。那时候，兴这个，南村的、北村的，你学我，我学他，鞭梢不系一条喜庆的红布条，好像就不算是吆车把式。

　　吆车把式离不了鞭子，是要跟牲口作对吗？那你就想错了。吆车把式没有不爱牲口的，特别是与他天天见面的拉车牲口。牲口有勤恳的，有懂事的。饲养员和吆车把式，对牲口怀着特殊的感情。这种感情，也只有他们才真懂。与车把式打交道的牲口的脾气，没有一头能逃过吆车把式的眼睛。这个吆车把式顾怜这头茶色的大马，那个吆车把式看着那匹骡子很卖力，欣慰不已。他们会偏心地让他们中意的牲口吃好的饲料，或者套在出力小一点的位置上。他们闲着，会摸摸它们的皮毛，拍拍打打它们，就像他们见了他们喜欢见的一个人。

但吆车把式手里头的鞭子是要拿的，一是身份，有时候，也能吓唬一下捣乱的牲口。你看，那鞭子在吆车把式的头上抡圆了，再细看，倒也看不见圆圈，只有红的一点，像一只漂亮的鸟转着飞，还尖着声"呼哨"。巷子里，有时候，会突然"嘎"一声，不用问，那是鞭梢击在青石板上的声音，吆车把式回家吃饭了。

鞭子，是吆车把式的骄傲，也是车把式吃饭的凭据，他到哪里，鞭子到哪里。走路的吆车把式，手背着，双手在屁股后头，握着鞭杆和鞭节，显出威严的样子。在众多的人群中，只有他们几个是车把式。

车把式，像乡村里的木匠、铁匠，他们是手艺人。手艺人，人们都尊敬，特别是在乡村。人们看见他们，就想到神奇的手艺。手艺的神奇，让他们在乡村人的眼里变得奇特而威严。

吆车把式家里的门背后头，有一个铁钉，挂马鞭用的。吆车把式回来吃饭，进门，把马鞭往门背后一挂；出门，顺手从门背后头拿走他的马鞭。

车把式手里的马鞭，就是写作人手里的那支笔。

牧羊人也有这样漂亮的鞭子，不叫马鞭，叫羊鞭。

一个50户人家的村庄，80头羊，得有专门的牧羊人。牧羊人是一个老汉，50多岁，一脸的皱纹，条条缕缕瀑布似的挂下来，让他的长脸，更长了。他的衣服从来没有齐整过，夏天一件白衫，冬天一件羊皮褂子，都是披着的，两条袖笼，随着走动，一前一后，跳来跳去。

太阳红红地挂上东山头，牧羊老汉起来，喝一碗白开水，从笼里取出一个玉米面馍。玉米面馍，像乌龟的背纹，裂开着口子。他将玉米面馍掰开，一块一块放进开水碗里，就着家腌的咸菜，吃饱；收拾一个软布小包，里面放两个馍，两苗葱。出门记得拎一个大水壶。

牧羊老汉出门，走过巷道，一路走到村西。两条衣袖，默默地跟着摆，他的上衣前襟不扣，一步一扇，忽闪，忽闪，与老汉的步子合拍。这样一路，下到一个半坡，到一个旧了的土窑门前。这时候，一条黑影蹿上来,牧羊老汉不觉伸胳膊一抱,他深深感受到黑影这一蹿的亲切,他抱它轻轻落地,抚下身摸摸它,像摸一个乖顺的孩子。

这是一条伸长了舌头的狗,它黄眼圈,看上去很厉害。它晚上守着羊群,每天都跟着牧羊老汉。它诚恳、尽责,陪伴牧羊老汉和羊群。这狗是牧羊老汉的,还是从哪里跑来的,不知道。

土窑是多年前人住的,人们盖了新房子,土窑就被羊占用了。土窑的院墙不到一人高,人到半坡,往下一跳,就跳进窑院里了。村里人用木桩给土窑重做了院门,用粗粗的铁丝扭个环,套在树桩上,安一把锁。有了这把锁,锁不开,里面不会有人进去的,除非是为非作歹的贼。

牧羊老汉从腰窝里拉出一把明晃晃的钥匙,开了锁,进了窑院,将院门重新关好,才往里走。他听见羊咩咩的叫声了。羊听见他走动的脚步声,越发叫得欢。

开了窑门,羊一头头抢先挤着往外跑。瞬间,窑院里满是羊。山羊拐拐角,绵羊搭着耳朵,它们散步似的,这儿闻闻,那儿嗅嗅,有调皮的角对着角儿,像是兄弟两个攀攀肩头。小羊是这羊群中间最好看的,它们有的一岁,有的半岁,有的才三两个月,一身的卷卷毛,像一个不知愁苦的小孩子,一会子用头顶母亲,一会儿接二连三地蹦起来,从东头蹦到西头去了,还像小姑娘扭几扭,停下来,望着看它的人们。这时候,山羊、绵羊、大羊、小羊,咩咩的叫声,响成一片。

羊群中,白羊多,黑羊也不少。有意思的是,白羊身上都有一块红,或者一块蓝。红有桃红、粉红、大红;蓝有深蓝、浅蓝、毛蓝。还有各样的图案,这个身上是六点梅花,那个身上是"井"字条儿,还有波浪纹的,一个大圆圈里头,一个小圆圈,像太阳的晕。

羊群里,斑斑点点,像花园里盛开五颜六色的花朵。

下地干活的人们,一个个扛着锄头,从屋里出来,三三两两跟到一块,跟着走向这土窑。看他们一个个欣喜的眼神,点点戳戳,说这头羊的模样,那头羊的肥瘦,你便知道原来羊们身上的这些色彩,是羊主人特意涂上去的,像给他们家的孩子穿了一件漂亮的裰子。

牧羊老汉进了窑院，关了院门，放出羊来，然后等这些羊主们，各人清点各人的羊数。

　　村里人一个个离去了，牧羊老汉重新数一遍，这才打开了院门，狗先跳跶着跑出一箭之地，再起劲地跑回来，守在牧羊老汉的身边，起劲甩它的尾巴。羊们从不宽的窑院门拥挤着出来，有太小的羊，牧羊老汉怕挤着，抱在怀里。羊儿全出来了，他放下小羊，锁了院门，一手从肩头往后伸，将肩上的袢子披好。红红的太阳下，狗、羊群和披着衣服的牧羊老汉上路了，越走，离村子越远。

　　羊群走过一个山头，又一个山头。羊们遇着一片绿茵低下头勤奋地吃，嚼一口草，抬头看远的山，近的草、嫩绿的草在它的嘴下，一点点地变短。

　　羊其实比猴子还要灵巧，只要是它见到是它爱吃的草儿，再高、再险，它也攀上去，身子悬着空，去钩。那姿势排到杂耍上，有的看。鲜亮的太阳下，满山坡放这么一群羊，白的雪白，黑的乌黑，在青山绿草中，是一幅绝妙的图画。但牧羊老汉的头脑里，装的并不是一幅什么画，他一会儿跑前，一会儿跑后，拾起土疙瘩，很准地打在一只淘气的羊身上。

　　牧羊老汉也有舒服的时候，羊儿你谦我让地吃着草儿，狗前后地窜来窜去，有时，游戏似的汪汪地叫两声，这是它与落地的鸟儿玩笑。牧羊老汉看见这些，听到这些，无声地笑一笑，挑一块避风的沙地，将手里的鞭杆枕在头下，在暖暖的太阳光下睡了。

　　牧羊老汉睡不着，稍稍假寐一小会，就像睡了两个时辰似的有精神了，一骨碌爬起来，羊远了。狗直着身子，躺在人一侧，跟他一样晒太阳。他拍了一下身侧的伙伴，将食袋子一晃，狗立时一个打滚，四条腿直挺挺站住。仰头眺望，像一个装备停当、待发的勇士。

　　牧羊老汉从馍袋子掏一块馍，再掏一块，高高地往上抛，狗跳着一口一口接住。狗随牧羊老汉吃着，走着，鞭梢在上空"呼啦"一响，回音飘荡，这是牧羊老汉的馍袋子空了。牧羊老汉走一步，喝一口。他看见狗心满意足地跑去逗羊群，与羊嬉戏。

　　夕阳西下，羊们多翘头，东张西望。它们知道是该它们回家的时候了。牧羊老汉也疲倦了，低着头，拿着鞭杆，一步一摇地想他的心事。他在想什么呢？想他做小伙子的那时候？或是山头的某一处，勾动了他心中一缕情思？

狗不管这些，它似乎更欢快一些了，汪汪声密集地响起。

快了，到村口了——忽然，狗的叫声急起来，牧羊老汉紧张地左右望着，鞭梢连连炸响。牧羊老汉走近羊群，原来是吃奶的小羊，耍赖，躺下不走，母羊左左右右地在小羊身上舔着。牧羊老汉弯下腰，抱起小羊羔，搂在怀里。鞭子插在牧羊老汉的裤腰带上，鞭梢绕着鞭杆。松松的鞭绳、红红的布头在牧羊老汉的背后左右地晃。离远看，牧羊老汉腰背后像插着一支红缨枪！

羊们又进窑院门了。它们一进院门，跳跃着奔到窑墙角一个大水槽前。羊们在喝水，喝几口，脖子仰起来，停一小会，还喝，羊胡子都湿了。

喝完水的羊们，偶尔叫一两声，大多数卧下来，安静地等待着黑夜的降临。它们母子卧在一块，母羊用舌头梳理着小羊身上的毛。小羊身子那样白净，原来是它的母亲天天在舔呵！

收工的社员们回来了，他们一步步慢慢上坡，看见土窑，看见土窑院子里这些羊们。他们忘了身上一下午的疲劳，在窑门前能多站会就多站会，男女社员看着自己的羊肚子撑得饱饱的，心里高兴啊！他们站在土窑周围，有的进了窑院，用手摸摸自己的羊。羊也认识自己的主人，回过头，舔舔主人的手。

娃娃们放学了，放学的娃娃们也直奔到窑院门前，他们来找他们的父母。

天要黑了，母亲拉着孩子的手，离开窑院门前。孩子们饿了，他们要吃饭。

土窑门前又安静下来。

牧羊老汉开了窑门，羊们进了窑洞里。牧羊老汉也进去，好半天，才出来，锁好窑门，走到窑院，把水槽盖好，锁了院门，却不见那条黑狗。牧羊老汉习惯了，自顾自回家去。他知道大天黑，狗会回到这里。明天一大早，狗一准在窑院门前等着他。

盲人说书

七月的一天正午，热的气浪蒸上来。田野里头，是绿的玉米禾苗。昨天下了一小点雨，那点雨，没有让禾苗喝足水，但总算让它受到了一些滋润。现在，它们站在地头，悠闲地昂着头。轻轻的微风，吹向它们中间的一两株禾苗。它们细柳一样的嫩叶子，稍稍摆摆，像是跟其他的伙伴打招呼，又像是给人招手。那招手的姿态，稍稍带些儿俏皮。望着这些，你准还能听到细细的笑。这些田里的禾苗，伴着热浪会一天天疯长，它们转天一个样，不几天就离开地皮了，不几天就长到半人高了。它们再也不像刚出生那样纤细，它们健壮得像小青年。它们的叶子硬朗起来了，那绿也不是嫩黄，而是墨玉一般，发着肥沃的光泽。这个时候，新鲜的秋风一阵阵吹来，它们在秋天的季节里收获它们自己。

而这天，它们的生命才开始，就像这满巷奔跑的孩子们。孩子们小的七岁八岁，大的十一二岁。他们上半年级、上小学一年级或者二年级。他们放完了暑假，在老师的带领下把拾麦穗的活儿也做完了。他们又回到学校里头，爬在泥抹的桌台上写字，做算术。他们满巷跑。他们刚放学。他们放学，分头向他们各自的家门口跑，像分伙的羊群。有几个念书的小孩子，一路跑着，看见村南拐角处，有几个人相跟着，朝学校门口走了过来。

学校门口这个一丈多宽的巷道，是村子里的宽巷。孩子想学自行车，天天念，念得他们的爸爸妈妈心里烦得慌，他们的爸爸妈妈就说去骑吧，家里就只有那么个值钱的东西，早早地骑坏它，把它摔坏吧。小孩子可不管他们的爸爸妈妈怎么说话，他们的目的达到了。他们推了家里的自行车，推出家门，一直推到学校门前这条大巷里来了。

打麦场也是练习骑车的地方。星期天，打麦场是孩子们的好去处。那里的场地，宽展。孩子们骑车，如果摔倒，从自行车上跌下来，说不准会摔在麦秸垛上。如果不是摔倒，是骑车的手把不灵，撞着麦秸垛，孩子也只是顺着麦秸垛溜下来。在这个偌大的打麦场，在太阳照得很好的前晌或者后晌，孩子们骑着自行车，汗湿得他们的脸像个大花猫。孩子们骑着自行车。这里头，好多孩子早练会骑自行车了，都能跟大人比着骑车了。他们来这里，不是练，是凑热闹。他们十一二岁，吃完饭，不是上学学习，就是在田地里，在村子里野。这里的野可不是骂人的话。小孩子是需要"野"的。小猪小牛高兴了还撒蹄子狂欢呢。小猪小狗喜欢这样，小孩子也需要这样。小孩子吃完饭，放下碗，说他玩儿去了。

孩子出去会野到田里，他会把一条新生的柳树枝，折一段，做成一个吹起来吱吱响的哨子。他也不记得跟谁学来的这招。反正，他会了。不只是他一个人学会了。村里的孩子，只要有一个学会了，孩子们就全会学会。他们玩弹弓，玩滚铁环。今天才一个两个小孩子会，明天就有一大片学会了。小孩子天天吃饱了，除了学习，就是玩。但他们玩得有意思。就像学骑自行车。一个小孩子会了。其他的小孩子都要哭出他们家的自行车。如果家里实在没有，借都得给他借一辆。看，打麦场上都是大海了，孩子们把自行车骑得跟游泳的鱼儿一样，你窜过来，他窜过去。这个孩子猛力地骑了十几下，他把他的两只手，像燕子展翅一样摊开，他整个人就是飞腾着的一只燕子。他看过杂技表演。杂技就是用这样的动作打开场子，然后才有脑袋上顶碗，才有嘴巴里头放火，才有刀从嘴里插进去，一点点地，只剩下带红绳的刀把……

孩子们习惯了村子里头来人。村子里头来放电影的了，来耍杂技的了，或者来了一个要饭的。孩子们一看不是村里人，他们就好奇地上前。这天，从村南边拐过来这么几个人。有大巷口，对着蓝天。这几个人像是从天上走下来的。孩子们看见了，他们跑着的步子慢下来。孩子们越来越仔细看他们的眼睛。他们的眼睛眯成一条缝，他们的眼睛有红红的圈，有些怕人。最后，孩子们知道他们是成伙的盲人。孩子们先是静了一下，他们看见这几个，个个手拄拐杖。他们的脸往上倾，似乎天上掉雨滴了。天上是火红的太阳呢。孩子们知道他们看不见。孩子们想，他们越是看不见，怎么越是要望天？孩子们看见他们身上背着褡子，是那种布袋子，粗布袋子。他们穿着蓝布衫。这里那里挂下来，也不十分干净。小孩子很快跑着的步子慢下来，后来慢跑变成慢走，后来就站下不走了，似乎是专意要等着这几个人的到来。他们看见盲人身上有一个喇叭，看见他们身上的一面小鼓。孩子们激动起来了。他们蹦起来，伸手在鼓上敲了一下。那鼓发出一声闷响。一个孩子试了，其他的孩子跳着脚都想试。盲人看不见。但盲人用手四下拦着。孩子们当然不想让盲人摸到他，他们有的站远了看，有的四散着跑。

盲人微笑了。但他的笑好像是哭来着。孩子们听到盲人的问话。盲人问村里的大队院在哪里。孩子堆里，走出两个大一点的孩子。他们是三年级或者四年级学生。他们十三岁的样子。他们听到问话，伸出手，拉着其中一个盲人的拐杖。另外一两个学生，把其他几个盲人用拐杖连接起来，连接在第一个孩子拉着的那个盲人的后面。这样，盲人就接成一线。这时，盲人的拐杖，在孩子们眼里就像课本里出现的破折号，每个破折号的后面都拉着一个摸索着往前走动的人。当排头的那个孩子，手里握着盲人的拐杖。他走得极慢，看得出他讨厌这样走路，显得很着急。孩子们在一边欢呼起来了。谁也不知道他们在欢呼什么，为什么欢呼。他们像小鸟一样地叽叽喳喳。他们在争论这几个盲人，是谁第一个发现的。他们高兴地跳呀蹦了。他们忘记他们刚才是奔着他们的家门往家里跑。他们哄成一堆，跟在盲人后面，朝着与他们家相反的方向走。他们喊着说这下好了，晚上有盲人说书听了。

正是村里人一年里头最闲的时候。玉米还是禾苗，长在地头，棉花也还没有收回来，晚上不用在煤油灯下掏那一朵一朵的棉花，拣那棉花上沾着的叶子碎屑。那活儿真是烦心，那棉花上沾的碎屑怎么拣也拣不完的。现在，这些都先不用操心。村里的大人们，一个一个也为村里来了盲人说书感到欣喜。大人也是从小孩子过来的。他们也还有像小孩子一样激动的心情。盲人说书来了，他们记起他们小时候听的盲人说书的细节来了。或者，他们还想着上次盲人说书说到哪个节骨眼上。他们想，这回来的说书人，是不是还是那几个盲人？不知道还能不能把上次的那段续上？他们放下锄头，或者放下下午从哪里拾回来的一小捆麦穗。因为对盲人说书的激动，他们连麦捆上的绳头也不想解下来。他们说先放着，就快速地把晚饭吃下去。

　　他们抱着他们的孩子从家里走出来。如果家里有两个孩子，习惯上是爸爸带那个大的，妈妈带小的。他们吃饭的时候，早就商量好了。好在一吃完就出门。妈妈们早听见小孩子在巷里的广播。耍杂技的来了，耍猴的来了，好像都是小孩子最先知道。他们就在巷道里传开了。没有人让小孩子这样传声。这像是小孩子天生的爱好。他们把知道的消息通报给所有能听到的人，同时也传报了不会说话的树，传报给咪咪叫的猫、汪汪叫的狗。村子里小孩子多，猫狗也多。村子里有了新鲜人新鲜事情，孩子们热闹起来，猫儿上房的次数多起来了。狗儿跟在小孩子的后面，也比平时跑得快了一些。如果哪家碰巧养了几只鸭子，你听，那鸭子也跟着孩子的脚步嘎嘎地叫。

　　这天，孩子们在巷里广播的是：晚上有盲人说书。盲人说书在大队院。

　　大队院，小孩子都知道。村里的大人们当然知道了。他们闭着眼都能摸到村里的大队院。现在听到孩子们叫唤大队院，他们的心思野了。他们坐在屋地上吃晚饭的低矮的小桌子前，他们的思想顺着小孩子的喊声跑，眼前有了一个大队院的模样儿。那是一个旧祠堂。旧祠堂里有两棵高大的梧桐。旧祠堂是坐南坐北面面相对着的两栋房子。三间。中间开门，两边一边一个窗台。那窗台是古旧的砖。那砖比现在的砖宽、厚、大。坐南的房檐比坐北的房檐长一些，像是多出一个厅子。厅子用不粗却也不细的两根圆柱子撑着。那圆柱子早就脱了颜色,只是两柱子下面圆鼓形状的青石还是旧时面貌。那圆圆的青石的外侧雕刻着的飞禽走兽新的一样,活灵活现。

南北房间的门前各有宽约一米的浅槽。每年的雨季,就像现在的季节,天阴下来,一下雨四五天,浅槽里就会积水长流。如果是五六月间的骤雨,这两边的槽,顷刻之间,就成两条小河。孩子们在河里漂起他们做的纸船。各色的纸船在这河槽里摇摆着漂呀漂。为了叠纸船,孩子把他们的书皮拆了做这纸船。他们的书本,在一个骤雨的天气,顺着小小的河槽漂走了。

祠堂的院子地面铺着高高低低的青石。这青石,一个个秃着的脑袋抹了油一般的光滑。那光,如果是天晴的日子,是透亮的蓝;如果天阴着,或者日落西山,那光就变得黑油油的。盲人说书的这天晚上,借着灯光看,地面上的青石就是黑油的。

家里的大人们还在吃着饭。这些都只是他脑子里的思想。不用说,他想的这些跟一会儿到大队院里看见的一模一样。

大人们吃完,拉着孩子出门了。一出门就碰上住得近的几家人。他们也是刚吃完,要走向大队院。他们相互招呼着,前前后后向大队院里头走。

大队院有两扇厚厚的木门。大队的门,也还是早时祠堂的门。现在,这里的门大开着。院里,围着盲人,已经坐了好几圈子的人了。他们说着闲话。盲人也在笑了。他们的脸还是略微向上仰起。一个盲人在说话。他的头朝着刚说完话的人。这些人中间,临时放有一张高的方桌。桌子上面放着小喇叭,放着一副亮晶晶的铜铙、一副铜锣、一面小鼓,还有一根笛子。

笛子,村里的小孩子是见过的。芦苇成熟的季节,是编芦席的好时候。那时,村里巷里院里,会飘着白白的薄膜,像飞动着的羽毛,却比羽毛精致。那是一种规则的长方形,晶莹透亮。它里面像晶盐一样的,有结构。拾起一片,罩在眼睛上,能看见院子里的香椿树,看见屋门口倚墙放着的扁担和水桶,能看见院子里屋门口的土地爷窑。如果近前一些,还能看见土地爷窑里头光脑袋的土地爷。小孩子将这薄膜玩一会，扔掉或者捅破，但孩子看见一个叔叔拾这薄膜。他挑着担拾，拾了好多，然后藏了，很宝贝。叔叔是村里唯一一个吹笛子的人。如果村里忽然有了笛声，人们就说这个叔叔又在吹他的笛呢。

桌子边上的人，他们围在一块儿。在大声说大声笑。他们知道，一会儿，那鼓儿会嘭嘭嘭敲响，那喇叭会吱吱哇哇吹起来。还有那铜铙、那铜锣、那笛子，它们全都会发出响亮好听的声音来。小孩子跑得遍地都是。他们从这个人的腋窝下钻进去，从那个人的腿边钻进去。他们白天没有看够盲人，他们要站在最跟前，要把盲人看个够。女孩子是不要仔细看盲人的。女孩子总是奇怪男孩子，她们想男孩子那么可劲地往盲人跟前凑，就不害怕盲人的红眼睛？女孩子可不要看盲人的红眼睛。盲人那红眼睛一睁，多么吓人。男孩子就不怕盲人身上跑出来虱子？盲人身上真要是跑出来虱子怎么办呢？女孩子不去挤盲人，有的女孩子还没挤到盲人跟前，看一眼盲人，吐吐舌头，再拼命从里围钻出来。女孩子情愿把位子给男孩子让出来，就让男孩子往前凑吧，让他们身上染上虱子吧。

男孩子可不这样想。男孩子或许也不知道女孩子心里有了这样的坏主意。他们还是钻上钻下地要往盲人跟前凑。他们得意地望着女孩子们。他们想女孩子总是不能做她们想要做的事情。男孩子伸出手到桌子上摸摸盲人的小鼓和铜锣。他们欣喜地看着。他们想女孩子可是摸不着这些的。这个晚上，男孩子心里只有盲人说书。他们回过头看盲人，他们怎么还不快点开始呢？

盲人说书来了，村里人就像过节。家家门都上锁。人人都听说书。大队院里的人们，先是陆陆续续，随后就一拨一拨、一涌一涌地进来。大队院都快站不下人了。大门边都挤满了人了，窗台上挤满了小孩子。小孩子站在窗台上，手握住窗子的木框，或者伸胳膊扶着他爸爸的脑袋。小孩子的爸爸各自守着自家小孩。窗台上面站满了小孩。天还不是很黑的时候，大人背着小孩子一进大门，都先直奔窗台而去。他们都想把孩子放在窗台上。每来一个大人，窗台上就多一个或者两个孩子，背孩子的爸爸或者妈妈说，挤挤吧。现在，天完全黑了，灯光照得那张放着乐器的桌子，越来越神秘。窗台上一个孩子也插不进去了，再要挤进去一个，另一个就要掉下去。后来的爸爸妈妈为着窗台上挤不进去他们的孩子，心里难过了一小会。但他们很快就把不高兴丢到脑后了，他们也很快参加到院子里闹哄哄的热闹气氛当中了。说书还没有开始，他们把他们的孩子先放下来。他们说先玩会儿吧，说书开始，他们会把孩子扛起来的。

　　院子真是太小了。人们在房檐下两条一米宽的槽子里放上长凳短凳，他们踩在凳子上，这样就比先到的人又高出一大截子来。没有带凳子来的，就有些后悔。但他们来了就被这里的热闹迷住了心，他们也不再回家里取。带来了凳子却看见那槽给占得放不下他拿的凳子，生气了半天，但总算安到别处，有了地方。他们的心里这才稍稍平和些。孩子们在场地里钻来钻去。男孩子们一个个都要涌向盲人。到最后，再小的孩子也难再钻过去。人们在队部的院子里，人挤着人，像是冻住了一样，凝在了一块。这时候，"嘭"的一声。当"嘭"第二声的时候，院子里静下来了。孩子们一个个像猴子上树一般，果然被架在他爸爸的肩头了。他们叉开腿，骑在爸爸的脖子上。猛一看，像爸爸的头上又长着一颗小脑袋。

　　但村里人的眼睛齐刷刷地对着了那张桌子。不是对着桌子，是对着桌子放着的方向。桌子早被人群淹没了。他们看着桌子旁，倚着的那根木杆。木杆上挂着一个昏暗的电灯泡。这是刚刚发来的电。盲人说书，又不是放电影，不发电也能听的。但每次盲人来，村里人都坚持让发电。他们说不发电，盲人说书就不像那么回事。

　　这天晚上，天气很好。星星扑扑闪闪地望着大队院满院子的人。满院子的人没顾得看这天的天气是不是好，更没心思看天上的星星是不是明亮。他们一门心思在这几个说书的盲人身上。小孩子新奇，大人们一个个也激动着。他们天天扛锄头，扛犁扛耙，每天都把日头从东背到西。他们在田里做活的时候，没有想到说书。他们每天都不能把书跟自己联系起来。书是文雅人的事情。他们中间，多数人没念过什么书。他们被家事缠绕。家里都不能糊口了。爸爸们就停学不念了。活命比念书更重要。妈妈们做小姑娘的时候，家里不让她念书。

家里还指望她给家里的哥哥弟弟们做针线呢。一针一线缝，白天黑夜地缝。妈妈们做小姑娘的时候，天天做针线去了。

　　现在的妈妈们也让女儿读书。妈妈们说现在的女孩子多好啊，有书读。不识字的妈妈们看书的眼神，像是看神看仙。她们给儿女包书皮，很小心。孩子们的书本这里缺了角，那里撕破了，妈妈一边骂儿女不珍惜书本，一边拿纸来糊，或者拿蜡打书角，妈妈说蜡打的书角不会卷，不卷，书角怎么会缺了呢？妈妈望一眼女儿。女儿正跟一伙的同学，在外面玩踢院子。妈妈说："有书不读，总是玩，玩吧，总有一天，不让你读书。"

　　妈妈这样说着，但不舍得让女儿停书不读。她总是不忘她小时候不能读书。这种苦难绕乱着她一生。偶尔，收拾家的时候，她看见屋里炕上撂着一本书，她不识字，她看着上面的名字，不知道是大孩子的还是二孩子的，不知道是他们去年的书，还是今年的新书。妈妈把书收拾了，放在房间最显眼的地方。妈妈说这样，她就能够在孩子回来的时候，不忘问他们一声。妈妈把她见到的字条，全收拾起来了。她怕上面写了一些什么重要内容。妈妈总是被孩子笑话。当妈妈把一张不知道什么时候拾得的字条，拿给孩子们看的时候，孩子们一看，全都大笑起来了。妈妈把孩子们写着的一句骂人话，宝贝似的藏着，纸页差不多都要发黄了。妈妈不好意思起来，甚至都有些脸红，妈妈说瞎子身边字据多，她是斗大的字不识一个！妈妈说着，咂一下嘴巴，发出很大的声响，以遮盖她心中的难过。

　　爸爸们从不责骂家里姑娘。爸爸也不大理会家里姑娘上学。爸爸心里头想：姑娘不比小子。姑娘懂些字就行了，姑娘总是得嫁人。爸爸们打骂家里的小子。这个晚上，来听盲人说书的小子们，一个个都受过爸爸们的打骂。爸爸们羡慕人家家里的孩子上大学。爸爸们把地里的活全包在身上了，他力争要让自己孩子当中有一个能够考上大学。那是做家长的光荣。爸爸的肚子里憋着这样一股气，他对孩子说，只要孩子能学习，他就是磕破脑袋也不会让孩子没书念的。但村里的小子们很多都让爸爸失望了。他们吃完饭，背着书包不是走向学校，而是跟着几个捣蛋鬼去村里哪家屋檐底下掏鸟窝了，或是偷着拿走一只水桶，去地里灌黄鼠狼了。中午放学，他会算好时间跟着放学的学生一同回来吃饭。爸爸气得把他打一顿。爸爸以为他受到了教训会长进，但他终归还是不进学校门。爸爸气得眼泪都掉下来了。爸爸对他没有了指望，爸爸把希望放在小点的小子身上了。

现在，大家都涌在大队这个院子里。喇叭吹起来了，锣鼓敲起来了。盲人摇着脑袋，在说在唱。村里人一边听盲人唱，一边望着盲人。他们的脚跷起来，前面的人遮了他半张脸了，他这样跷起来，不但盲人的脸能够看分明一些，声音似乎都听得更真切一些了。盲人说的是张飞，说的是刘备。村里人这时候，不说话。他们只管听。他们除了听，就是哈哈大笑。他们当然是在笑说书人给他们说的张飞。他们今晚挤在这里，就为了这开心的笑声。他们只管望着盲人摇晃的脑袋。在这个清凉的夜晚，他们将从盲人这里得到快乐。盲人没有开始说书以前，他们看着盲人的红眼睛，心里装满着同情。可是现在，村里人看着他们一个个戴着墨镜的模样儿，心里装满着羡慕。盲人说书的时候，变戏法似的，一人脸上扣着一副墨镜，两片墨镜扣在他们的眼睛上，镜片里映着院里站着的人们。村里人羡慕戴眼镜。眼镜也是文雅人的东西。村里人听过多少场盲人说书。他们一开始说书，就把墨镜戴上了。他们看不到自己戴墨镜的样子。他们戴上墨镜是为了给村里人看。盲人戴上眼镜说书，看着都不像一个盲人，完全是一个有身份的人了。

现在，说唱盲人的嘴春蚕吐丝般。在不很亮的电灯光下，每一句都闪着绸缎一样的光泽。每场表演，一个说书人，演一到两个角色。这样的角色，是指定的角色。某个盲人善演女角色，他每次都演这逗笑的角色，他每次一出声，就笑得一院子的人肚子痛。人笑得肚子难受得不行，可也不能弯腰，只能一边擦眼泪一边听他的表演。这是笑的眼泪，是喜悦，却也有心酸的眼泪。当李逵的老母亲被老虎吃掉的时候，院子里的女人们多就哭了。女人们跟着说李逵的盲人哭。那盲人哭得眼泪哗哗的，院子里女人们的眼泪也哗哗的。这就是盲人说书。他们笑，他们哭。在这个清凉的晚上，大队院里，哭一阵，笑一阵。一场完了，会响起哄钟一样的叫好声。村里人说：再来一场。村里人抬头看天上的月亮。月亮清亮亮的，橘黄颜色，静静地朝下望着院子里的人们。月亮也好像被这里的欢笑迷住了，忘记了走她的路。围在桌边的村里人们，看了几眼月亮，他们说天还早呢，再来，再来。

　　盲人估摸时辰。他可是看不见月亮。但很快，二胡响起来了。梆子敲起来了。这回说的是《西厢记》。梆子响处，张生出来了，莺莺出来了。随着二胡板子响在一处，莺莺会张生的那个明亮有月色的夜就在眼前了。大队院里的梧桐，似乎也变成柳树，垂下千丝百缕的枝条了。村人们激动得心要跳出胸膛，他们高兴地听盲人咿咿呀呀地唱。听到细致处，他们各自隐去了。院子里的男人们一个个变成张生，院子里的女人们一个个变成莺莺。月躲闪着有些偏西了，一路钻着挤着到了桌前的小子们，一个个脑袋一点一点的，磕头虫似的，要睡觉。站在窗台上的一个个大大小小的孩子，趴在大人身上了。那些被大人扛在肩头的孩子，他们也累着似的，一个个抱了爸爸们的头，只有梆子最响的那一声，才打搅了他，但他们也只是抬一下头，眼睛又迷糊了，腰随着弯下去，又一次伏在爸爸们身上了。爸爸们并不摇醒孩子，他们或许还有些高兴，孩子们终于安宁地入睡了。《西厢》迷了他们的心。他们听着《西厢》，他们的心又一次年轻起来。

　　村里人有滋有味地听盲人说《西厢》。村里人心里害怕着一件事情，就是盲人那末后一声鼓响。天很晚了，村里人不愿意回去。男人们不愿意从《西厢》里的柳树下走出来，女人们站在院子里，头脑里出现了许许多多个张生。那张生一个个都是从这鼓点子里来的。女人们在心里说，说吧，一直说到天亮吧。

　　村里人们就这样一边想一边听盲人说书。他们蛮崇敬盲人。你说盲人的脑子该有多大，能记下这么多的东西？他们咋就记得这么多，这么好呢？有好事的，就去问盲人。村里人想知道盲人是怎么样练出这样的功夫的。盲人可不给你说他们是怎么练的这功夫。盲人听到问，头仰着，微微笑。村里人从旁观察盲人，他们看见盲人的嘴巴，念经似的，常常在动。如果认真注意盲人的嘴巴的话，你还会听到有一点点的声音。一个正常人，真要是想事情，他的眼睛是闭着的。盲人想事情，他的眼睛不用闭，他的眼睛睁着也是闭着。一个盲人，真是太容易想他的事情了。村里人看见盲人，会拉着盲人的拐杖，给他领路。盲人来到哪个村，就在哪个村子住下。这个村除了管饭，好心的女人还给他们缝补。但是，村里人对盲人到底是怀着一丝敬畏。村里人知道盲人十有八九，能掐会算。村里人不会轻易把他们的生辰八字透露给一个盲人。村里人说你不看见盲人嘴皮子常常在动吗？村里人说盲人眼睛看不见，可心灵！如果透给他你的生辰八字，他把你算出个好歹来呢！村里人说，盲人不看天，能知道哪天刮风，哪天下雨！他们把盲人越说越神，越说越神，到最后，村里人说，说书这个手艺，就是老天爷专门派给盲人的。

　　一个盲人吹完喇叭，拿起铙钹，两手举在头顶，对着天空，一阵响亮的"锵锵锵"。他们没有眼睛，但他们坐在桌前，像是长了一双明亮的眼睛，藏在两大片墨镜后面。他们要拿什么，手伸在桌子上，一摸就摸着了。桌子上那几件乐器，他们交换着用，他们个个是全把式。盲人拿来的乐器，村里人也能拿起来，戏耍一通，有的居然也能像模像样吹一曲。村里人就说他们要会说书，他们也跟着盲人说书去。

　　月亮西斜，那鼓声锣声越加清晰响亮起来。盲人说书到最后，总是把那铜锣敲得那颤音钻进人的耳朵，像回声，"嘤嘤嘤"。走出大队院门的人们，还要把头回一回。他们的头脑里头，"哇哇哇"响着，"锵锵锵"响着，响声合起来，这是一晚上说书的终曲，是一晚上最热闹的鼓乐。

　　盲人说书，在一个村子，能待三天或者五天，然后到下一个村庄。他们是流窜人员。村里在盲人要转去另外一个村庄的时候，给盲人足够多的补助。也就是他们的劳务费。盲人也会笑。他们摸着钱，笑了。你是瞒哄不了盲人的。盲人会摸票子。单单这一项，就把心明眼亮的人比下去了。村里人知道盲人会摸钱，他们试盲人，把一块钱当两块钱递给盲人。盲人当然看不见那钱是两块钱的绿票面还是一块钱的红票面。但盲人摸半天，盲人说那不是两块，是一块。盲人仰着脸，看着一伙的人。围着的人哗地全笑了。盲人也笑起来，你从他们的笑容里看得出他们的脸上除了笑容，还有一种安然自得。

小孩子们这几天看够了盲人，这时候的盲人对于他们来说就像他们天天念的课本一样，让他们有些不耐烦。他们甚至不再看盲人，他们跑去玩他们的骑木马。他们看够了盲人，觉着骑木马比看盲人更好玩。村里的大人们，看着慢慢向村外走去的盲人队伍。同情在他们心里或许又占了上风。谁让他们是盲人呢！盲人可一定不这样想。他们又像他们进这个村庄的时候一样，四散着走出这个村庄。他们的脚下虽然磕磕绊绊，但他们一个个头仰着，朝着太阳的方向。他们融在太阳的光辉里，他们觉得太阳把他们照得暖融融的。他们觉得太阳光照进他们的心里了，照得他们的心一片亮堂堂。他们一步一步走着，泻进他们心里的阳光，从他们的内心直透出来，他们一个个变得像透亮的蜡人儿。盲人中的一个忽然唱出声来，是《苏三起解》，先是一个盲人唱，后来他们几个合唱起来。

这时，盲人离开这个村子已经很远了。村里的人们各自去忙他们的农活，他们没有看到被太阳照着的透亮的盲人，更没有看见盲人们自娱自乐。偶尔看见的人们，他们也不会去细究这件事情。他们再记起盲人的时候，是他们的孩子被老师在吃饭时间，留在学校里头罚背书的时候。这时候，大人就责怨自己的孩子，他们说："你在学校是咋念书的呢？老师让背书，你咋就不快点背呢？你是不是一边背书，一边看天上的云雀子呢？"大人说："你不争气呀，盲人都还把书背得滚瓜烂熟呢！"家长越说越气，说到最后，狠心地说孩子真是白长了一双眼睛！

孩子听见了，嫌大人的话说得难听。孩子说他又不是盲人。孩子说屋里难道只他一个白长了一双眼睛吗？一屋里人眼睛全都白长了！

乞讨者

这是一个中等身材的男人,大家不知道他有没有老婆,不知道他的家世。

我七八岁的时候,他是一个二三十岁的男子。他每天到早饭时间,一准来。春、夏季,各家人围着屋地上的方桌吃饭,看见他从门里进来了;数九的冬日,我们围坐在炕上吃饭,他进来了。

如果有哪天没来,真的没来,母亲就说:"今天怎么没来呢?"

这句无头无尾的话,是说乞讨者。

这个乞讨者,他伸手给主人要饭:一块馒头、一碗水。他不像别的人讨饭,手里一个碗,肩上一褡袋。他两手空空,不拿不带。他的手也不像我见过的乞讨者的手那么脏。他的手总是洗得发红,脸洗得也干净,只是身上穿的衣服开花了。他来了,走到院里,主人看见是他,从盘子里拾起一块馍,递出去。他的嘴巴说着什么,他不停地要说什么。他说着要说的话,接过递来的馍。这时候,他说:"多给点,怎么就给这么小点?"

主人回到屋里,从盘子里再拾一块馍,或者在刚才的那个馍上再掰一份给他。他接了,回过身走。有的主人不想再给他了,嚷他。他回过身边走边嘟囔,这一回他说的什么,谁也不会再听见。

他走出院门,去另一个家。

小孩子去学校,常常碰见他。他刚从一家出来,手里的馍冒着热气。小孩子见到他,停下脚步看。在孩子们眼里,他是多么稀奇的一个人。

孩子们睁大眼睛，他们的眼睛似乎在问这个乞讨者："你怎么就做了一个讨饭的人呢？"

这个乞讨者不像现在的乞讨人，说他们那里遭水灾、旱灾，或者说他们的孩子上不了学……要钱。他不那样说，也不要钱。他说："给我一块馍。"

他在主人给他的这块馍上计较好半天，计较馍的大小，计较主人递馍的那只手是不是干净。主人知道她的那只手受到不干净的怀疑，很生气，转身回去了。这个乞讨者便从门里走出来，他的嘴动得像念经一样了。

大人们称乞讨者是傻子。这不是挖苦，是说这个人是个真傻子。这个乞讨者似乎不傻，知道人对他的好坏。

据说他能打会算，是个精明人。人们说他聪明过头了，就傻了。

早饭后，小孩子在上学的路上，一家一家走过，小学生就由一个变成两个，两个变成三个了。他们走着，说着他们早上吃的什么，谁今天穿了新衣服。

他们走过石磨，套在石磨上的木杆悬空，像女人摇摇欲坠的髻。走过圆月一样的碾盘，这会儿天太冷了，碾盘上没人坐。他们再往前走，看见垒起来的新打的土坯。它们一个个摆开，一层又一层，从这边的空隙能看到那边。这时候，他们看见了乞讨者。一个用手一指，几个孩子全跑起来，跟上乞讨者，仰着脸看他。有一个问："你家里还有人吗？"

一个问："谁给你衣服穿呢？"

"他刚才到我家了……"一个悄悄说给一个。

"也去我家了……"听的那个孩子说。

乞讨者不回答任何一句问话。他只管说他自己的。他手里拿着一个冒着热气的红薯，他用洗得发红的两只手托着。他看围着他的孩子们，看准一个孩子，递过去，那个小孩子笑着躲开了；他又递给另一个，另一个笑着跑远了。望着跑远的小孩子，他将红薯放在这些个土坯上，走了。

小孩子看他走远，一伙笑着跑过来，凑在那块红薯跟前，一个用手指尖极快地点了一下红薯，说还热得很呢。另一个也伸手去点，每一个都点过一次，但他们都不要吃。一个喊"迟到了!"急雨似的，他们争先恐后地朝着学校跑去了。

　　那土坯上的红薯被鸟雀啄了吧？

　　乞讨者会剪纸。如果哪家愿意，给乞讨者一块馍、一碗米汤——乞讨者看碗吃饭，不干净的碗他是不要的——他吃了喝了，会坐下来给人剪花，不大工夫，一张红纸就成了红红的好看的窗贴。

　　冬天里，他常常出现在村庄，披一件破棉袄，手洗得发红。

　　小孩子长成大孩子，出外读书了，不像小时候那样能常常看见他。有一天我看见他了。他走着，背驼得厉害，脸也不如往日干净，深深的皱纹刀刻一般。他旁若无人，当年的小孩他是不认得的。这个世界上，他谁也不认识。

　　他披着破旧的棉衣。他的衣服似乎永远只是那么披着。但他已经不是小孩子见他时候的模样了，他的一只棉衣袖子都要拖到地上了。

　　他摇摇摆摆地走远了，念叨声比以前小，只有他自己能听见。

　　这是我最后一次看见他。

芦 苇

芦苇地

芦苇地是少不了水的，在我的记忆里，家乡那片沼泽地长年芦苇丛生。三月，芦苇初露尖尖角，像牛角，又像月牙儿，顶尖呈紫色，稍稍往下便是桃色了。

早饭后的阳光照下来，那沼泽地明亮亮的，一片喜气。芦苇地靠边有一溜儿青青的拉蔓草，草地上开着粉红的打碗花、紫莹莹的鸡冠花……打碗花像一把把粉红色的小伞，却朝着天，人们叫它喇叭花，它多像一个个小喇叭呀，你朝东，他朝西，时时向人们传播大自然的消息。那鸡冠花，深紫，微微透着浅蓝，大人、小孩过路，总要掐一把。叫它鸡冠花没错儿，那鸡冠花的花冠，与鸡冠子像极了，看着它，就似乎听见公鸡的打鸣声，响成一片。

芦苇吃水，长得快，一天一个样。芦苇长出绿叶了，芦苇与孩童一般高了——芦苇勤奋地拔着节儿往上蹿；到深秋，芦苇长得钻天，密得叶子厮闹在一起。

芦苇秆白胖白胖的。这时的芦苇地最诱人。小孩子踩着湿湿的地，弯腰，小心地钻进去，不多远，发现一颗颗比葡萄大的绛红色的果实。这果实，硬，名字叫不出；把它摘下来，咬一口，甜，于是年年见到它，便摘了吃。这红果实无肉，只有一层厚厚的皮，里面是一个很大的硬核。这皮，孩子们爱啃极了。吃够了，摘一些装口袋里回家给弟弟妹妹吃。

　　但不能乱摘野果吃。这湿湿的芦苇地里，还有一种红果实，没有小手指大，软，圆溜溜的，透明，颜色与我们吃的西红柿像极了，模样却有点儿像茄子，人称"野茄子"。这可苦了孩子们了，初次钻芦苇地，小孩子大多错将这果实摘下来，放进嘴里，牙齿还没用劲呢，"扑哧"，苦汁流一嘴……

　　但它红得令人爱看。大孩子们知道它苦，一串一串摘了它，不是吃，想办法把它挂上自己的耳朵，当耳垂。阳光下，它晶莹透亮，赛珍珠。只是才挂上呢，它就蔫了，或者女孩子跑着跳着，不觉丢了一只，剩下的一只索性也不要了。有捣蛋的男孩子，他也给自己弄两串挂上，脑袋晃着，两腿跳着，逗女孩子。

　　有一种绿色的果实，周身像我们吃的菜瓜一样，有几条浅浅的小沟，但与菜瓜比起来，那大小可是一个星星，一个太阳了。这绿色果实，皮是不能吃的，掰开，里面有一排一排玉一样的小豆豆，吃它，无味，却香。这果实也欺生，摘得手熟的孩子，一伸手摘那绿得发白的果子，掰开，籽实洁白透亮；如果手生，摘一个欠火候的，掰开一咬，涩得嘴巴子都木了。

　　更新鲜一些的是某一天，一个好运气的孩子进去，摸东摸西，突然发现了一个圆溜溜的大西瓜，或者一两个大甜瓜。那西瓜一样是红红的瓤，甜，与我们吃的没什么两样。大甜瓜，更别提了，比我们买来的还要好吃。像这样的好运气，一年最多也不过两次，能碰上这两样，是要受孩子们羡慕的。

　　有一天，村里人们聚向巷头，男人们手里都捞着铁器。有人发现芦苇里有一种伤人的兽。男人们聚起来，深入芦苇地里搜索了一回，果然发现了一个很可疑的洞，但终究没见那兽。

　　冬天到了，芦苇的叶子被西北风吹得一天比一天黄。芦苇的外皮，蝉壳子似的褪在一边，里面的芦苇秆，嫩黄色，如雏鹅绒毛一般。芦苇直上云天，顶端的灰色花絮，活泼泼地在人头顶上飞，挂上人的眼睫毛，落在人身上——这是成熟了的芦苇给人带的口信——收割吧，芦苇熟了！

芦苇熟了

　　当芦苇林一片杏黄，芦苇缨绵如狐狸尾巴的时候，芦苇熟了。
　　人们以等待麦子成熟的心情，迎接这一天的到来。麦子管够人吃；芦苇的经济收益是人们全年的花销。
　　有了这一天，村人们在大冬天里就有了干头。
　　人们眉开眼笑，一手提了镰，一手拎一条或几条麻绳，快腿快脚地来到芦苇地，各占了自己的一份，"喳""喳"地割起来。割过的芦苇像一条条标枪，坚挺地竖着，密匝匝的。大人害怕小孩子跟进来，但见进来就骂。有的小孩，不顾那一声紧似一声的叫骂，只管伸脚往芦苇茬的深处走。每年的这个时候，都有小孩子被刺伤——或者膝盖，或者嘴角，最怕的是眼睛。父亲抓住这个不听话的小孩子，先捉牢他，随之就有大巴掌，抡开，扇在他的屁股上，孩子连天哭着喊——"××的娃"。
　　芦苇地里，听见这样叫喊的，歇了手里的活大笑了。这"××"不是别个，是挨打的小孩子的祖父，打人者的父亲。做父亲的更气了，像提半袋麦子似的将这"孽种"扔出芦苇地，顾自干活了。
　　芦苇茬不只是跟小孩子过不去，大人一样挨整，常有扎了脚底板的。轻了，一跛一瘸地来帮忙扎捆子；严重一些的只能待在家里干着急。
　　这是家里用劳力的时候。你听，芦苇林热热闹闹，一里外都听得见人声，再看看从芦苇地到村庄这条小路，大人、小孩、男人、女人，那十七八岁的大姑娘，那二十出头的小伙子，你去他来，水一样地流。有的割，有的运，有用牛车运的，也有的汉子用绳捆了三五捆，往脊背上一放。汉子斜扭着身子，芦苇秆颤颤地打着颠儿。这是汉子风一样地在走。

十一二岁的小孩也能当劳力，扎一捆，将根部合手抱了，开步走，尾部便在地上扫帚一样地扫来扫去。小孩子这样拖，一天下来，也能往回拖十捆八捆的。但这些不懂事的孩子，才开始跑了两回，就败了兴致，在路边结集伙伴玩起来了。

但十七八岁的小伙、姑娘懂事了，他们知道他们多运一捆，父母就少运一捆。他们听着大人们放浪的玩笑话，不动声色，就是听到两句让人脸红的话，他们的脸也只红那么一下，谁也不瞅，低了头，扛起芦苇捆便走。小伙子健步如飞，姑娘家却走得好看，一扭一扭，身软如蛇，又如一尾拍打着尾巴的美人鱼。

大人看着自家的小伙子，长得墙头似的高了，再穷的日子也有指望了！庄户人，盼的就是儿子，哪有比望着儿子一天比一天壮实，更让人高兴的事情呢？

小伙子可不这么想，他有他的心思。小伙子与姑娘相遇了，不开口，只是眉眼里含笑，只是喝醉酒般地红了那张脸。他们不敢停下来，他们就这样心跳着一闪而过，各自赶着步。

如果小伙子与姑娘是一前一后相随着，这就更有想头了。原本想歇歇的姑娘，不敢驻足，怕歇下后起来不利索，惹下笑话；她咬牙，挺腰，怕的是心气一松，芦苇压肩，走出怪模样落下话柄！小伙子扛着芦苇捆，一手叉腰，一路小跑。

一对小夫妻，你一回，我一回，各跑各。他们不是相跟，就是相撞，那一句话，一个眼神，一个笑，一个动作，荡漾在心底，想一想，这干活的意思大着哩。

这样的忙日子，最多不过十天。十天一过，被割的芦苇地里，那竖着的芦苇茬在太阳下放着光。

这年的芦苇被割了，但这芦苇地，母亲般地，到明年又会密密地生出一层"尖尖角"！

割芦苇不像割麦子，麦子割完，是颗粒归仓；芦苇到家，庄稼人嫁姑娘似的急着将它往出打发。你听各家各户院子里的响声，哗哗剥剥炒豆子似的，那是在扭芦苇皮；那开芦苇条的声音，"嚓、嚓"的，像军人齐刷刷的脚步。芦苇末子，在这嚓嚓声中解放了，飞得满院、满屋顶都是，调皮地贴上人的眼睫毛……小孩子满院里追跑，拾这些透亮的膜子，这张拾起，又觉得那张更好看。他们将这白膜子，贴在脸上，堵上嘴巴。喜欢吹笛的大一些的孩子，也来院里拾膜子，叠厚厚的一叠，备用。

家里多得这么一个收割的季节，就多一份收获；小伙子、姑娘们多得这么一个季节，怕就多一份相思了吧？有了这些，这个冬天，捂在心里，天再冷，蹲在席页上也都热乎乎的，总觉得时光过得快呢。

编织苇席

两三盏橘红色的煤油灯，被从门缝里进来的寒风吹得摇摇晃晃，两三团黑影，随着灯摇摇摆摆也在墙壁上晃，上上下下地。

这是数九寒天，天上的星星似乎都该睡去的时候。煤油灯放在地上，每人跟前放一个。这两个或者三个正忙着的人，是男人、男人的媳妇，再加上他们的姑娘或者小子。

席眉子在灯下泛着白光，在他们手里欢快地做着舞蹈。在这深夜，席眉子那神情倒像刚刚睡醒过来。这个时候，席子要收边了，一人占一行，织席者的心倒也不急不慌。他们的手粗糙，经他们这粗糙的双手一摆弄，那席子的边溜直，像尺打的线；那花纹是"人"字形的，横看纵瞧都如大雁的队。没有这本事是不能收织席边的，这席子明天或者后天，是要被背到集上卖的！

从芦苇到炕席需要一整套程序。天不亮，将一百根一捆的芦苇，搬到院里。杏黄色、光洁的芦苇秆，长四五米，用"木瓜"开成四条或五条的席眉子，抱成捆，拣一块平平实实的地，摊好，滚来碌碡，来回推——过来了，过去了，又过来了。小孩子最爱凑这样的热闹，跟着他的父亲推——其实是跟着在喘喘地跑，跑得他大冬天里满面通红，热汗直流。太阳出来了，一点点往上飘。终于，硬硬的席眉子变得柔软起来，拾一根在手，弯得像从小练武艺的小孩子有些功夫的腰。这样，生眉子就成了熟眉子。

早饭后的太阳穿过门缝,射到屋子里的地板上。在这一线线的红光里,有数不清的乱翻筋斗的尘粒。忽而,这尘粒加了速度地纷乱起来,这是屋里的男人趁女人洗刷碗筷,开始排席底子。他的身影够着这光线了,这尘粒像被逗弄了一般,慌乱地逃。

先拾几根席眉子,横排几根,竖排几根,前边织织,后边织织,左边转转,右边转转,很快地,他的身子下面的席子已经足够两个人脊背对脊背地蹲着了。

女人把屋子收拾利索了,也蹲上来,两口子,背对着背织。

庄户人,话不多;这是自家人,话就更少了,屋里一片席眉子的唰唰声。如果要一个手生的人站那儿看,怕要眼花缭乱了。他们的眼睛盯着席眉子,但提提放放,似乎不是用眼,而是用心,凭手指的感觉。照这样,盲人也会编织席子喽?

真有这么一个编织席子的孤寡盲人,这个村子的编织手艺,是他传下来的。这个盲人,织出的席子个个漂亮,上集,卖得快,价钱又好。村里谁家儿子结婚大喜,要织新席,一定请老先生织才放心。村里对有手艺的人,从来恭敬,这盲人凭了这编织席子的手艺,晚年有靠。他无儿无女,却有很多的徒弟。

快晌午的时候,这页席子该收边了。如果这时候念书的孩子回得早,那么,在吃午饭前,这页席子就收了工。女人赶紧忙饭,男人伸伸腰,又开始给下一页席备料了。

一天两页席,这第二页席让男人多少有些懒怠。料备好,盘了席底子,饭熟了。

男人吃过饭是一定要上炕伸伸腿的。但这一伸腿儿呀,十回就有九回迷糊了。

女人打发了念书的孩子,刷碗洗锅,给猪倒食倒水,回来,见男人还在炕上,便伸手推推,再用手推推,还不见起,就在男人腿上拧一把。男人被拧疼了,忽地坐起来,看见媳妇眯着眼笑,便将怒气化作温柔的一脚,媳妇笑着躲到席页里,男人拖了鞋笑眯眯地蹲在席子上。屋子里很快又是一片唰唰声,像蚕吃桑叶,又像春风掠耳。

"有前晌,没后晌",是说后晌短。说后晌短,这后晌也真如一根针，穿一下就过去了。入夜了，这席子才多少有个形状，男人困了，想站起来直直腰。人乏了，编织得就慢；编织慢了，人就显得越加不得劲儿。这样反复几次，整得人有些饿，便走下席子，从红彤彤的灶下取出几条捂得正熟软的红薯。顿时，满屋子有了好闻的香气。这时，这家人任外面狂风肆虐，围着喷香的红薯，盘腿坐了，香香地、热热地吃红薯。吃完，擦擦脸，除去这一天全部的疲劳，用新的力量、好的兴致，又开始了编织。席眉子在手里也似乎多了些兴奋，舞动得更欢了，仿佛要在这男人和女人的手底流出一段又一段好听的歌。他们睁着热烈而迷醉的双眼，他们想的是什么呢？大概是在想赶集，织出的这些席子，能卖个好价钱吧？不，他们的眼里分明有一种迷恋，他们倾注全部的热情，给手下的这页席子，要把它们编得好些，更好些，这不是只为了要一个好价钱吧？

　　快夜半了，男人对着收工的这页席子，兴致不减地这边瞧瞧，那边看看。女人早铺了炕，看一眼男人说："快睡，明早还得开席眉子。"

拉犁种麦

拉　犁

　　自留地下放，地分了，牲口也分了。

　　家口不多，地亩少，长年饲养牲口，却只忙收秋打夏那几天，小家小户斟酌再三，牲口卖掉了。到了收秋种麦的时候，这些人又想起牲口，念叨着说："唉，唉，有牲口就好了。"

　　没有牲口，他们拉犁种麦。沉沉的黄土泥，泛着潮，铁犁深深地插进泥土，拉犁的人们，腰弯着，双脚轮番向前，一步一步迈着，绳从肩胛深深勒下去，硕大的汗珠，从汗眼冒出来，顺腮帮子滑落。

　　人们的脸是绛色的，手心的肉像长着倒刺，太阳红红地升起或者西落，他们迈着发颤的脚步，什么也不想，只是从南走到北，从东走到西，一回又一回。

　　离他们不远的那棵柿树，像个即将分娩的女人，稀稀落落的树叶，遮不住一疙瘩一疙瘩通红的柿子。柿子的脸朝下，挤在一块，笑红了脸，它们是嘲笑一个个伏行在地的人们吗？

　　这样干一个上午或者一个下午，要回家了，即使铁打的汉子，也双腿发软，扑在水罐上饮水如牛了。

种　麦

　　好听的耧铃响起来,"叮叮——当""叮叮——当",这是清亮而醉人的声音,唱歌一样,把人带到一个个烟雾缭绕的早晨。

　　玉米秆卧倒了,田野,黑沃沃平整整。那笔直的垄,一条又一条横着、竖着、斜插着。这里空气清新,你不由得深深地呼吸。如果你有一副好嗓子,一定想高歌一曲,放出你心中跃跃欲试的百灵。

　　叮当声,隐隐地,不知从哪个梁背后传来。你一边走着,一边抡动手里的粗麻绳,唱起来了。

　　耧插进松软的土地里,有药香飘来。耧斗里正好倒够一个来回的麦种。耧前三个或四个人,拽着绳出发了,每走一步,脚都深深地陷进去。人们以某棵小树或者某块光石头作记,知道走到哪里是一半了,走到哪里一多半了。他们好像不是在种麦,只是为了这个记号来来回回地奔走。

　　来来往往,麦行均匀了,状如蛇行。麦行多起来了,一行行的纹路,画得一地都是。

　　庄稼汉坐在地头望着,困乏的脸上,涌出甜蜜的笑意,这是他们辛劳苦作的结果,是收获的开始,是希望。

割　麦

　　麦熟的季节,庄稼人有事没事,提镰到地头转悠。

　　麦地离家二里地。这二里地,对一个庄稼人来说,走来走去,不像是二里地,倒像三步或三十步,转眼就一个来回。

　　一个响晴的日子,家家出动,这是收割麦子的日子。

　　金黄的麦子跳跃着,它们在等待。

　　父亲是头镰,母亲跟着,小孩子一会跟在父亲后头,一会儿跟在母亲后头。母亲拿手帕擦脸,转身,看见孩子这里割割,那里割割。母亲说:"在一块地方割。"

一会儿,又说:"割麦半截砍吗?麦茬放得太高了。"

孩子还在半地的时候,父亲、母亲的镰到头了。半晌午时候,母亲喊孩子:"去,井边有人打水,拿上小桶,你也去。"

孩子巴不得,扔了镰,拎着小水桶,跑去了。

父亲来喝水了,母亲来喝水了。他们看着一地割了和没割的麦子,他们不歇,他们说:"麦子上场,绣女下床。"

麦子割倒,一堆一堆的,隔一截铺一大片。看看日头,快到回家的时候了。母亲放下镰,走到麦铺跟前,搭一撮麦,两麦头在母亲的双手里,一拧,就绑在一起了,这是打麦绳。

母亲用打好的麦绳,揽那么大一铺割倒的麦子。只见母亲用一只膝盖,抵住揽住的麦捆,熟练地打好结,一个麦娃子就在地上躺着了,大小不等的麦娃子,一个个都是那么乖,从地这头躺到地那头。

孩子这时候的任务,是将结好躺着的一个个麦娃子,抱着竖起来,让它们的脸儿朝向阳光。小麦娃,孩子一下子就让它立起来了。大麦娃可不好干,孩子出一身汗,终于让一个大麦娃站住了,唰地一下,麦娃又躺到地上,母亲就骂:"麦娃子经得起这么折腾么?"

孩子们提起要到地里割麦子,那劲头要多高有多高,可只是一上午,下午就蔫了。有时候,人们正割着麦呢,天上,乌云上来了。人们放下镰,将割好的麦子缚捆。这时,不是将捆好的麦娃子竖在地上,是要背它到麦场,给它盖上雨布。

天黑了下来,闪电来了,呼啦啦,雷声传过来。父亲们一背背五个麦娃子,母亲们一背背四个麦娃子,孩子们不背麦娃子,他们在雨地里奔跑,他们大声地喊:"下雨了——天下雨了——"一边喊,一边跑得看不见了。

大人们急得像热锅上的蚂蚁,麦娃子一个个往麦场上运,雨布用大石块压好。雨停了,太阳出来,鲜亮亮地照着人们流汗的脸。聚在麦场上的人们,你望望我,我望望你,经过这一场混战,他们的脸都像墨笔画的了。他们说一气,笑一气,用手绢擦着脸说:"今晌不干了,老天爷也哄人。"他们闲散地仨一堆,俩一伙,他们在开老天爷的玩笑。

一个说:"这老天爷,阴一会,阳一会,咋着了?"

一个答:"老天爷要下雨,天宫娘娘要嫁人。"

麦场上的人,没有不笑的。

碾 场

打麦,最早的记忆是套了牛,带着石磙碾场。

那时候,家家户户养牛,有黄牛,有黑牛。牛的两角尖尖的,眼睛好大,这样的大眼睛,在小孩子看来,又稀奇又可怕。

麦子快要收割了,老年人给自家场地洒上水,用耙拉了,而后用碾子碾,边碾边洒水,碾瓷实了,盖上麦秆,晒上几日,麦场就光得像家里的炕。

麦子熟了,收割三五天,可以碾场了。一大早,太阳红红地爬出来,麦捆子就打散了。吃过饭,多歇一会,待太阳的热劲上来了,碾场的人家,拿笤帚、簸箕,拉了牛,赶往麦场。

牛拉着石磙吱扭吱扭一圈一圈转。开始,麦子埋过人的膝盖,转上几个来回,麦子就伏贴了。站远处看,牛拉石磙似乎老在原地转,可那人,那牛,转着转着,一会儿在东南,一会儿又到了西南。

牛背上热汗淋淋,白气升腾,麦圈儿它转几十遍了。麦场上,清早还是暗黄色的麦秆,这会儿,在鲜亮的太阳底下,成了灿亮亮发着白光的麦条子。

该是用木杈的时候了,拿俗话说——"起场"。用木杈挑了这金黄的麦条子,下面便是厚厚一层颗粒硕大的麦粒。你仔细看过庄稼人这时候看麦粒的眼神吗?他们的双眼里闪耀着欣喜和满足。

用木杈挑两遍三遍,将麦子扫成堆。这时候的麦堆,可不是你想象中的金黄,麦壳还没出呢,该扬场了。

扬　场

　　碾场的主人，在邻近一个麦垛的背阴处坐了，草帽在手里握着，忽忽闪闪地扇。他与麦场上的人议论收成的好坏，麦颗的大小。这时，你千万不要以为他偷懒，他是在等风呢。风一来，他比谁都感觉得早，跳起来，手握木锨，麦子在半空飞翔，白的麦壳子，像隐隐约约的云，顺风的方向跑远了。

　　风向好的话，用不了多一会，纯颗粒就出来了，红光光的。

　　好事多磨，风过来了，才搭木掀呢，风不是过去了，就是转了风向，麦场上白壳子乱飞，扑在扬场的人身上，扑在扬场的人头上、脸上。

　　一个女人，头上系手帕，或者扣一顶大草帽，手握一把大竹扫帚。她也在等。等好的风向，等男人的木锨飞起来，那时，她手持扫帚，扫麦堆上扬不尽的麦壳子。风来了，木锨扬起来，她双膝落在麦堆前，扫帚左一下右一下。扑簌簌下落的麦粒，打在她头上戴的草帽上，打在她的两只肩膀上。

　　打麦场的上空，是七高八低的木锨，是满天飞舞的麦颗粒。

　　扬完场，麦子装袋的时候，夕阳只剩一抹红了。

脱粒机

　　后来，有了脱粒机。

　　一台大如牛的机器，在麦场上拖过来拖过去，呼啦啦地响。

　　一个宽宽平平的槽，是传送口。打散平铺的麦娃子，从这里由皮带传送进去。那高扬着的，烟囱模样，竖出机身，头儿拐向前方的，是一个敞着的吹风口。麦壳子、长长短短的麦秆，从这里扬出去。

　　机身下的外侧，放了长长的布袋，放了大大小小的蛇皮袋。脱粒机开始工作了，麦颗粒从这里流出来。

脱粒机比碾场省事多了，麦娃子堆成垛，脱粒机拖到麦垛旁，一大垛麦娃子全从皮带口送进去，麦粒全给流出来。

用脱粒机脱麦，不像碾场那样得看天气。脱粒机脱麦子，哪会子有雨，哪会子就停了。脱了的麦子拿回家，没脱的还是麦娃，用雨布盖了。

劳力少的人家，脱麦搭帮。脱粒机脱麦，得五六个人。两人将麦娃子散了，递到传送口。传送口跟前立着一人，这些麦娃子，经他手送进传送带。打散的麦娃子，麦头朝前，从平槽一排排地进去。这个平槽，朝里看黑洞洞，再多的麦娃子都能被它吞进去。

一个人，戴了草帽，拿了木杈，站在吹风口，将这里堆积起来的麦秆、麦壳子，转移到另一个地方。吹风口的草，不停地突突地往外冒，一股一股地往外冒，像云像烟飘出来，落在他的杈上。脱粒机轰隆隆地响着，他手里的杈，永没有停歇的时候。

一个人蹲在麦子出口，她手里的布袋伸向麦子出口，麦子流进布袋里，流了一袋子，再流一袋子。

脱粒机吼着，像一只惹怒了的小老虎，等脱完了，它才安顺了，静静儿立着。脱完麦子，刚刚经过紧张劳动的人们，相互看一眼。他们不笑话彼此，他们都成了只剩下两只眼睛的怪物，从头到脚都是黑的，连鼻孔里也被黑钻满了。

一村人，用一两台脱粒机，得一个挨一个排队。如果挨到黑夜，脱粒机和一班人马，就在电灯底下劳作。黑灯瞎火，人又急，往皮带口送得紧了，脱粒机弄脾气，塞住了，停下来，把人急得跟陀螺似的……

现在，总算不受脱粒机的罪了，更不会用牛拉石磙碾场。收麦子的季节，地头是轰隆隆的收割机，麦子直接进家门了。

玉 米

种玉米

麦子熟在 5 月。大热天，人们在就要成熟的麦地里，用铁铲套种玉米。脚踩铁铲，一脚下去，一手从肩背上的布包里，拿出两三粒玉米籽，洒进扎进铁铲空出来的地方。铁铲抽出来，籽粒就遮严了，只等在地的深处，发芽儿。如果芽儿精神气足，顶出地皮儿，就是一棵玉米苗。套种玉米，额头上的汗水会涩了眼睛，脸上的汗水，一滴一滴全滴进脚下的泥土里头。

收麦季节，套种的玉米苗高两三寸。收割麦子，总怕踩了玉米苗。如果哪个一镰刀下去，伤了玉米，会遭家里人的埋怨。

麦子收回家，地里的玉米就长到快尺把高了。这时候，得拣苗。拣苗就是拔掉长势不好的多出来的苗儿。玉米苗有的一窝三棵，如果个个长势旺，那也得狠心拔掉一棵或者两棵。如果一窝里头只长出一颗来，那让人稀罕，得好好留着它，巴望着这棵独苗长壮实了。如果一窝子里头是两棵苗，这就让人有点为难，不知道该不该拔掉一棵。拣苗的妈妈们左看右看，终于拣掉一棵。妈妈们拣苗，是蹲着往前走的。她拣一会儿苗，得站起来舒舒腰，用手绢擦擦汗，或者用帽子扇扇凉。她们戴草帽，或者戴一顶细漂丝布帽。可是，她们的脸还是在这样的热天里，被烤得通红了。

施 肥

　　7月，小道两旁，是半人高的玉米。矮胖的玉米株，一棵一棵挨得很近，不是它们的根挨得近，是它们长出来的叶子。那墨绿色，宽而长的叶子，像姊妹们伸出来的长胳膊，相互缠绕，亲密地相伴。它们一棵棵，根儿圆润粗壮，是硬实的翠绿颜色。这是施肥的好时候。一个人用锄头在前头刨坑，一个人在后头施肥，如果不兼顾的话，还得一个人在后头把刨的坑埋平整，用土掩住雪白的化肥。

　　肥料往玉米棵子底锄头刨好的窝子里头送，如果是孩子们帮忙，妈妈会准备一个小瓷盆，一把小铁铲。妈妈说不能用手抓化肥，说那碳肥一股煤烟味，光闻着就把人熏得晕头转向！可妈妈们一急就直接去用手抓！化肥放在地脚头，或者拉到半地里。妈妈教孩子在一窝子里头放两铲或者三铲。铲完盆里的化肥，再用盆去肥料袋里装满。这样铲完一盆，再铲完一盆，不知道铲完多少盆，化肥袋子里头的肥料一袋成半袋了，半袋成一底儿了，这块地也就该施完肥了。

　　钻进玉米地与在外面完全是两个世界。玉米地淹没了一切。它里面，静静的，能够清晰地听到蛐蛐们的叫声。你会看见蛐蛐们黑油油的，或者黄彤彤地在地头这里那里地蹦跳。它们吃得多肥啊。你还会听到一声两声的青蛙叫，不时会有一只大青蛙跳过来。如果是小青蛙，你心里一喜，凑近它，看着它一蹦一蹦；如果是只大青蛙，你就不会有那一份心情了，你慌忙往一边躲，生怕它朝你蹦过来，你甚至将眼睛一会，再睁开，它或许还在，你就会喊你的妈妈。青蛙不咬人，但大青蛙的样子真是太丑了，小孩子见了都害怕。有时候，从半空中飞进来一只蜻蜓，这是孩子们最喜欢的。那蜻蜓像天上的飞机，总是让你看不完全清楚，闪着它银亮的长长的翅膀，消失得无影无踪了。布袋虫爬得很快。它是黑色的，好像还带着一些儿橘黄色的条印，长短一寸的样子，形状如麦秆粗细，稍扁，就像装粮食的长布袋。它脊背上，一节一节的，不管高还是低，都走得过。它无声，静静地，这里那里爬，像急着赶集。它们多有遇到同伴的时候，遇见了，它们用头前的一对夹子相互碰碰，才过去，像是相互打过了招呼。玉米地里的布袋虫真多啊，它们跑得到处都是。

但这时候的玉米地可不是好去处。没有人喜欢在这里头待，都只想跑出去。你不能只穿背心裤衩，玉米锯齿一样的叶子会割得你身上这里那里全是血口子。如果你穿长袖衣服，6月天气，把你放在蒸笼似的玉米地里，那汗水湿了袄背，湿了一身。

满身的汗，从玉米地里钻出来，头仰起，看见湛蓝的天，看见心里头永远熟悉的道路，这时候，心像开放的花朵，一点点舒展。顶着火热的太阳，妈妈在前头走得飞快，她一边飞快地走，一边吆喝孩子们回家。妈妈急着回家做饭，她知道孩子们疲乏得走不动，知道孩子们的肚子咕咕叫了。

施上化肥的玉米，很快就怀孕了，绿缨子红缨子出来了。那红的是溜光的牛毛颜色，那绿的是新亮的嫩树叶的浅绿。不管是溜光的红，还是新亮的浅绿，它们都从成穗的绿色襁褓中，露出头来，仰着，像小孩子脑后那一撮头发。

玉米熟了

渠水在太阳光下闪着亮，汩汩响着，偶尔会有大的声响传来，像小孩子的叽里咕噜，又像风吹来小姑娘的一句歌唱。那歌声婉转，银铃一样的。一渠的水跳跃着向前，顺着渠道拐着弯儿，一直到正灌溉着的玉米地里。水山头像爬坡一样，一点点往前湿着地。那土是白白的，干呢，经水漫过，成了深深的泥色了。水一直朝着地头涌来，水山头一会儿跑到这里，一会儿跑到那里。太阳光被密密麻麻的玉米叶子遮蔽了，但在这暗的被遮蔽住光的玉米地里，有明亮亮的太阳光这里那里闪，一星点，一星点，极亮的，有着钻石一样的光芒。

小孩子跟着大人来到地头。小孩子欢喜地看着淙淙的流水。他松开拖着他的手指头，从还没来得及湿水的地方，一溜烟钻进密实的玉米地里头，他去踩那水山头了。大人们说踩水山头长个儿，他要长大个儿。小孩子只顾这里那里撑着踩水山头。他听见妈妈在唤他了。妈妈看见钻进地里头的小孩子，她怕孩子湿了新做的鞋。妈妈说，玉米地里有狼，专吃小孩儿，你就在里头待着吧。小孩子听说有狼，立马从玉米地里哧溜钻了出来。

　　田野里是无垠的玉米。从田井里抽出来的水，串门似的，由天边的东头，一直浇到天边的西头。这方圆几百里地，除了居住的房屋和大大小小的道路，全是一人多高的玉米地。地头湿湿的，人是不敢踩进去的。一脚踩进去，玉米地里的胶泥，会粘住你的脚，你死劲拔，才能拔出来。如果是阴天，或者连阴三五天，或者阴上十天半个月，玉米地里就是静悄悄的。天晴了，有老鹰在天上飞。响晴的天晒上两三天，玉米地里的湿泥就变得花白了，就有胶泥卷起来。那胶泥摸着，粉一样光滑，一层细抹，沾在手肚子上。如果再晒几天，玉米棒子，就长结实了。那一层套着一层的绿，一丝丝变得发白。一棵玉米上面最少长两穗，多者有三穗、四穗。它们不在一块地方长。这两个在上一点的棵子上，那两个在下一点的棵子上。它们多是一对儿一对儿的。它们两两相跟着长，往往一穗个大点，一穗个小点，一穗朝东，一穗朝西，像成对儿的鸳鸯。长大了的玉米穗，缨子全是锈红颜色，样子也不像它们年轻时候那样湿润，它们像抽去了里面的油脂，变得发硬发干。有的玉米穗子，长得龇出里面红的或者白的玉米颗粒。这样的玉米穗有些像一个人的牙齿长得露在外面，丑丑的。但就是这些长得露出来的玉米粒报告给庄稼人更可靠的消息：玉米的颗粒变硬了，玉米成熟了。

收玉米

　　玉米成熟是喜人的一件事情。家里人急着要吃到新玉米面。在他们的想象中，那玉米面黄的崭黄，白的崭白。这些大多是大人的想象。有的时候，大人也像小孩子，他们吃着崭新的玉米面，会一边吃一边说新年新产的玉米的收成，说新玉米面吃在嘴里味道的好坏。他们一边吃一边赞叹新玉米面多甜啊，多香啊。这些想法不是一个小孩子所能品得了的，也不是一个小孩子所能想象得到的。这个时候，小孩子有小孩子的想法。他们看着玉米原来绿油油的棵子，变干了，不是棵子变干了，是玉米的叶子。成熟了的玉米的叶子干得扭成刨花状了。你摸它它会碎的，碎了的小茬，会扎了你的手。它们的水分全跑到沉甸甸的玉米穗上了。

田野这里那里的玉米地，有成熟早的，人们在用镢头刨，一棵棵放倒。女人来地头了，姑娘来地头了，不懂事的小儿子在地里乱跑。一家人在收自家的玉米。他们的地头或者还放着一个空着车厢的小平车。那女人那姑娘不停地把手一扬一扬，每扬一次，都有一穗儿甩手而出。像甩手榴弹一样。甩出去的玉米穗儿有大个儿的，有小个儿的，它们一律很准确地成堆儿散放着。它们的皮有的还有些儿绿，有的皮白如晴天里的云朵。成熟了的玉穗儿，掰下来堆在地头，是显眼的，一个个很饱满。小孩子两三个在地头玩着玩着，就打起仗来了，他们就开始扔玉米穗儿，玉米穗儿在地头乱飞，他们嘴里喊着"九——九——"的枪声。

他们又争相拾起地里头的空秆子，在上面咬来咬去。他们在拣甜甜秆。有的玉米秆甜。小孩子像吃甘蔗一样吃玉米秆。小孩子钻进玉米地里，他们说挑细的，挑根子是绛红色的，那一定可甜了。可是照着去做，拾起来，咬一口，哎呀，他们叭叭地喷几口。他们接着挑。他们会挑十几根，夹在腋窝底下。他们数着数，说这是大哥的。这是大姐的，还有二哥、二姐，最后，把父亲、母亲都加进来了。

学校里头放秋假。家长们说这些小毛猴，放他们假做什么，他们只能添乱。可他们就是放假了。家长们又说，人家老师家里的玉米也成熟了。

玉米搬回家，在院子里堆了好大一堆。这些玉米是要一穗一穗剥皮，扭辫，晒干，然后收仓的。

小孩子看见搬回来的玉米堆，满心欢喜。这些小孩子将这玉米堆看成土堆、沙堆。他们跳上玉米堆，拾起这穗拾起那穗，他们知道从里面挑嫩的玉米让妈妈给他煮着吃。8月，是美食的季节，天底下的果实都熟透了。不说田里红透的柿子，果园里的桃子和红枣，只说院子里的这些玉米，就有好些吃法。可以煮着吃，也可以将它剥成一粒一粒的玉米，放上盐，倒在烧热的油锅里，出来就是黄生生咸而油香的玉米粒了。如果嫌剥粒热炒麻烦，将整穗玉米，连皮放进火堆里或者架在堆火上烤，等玉米皮焦黄，剥开，吃那里头的玉米，那香比得上现在的烤香猪。

扭玉米辫儿

扭玉米辫儿，先剥玉米皮。

将玉米穗的叶子剥开，露出金黄或雪白的玉米棒。剥玉米皮，玉米叶不完全摘掉，留三四叶、五六叶。那一堆青皮黄皮的玉米穗，堆在场院里。农忙季节，白天忙不过来，晚上加班。大家围在院子里的玉米堆前，暗淡的灯光将硕大的玉米堆照在墙上，将这个那个娃娃头照在墙上，将他们的父亲、母亲照在墙上。谁如果站起一下，墙头上那长的胳膊，长的腿，很夸张，似乎哪里走来的怪物。

剥出来的带叶子的玉米棒，一个个码齐整，堆得高起来，便一穗穗扭玉米辫。

先拾两个带叶的玉米穗，系在一块，然后拾一穗搭在右手扭两下与左手的叶子辫起来，接下来的玉米穗一个个扭着辫起来。一穗穗的玉米，头朝下，一个挨一个像排起来的队伍。它们的叶子辫成一条粗麻绳了，像成串的玉米棒子的脊梁。辫三尺长，就不再续了，手里的叶子多扭两下，拾一片叶子，撕一绺，像绑辫子一样系住，就是一条玉米辫子。

玉米辫，一条条，横着的，竖着的，分别组成一个个方阵。

8月的阳光，照上黄玉米辫，照上白玉米辫。玉米辫，一辫辫一行行排列着，齐整得像待发的队伍。偌大的场院，各家扭的玉米辫分开摆着,纵横交错像一个个方阵。

玉米堆跟前的人们

这是仓库的场院。场院大,那玉米堆,东一堆,西一堆。玉米堆周围有闹腾的孩子,有年轻的媳妇,也有七八十岁掉光牙齿的老太婆。这个场院太热闹了,男孩子们追跑着,玉米堆是他们作战隐蔽的山头,他们跑上去,又跳下来。女孩子在编娃娃,这个手里编出个带金丝的小姑娘,那个手里是一个光脑袋的娃娃。他们我看你你看我,一个被比下去了,随手一扔,挑一穗长缨子玉米,从中揪下红缨子、黄缨子。揪出来的红缨子、黄缨子可好看了,红是嫩红,黄是嫩黄,油亮油亮的。

娃娃们小心翼翼地拿着揪出来的缨子,再从大堆大堆的叶子上寻白白的玉米叶,将手里的缨子,夹在白的叶子里,一下子"娃娃"就有了"头发"了,有了"头发"的娃娃就像"小姑娘"了。

娃娃的闹腾声外,是老人们大声说笑的声音。小媳妇只顾干活,很少说话,她们听,有时也笑几声。如果小媳妇们凑一块,她们会将听来的这些重新说笑一番。

老婆婆说着话,动作却快。这里是按照玉米辫的辫数记工分,辫儿越多,工分越高。在这忙乱中,笑话接二连三,女人们脸上总是带着笑的。随意的一个笑话,便使脸上的微笑受到冲击,一个个的嘴巴张得很大了,哄笑声连成一片。一个婆婆从仓库大门口进来了,怀里抱一个吃奶的婴儿,婴儿时而哭两声。小媳妇见了,脸红了,抬身接了孩子,就地撩开衣衫一角,孩子立刻安静下来。

场院里的女人们,与站在一边看孩子吃奶的婆婆,说着一个新话题。

玉米瓣盘起来

　　半晌过去了，场院里有了男人。男人望几眼玉米堆，望几眼剥玉米的女人们，他们受接连不断的笑声感染，脸上也带着微笑了。微笑着的男人们走过玉米堆，一直走到仓库的房檐下。房檐底下有几根柱子：下抵地，上顶檐，一根根巨人似的站着。人们用它串玉米瓣子。三尺长的玉米瓣，围着柱子，盘圈儿，一条龙盘上去。一根根柱子从下向上，胖起来。

　　起先，男人站着就能盘，高到双臂够不着了，就架木梯，一节一节往上盘，盘到脖子仰起才能看见，盘到屋檐下。

　　一竿子玉米竖起来了。竖起来的玉米柱，在太阳下光闪闪的。玉米瓣一天天盘在玉米柱上，太阳晒干它了，风吹干它了。

　　屋檐下有两杆子玉米盘起来了，还有一杆玉米盘到半截。两个男人，一个站在地上递，一个上了梯子盘。太阳照着他们的脸，盘玉米的一个说了句什么，递的那个，看一眼走过来的小媳妇笑起来。小媳妇双手拎两条玉米瓣，步子走得碎，飘向玉米柱子，飘向盘玉米的两个男人。这是刚才给孩子喂奶的小媳妇，随着碎步的动荡，她的两只奶子，跳得像石子激在水面上。

　　小媳妇走近玉米柱，玉米瓣放在站着男人的脚下了。

　　小媳妇送了一回又一回，她记着送的瓣数，两个男人也记着瓣数。

　　七八岁的孩子，帮他的母亲拎着一瓣，几步一歇，总算拖到玉米柱下了，小鸟似的飞回母亲跟前，弯腰又要拎。他的母亲说怎么也不敢让他拎了，他拎到柱子下，玉米瓣子都要散了。散了的玉米瓣子是不能算一瓣的。

　　梯子上盘玉米瓣的男人，上了最高的一个梯台了。木梯上垂下一条绳，绳头是一个挂钩，挂钩拦腰钩住玉米瓣。男人一手提，一手接了玉米瓣，顺手一扬，搭上柱子了。

一个小孩子仰长脖子，看吊玉米辫。母亲在唤叫了，母亲说，看玉米棒子下来，砸着你的头。

女人们都交玉米辫。有的一急，把别人的玉米辫当成自己的，提着就交了。老婆婆是小脚，没有小媳妇走得快。人一老，就变得可爱起来了，你看她左拐右拐，差点被玉米皮绊得要跌了。

交完玉米辫，女人们看一眼本子上记着的辫数，拍拍身上的玉米缨子，一个个拉着孩子，走出仓库的大门。落在后头的女人，不是老婆婆就是小媳妇，她们在玉米叶堆里挑挑拣拣，她们手里有了一大把红红的玉米缨子，她们说玉米缨子揩婴儿的屁股最好了。

玉米皮蒲团

老年妇人将白如小孩子皮肤的玉米皮，一页页挑出来，系成把。这样挑上三十把、五十把。忙月过了，她们将积攒的这些玉米皮拿水蘸了，坐下来，扭蒲团。那蒲团，一股连着一股，是一个圈。圈从中心开始，起头还只是一小圆环，一圈挨着一圈转过来，成了一个大圆环，再到后来，就不是环，是一个圆圈。这个圆圈一直大到脸盆口大，有的比脸盆口还要大。玉米皮辫出来的蒲团，经坐，坐三五年，还是老样子。只是颜色从原来的白，变成了古铜颜色。但人们坐蒲团踏实。

鲜亮的菜花

黄黄的菜花，点缀着绿的枝秆，点缀着一望无垠的麦田。它是初春人们眼里的风景。望着它，能使烦恼的心境平和，平和的心境陡生激情。微风过处，看呵，这些菜花如一群群花枝招展的小姑娘，走着跳着，不停地晃着她们的小脑袋。

菜花将大地装点成一个大花园。蝴蝶飞翔环绕着芬芳的菜花，墨绿的枝秆一枝枝涨得饱满，生气得像一个个年轻的小伙子，他们愿意将身子藏在花的下面，将美好托上头顶。

菜花在太阳下很幸福。

过往行人一眼先看到了菜花。大块的，汪汪洋洋；小块的，如一片明镜。菜花的美从行人的惊叹声中听到，在行人的眼光里流露出来。有的行人，驻足，弯腰，鼻子凑在菜花上。他们才舍不得掐下一枝菜花呢，这些可爱的小生命，让她好好地生长着吧。

锈色的、小米粒大小的颗粒种下泥土，从小在风雨中飘摇，居然长出这么娇艳鲜美的花朵来。

大自然的赐予。

菜花开过，大把大把的锈红色的菜籽倒出来。这是鲜亮的菜花对劳动人们的报答。这些锈红色的菜籽，在不长的日子里，便是黄澄澄的菜籽油。

菜籽熟了

鲜亮的菜花落罢，菜籽枝秆变成土色的时候，菜籽熟了。那曾经灵动的枝叶，现在成干瘪老头老太太了。但捏开细辣椒模样的长长的外壳，里面排满着密实的米粒大小的籽实。它们一个个小宝贝一样地安详地做着香甜的梦。

成片的菜籽熟了，各家各户把棵子一镰一镰割倒，小心地装上车拉回家。菜籽太小太轻，脱粒机用不上，只能放到自家院子里用棍敲打。

晒在院落里的菜籽的枝秆，干成柴了，菜籽壳干得张开了小嘴。

人们用棍子敲打，用棒槌敲打。

"扑——扑"。

"嗵——嗵"。

人们的双脚踩上去，年轻的、年老的。年轻人的脚步像敲得正起劲的鼓点子，他们不是在踩，他们在跳。年老的人，沉着地踩，一脚是一脚。他们用他们的双脚跟菜籽对话，旁的人不能知道他们的双脚说了什么，不知道他们脚下的菜籽又说了什么。这是脚与菜籽之间的秘密。

院子里的太阳只走了一半。院里，男人们黑黑的额头上，汗水点点滴滴。女人的汗水滴湿了她的前胸后背。在太阳底下，女人湿润着脸，她们的脸不是平常的粉色，是深红，打了彩一样的。

各家都有敲打菜籽的声音。声音从墙头扬过，此起彼伏的敲打声，东南的、西北的，连成一片。

一堆菜籽变成两堆儿，院西的那堆儿，还得敲打。那土里混了黑芝麻似的籽实，分在院东的，是打好了等着过筛的菜籽堆。

院子里的太阳，只剩下大门口那么一点了。院西被敲打着的那一堆，一会儿比一会儿小下去。院东藏着籽实的土堆，一点点地增高了。院里的人们，说着笑着，他们看着土里头菜籽说是珍珠，是玛瑙。

筛菜籽

　　一个长方的大型木筛，倾斜成照脸的镜子般。

　　这筛子里面装一张大铁网。拿一把木锨，将混着菜籽的碎杂，撂向筛子，溜下来。溜下来的这些碎杂，当柴烧。偌大的一堆被抱到一个避雨的地方。

　　一院菜籽棵里，就打出这么点的珍珠玛瑙来。它堆在院子里，是那样的小。人们骂菜籽：披着一张老虎皮，假威风。

　　又是一张圆形的铁筛。筛子底下的两条短木棍，呼呼啦啦地在筛子底下翻滚。铁筛像喝醉了酒，在两根木棍上，摇摇摆摆。珍珠般的菜籽一拨一拨地倒出来，玛瑙般的菜籽一拨一拨地倒出来。它们热热闹闹地挤在一起，被倒进一个袋子里，被倒在一张布单上。

　　院子里的日头没有了，双手握着筛子边的女人，力气全在两只胳膊上，她的两只手跟着筛子摇呀摇。她的胳膊上满是尘土，她的眉眼上满是尘土，还有她的头发，她的黑头发成了灰头发。

　　天黑下来，一天的工作结束了。

薯 苗

买薯苗

3月的天气，欣欣向荣。三日一小集，五日一大集，这时候的集市上，一街就有半街红薯秧。根儿桃色的红薯秧苗，用细布条捆成一小把一小把的，一把50根，五分钱。

街上，人流熙熙攘攘，你挤我，我挤他；你东瞅，他西看。他们大多是看红薯苗。有一个，走几步，蹲在一家秧苗前，这是看上这家苗儿了。农家人买东西都得有个标准，比如买枣，得先看成色，见绛红的枣子，抓一把，捏，枣子在手心里有弹性儿，那是好枣。这样的枣子，不用尝，一定肉多味甜核小，一掰抽好长的丝。

买红薯苗一样。农家的"好把式"。如果在哪家根苗前蹲下，一定是这家的薯苗根儿短，壮实，胡子又多。再看那秧苗，墨绿的叶子，润泽，片片叶子向上，如睡得呼呼的小婴儿，又仿佛使足了劲往上蹬的小宝宝。一个种田的好手了不得。比如这买薯苗，就得跟"把式"才能买到一棵是一棵的好薯苗。"把式"在一个卖摊前蹲下了，他也蹲下了，讨价还价。其实，价钱也没多大商量头，不过是多搭两把薯苗。

买卖做成，交了钱，他们将腕儿里的小竹笼往身前一搁，薯苗便一把一把数着搁进去,像数一个个有生命的小鸡,轻拿轻放地,一点儿也不让碰着。

　　这薯苗是从自家口袋掏了钱买的,如今放在这篮子里,就是宝贝了。在大太阳下,沿路要走几里地,不盖上,太阳会晒蔫它。他们展开预先备好的毛巾,湿了水,铺在薯苗上。如果是个带盖子的竹笼,那就更好了,铺好湿毛巾,再将盖盖好。

　　阳光从竹笼子的细如针尖的盖眼里钻进去,洒上湿毛巾。

　　买红薯苗,只能专心专意。

　　"买了薯苗,你还想逛街吗?"赶集买薯苗的人们,常常会这样说。

　　先逛街,后买薯苗,又怕好薯苗被卖完,那不好的薯苗,两棵不如一棵,不如不买。

栽红薯

　　买回薯苗,与家人收拾桶担,带上水瓢,来到一块红薯地。

　　栽红薯在旱地。

　　旱地的红薯甜,蒸熟咬一口,里面像一粒粒可以数的沙子。

　　旱地,不见一滴井水,作物生长靠雨水。旱地里有一棵杨树、一棵槐树。一年比一年粗不了多少。这杨树、槐树每年到该绿的时候绿了。

　　大家结伴种地,你种什么,他也种什么。这块旱地,大家都来栽红薯。

　　春天里,是穿坎肩的时候,小伙子是一件白衬衫,姑娘们是花衬衫。哪家有新媳妇,栽红薯这活儿,干得会比平常又轻省又快乐。

　　来地头顺带挑满满两桶水。到地头,小伙子一撂扁担,把褂子脱下来,找一个树杈挂起来。他的上身,穿一件衬衫,或者火红的球衣。他并不急着干活,扭东看西,寻找能跟他说话的伙伴。他们打着招呼,或者一人一个响亮的口哨儿。他们开玩笑,故意相互说坏话,一个喊："你媳妇看着你呢，可不要像以前那么偷懒。"

一个回："你嘴巴还那么臭啊，小心你媳妇晚上不让上炕。"

在地头劳动的人们都哈哈大笑。

玩笑开完，小伙子接过媳妇手里的锄头，一步两个坑儿，埋头一路走。他身后出现的两排坑，一前一后，也如行人的脚步，在小伙子背后延伸。

小媳妇不闲着，从篮子里抓一把红薯苗，左手松松地握着，右手拿一棵，指头搭在薯苗的腰处，手心不沾苗根的，怕烧着了薯苗根不好好生长。

小媳妇是蹲着往前走，每走一步，插完两根薯苗。这蹲着的走姿，像戏里蹲下身子快走的丑角儿，一样是功夫。薯苗每一根都从左手递到右手，须栽得不深不浅，播进土里一样高低，薯苗头头儿昂扬。这样新栽的薯苗，过路的庄户人看了，都点头，称赞这新媳妇的能干。

插薯苗，是用指头护着苗根，放到合适地方，眨眼工夫，她的手出来了，苗儿却像早就长在那块土地里一样，欣欣然，张开它新奇的眼睛。

新媳妇右手不停地插进，快如流水。小伙子前头挖，新媳妇后头插，小伙子挖一截，回头看看，两人对着眼，微微一笑。

如果地里人手多，插过苗的小坑里，就有水渗进去。这个浇水的人，可以是老人，也可以是小学生。

但这块地里只有小两口。苗全插上了，小丈夫歇着，媳妇用瓢勺了，一个坑一个坑地浇。一瓢瓢，舀完桶里的水了。小丈夫担起晃晃悠悠的两只空桶，去担水。新媳妇埋下头，收拾浇过的薯苗坑。她用两手将坑边湿土合抱住，往苗根端一拥，这坑就合拢成一个可爱的馒头了。新媳妇就这样一个个地合拢，等小丈夫担了满满的两桶水来，那浇过的坑，全都成了一个个小白馒头。

担水的小丈夫一步比一步快地走到自家地头，他的脸上荡漾着开心的微笑，不知是望见这一个个"小白馒头"，还是望见自己的新媳妇。

旱　烟

冬天，两个老汉蹲在一个背风处。他们手持烟袋管。那是木杆烟袋。烟袋碗子是铁的，是铜的。他们怀里有一个旱烟袋，旱烟袋有皮的，有布的，用来装旱烟。

这皮的或者布的旱烟袋，口上系根细绳，束紧，烟叶出不来。

很早，有针绣的旱烟袋，那一定是姑娘的定情物。那针绣的烟袋，红红绿绿，想想都是极有韵味儿的。

一根细管，一端是装烟的烟袋锅儿，一端是嘴儿，玉石装成。女人把翡翠玉石戴在耳朵上，戴在手腕上。老汉天天不离吸烟管儿，将这些装在他的烟管上。

烟袋和烟袋管挂在男人的裤腰带上。老汉的裤腰带晃着烟袋管，晃着烟袋子。

老汉吸烟管，不急。吸着烟管，想着事情，老汉的大小事情，从烟管里跑出来。一管烟吸三两口，磕掉，另装。

老汉比赛吸烟管。传说，一个老汉拔一根枯蒿，做了管烟袋，正吸着，被人看见了。那人说老汉的嘴里吐出来的不是烟，是一朵朵莲花。他说老汉的烟袋是个宝贝，用财物交换。但那人得到烟管，却吐不出莲花来。故事到底怎样不去管它，这个古老的传说让闲下来的老汉们，比赛谁吃烟袋能口吐莲花。

后来是纸烟。

几个老汉蹲一块，抽的是纸烟。你吸他吸，白的烟气，花一般地一朵朵升天，散开。吸尽了，烟头在鞋底摁灭。

纸烟，一张二指宽的条子，手指在纸条上划一沟浅浅的槽，在口袋捏一撮黄的烟叶放上，摊匀，然后卷。

卷烟，有卷得好的，有卷得不好的。卷得不好，烟抽不到一半，就散了架。一个男人，白扔点烟叶不算什么，但他还是脸红了。一个男人，卷不好一根烟，那像什么话！

卷起的烟卷，竖起在他手掌中，转几圈，蹾两下，舌尖伸一点那么一抿，两指在竖起的烟底端，一掐，就衔在嘴里，点着。

老婆婆也吸烟，一样是卷纸烟。

老婆婆卷纸烟，不像老汉们那样上心。老婆婆寻来一绺纸，摸来一撮烟叶，放上。她眼睛细眯着，一边说话一边卷，像手里正纺着线或者正缠着一个穗子那样随心不在意。烟点上了，老婆婆一样吞云吐雾。她的手搭在盘起的膝盖上，那烟头儿闪着火红的光。

旱烟，自己种。

初春，旱烟长着菠菜一样宽宽的绿叶，比菠菜的叶子厚，有些粗糙。

旱烟长秆。秋天，旱烟地一片金黄，只等收了。

旱烟晾在院子里。干了，揉碎放着，是一年的旱烟。

卷烟纸不发愁，家里有念书娃，缺不了卷烟纸。两指宽的条条，孩子们在学校一人一天写三张，三两个孩子，够大人卷好几天的烟了。卷纸烟的男人口袋里，有的是旱烟叶子和纸条儿。

商店里卖盒装烟。

学校里的老师、复员回来的军人、守柜台的售货员、村里的大小干部，他们抽商店里的纸烟。雪白的衬衫，上衣口袋渗出来，红红的，那是什么？一盒烟。

村里人爱尝新，买一盒商店卖的盒装烟，吃着说商店卖的烟味淡，还是旱烟过瘾。

拾　荒

小孩子常去地头，跟在大人背后，跟伙伴们成帮结队。

太阳红耀耀地照在身上，小孩手里提一个小铁铲，或者臂弯处挂一个竹篮，有一个手里拿长长一截才努嘴儿、正发青的柳树枝条，左左右右地扭着，左手轻轻捏住柳条儿，右手在柳条末端一抽，一根雪白的细柳条棍儿就出来了。他左手里那截柳条皮儿，被截成几小节用指甲掐头儿。把它放在嘴里试试，果然"吱吱、哇哇"响开了。吹出来的音，个个不同。

孩子们手提挖菜的小铁铲，臂弯弯里的竹篮子用来从地头挖出的"油勺勺""面条条"诸般野菜。小孩子挖着野菜，一会儿就忘了竹篮了。他们用小铁铲刨土或者和泥。竹篮呢？玩到高兴处，回家时候，也许就丢了。

这些不醒事的小孩子，常常看见爷爷奶奶们、大叔大婶子、自己的父母亲，扛了铁锹或锄，从他们身旁走过，到一个或远或近"四不像"地头，开始他们的劳作。

这"四不像"地头，不是靠山，便是多有砖头瓦渣，或者在沟里，或者在半坡。它们没有一犁耙宽，谈不上机械操作。这点地能种十几行麦子，二十几棵蓖麻树，一小块棉花，或者种几棵西红柿、辣椒、茄子。

庄稼人管这叫拾荒。

蓖麻一树一树，长势并不比平地种的差，结籽一样颗粒饱满。那肥圆雪白的棉花，一朵朵眉开眼笑；西红柿在太阳炙烤下，青绿一点点地变红了。辣椒也一串串挂下来，青得发黑。茄子紫莹莹油亮亮的，好大呵，谁路过，就照出谁的影子。

十几行麦子收回家，主人唠叨说这点麦子是拾荒拾的。话里充满骄傲，脸上露出丰收的喜悦，感受着劳动的快乐。

榨油时候，将拾荒拾来的蓖麻加进去，仿佛这样一加，榨出来的油，能够多出好多。

拿拾荒摘来的那点棉花，为儿女们缝一件棉衣，或者做一双棉鞋，做母亲的就自夸起来：拾荒也能拾出这点儿来，明年多拾两块吧。

蔬菜就不用说了，摘菜的时候，望着这又大又红的西红柿，望着这红了一串又一串的辣椒，还有这紫莹莹的茄子，你从心底里赞叹这片神奇的土地了！

春季里的人们，他们知道什么时候该落什么籽。天地之大，土地神奇，落下什么籽，就开什么花。可爱的黄色是瓜秧，西红柿是小白花，亮亮的紫色是茄子花，各样的瓜各样的花朵颜色。

庄稼人十分讲究，有人在某一地动了一锄，这个地方，就决不会有人再动它。庄稼有了果实，乡亲们从荒地旁边经过，边走边看。他们三三两两说着，走着，羡慕人家的果实落成了。也有偷偷摸摸的，比如红薯，路过方便，前后不见人，蹲下来，挖两窝，尽管偷者做得很隐蔽，主人到地里一看，就知道哪块缺了一窝，免不了嚷嚷几句。

但第二年，还拾荒，她说："种，咋不种？偷怕啥呀，咱吃的总比偷的多。"

记忆中，拾荒的爷爷奶奶们，多已仙逝，父母叔辈们也一个个年岁大起来。岁月的流逝，似乎带走了拾荒。但地是歇不住的，那不种庄稼的土地，各样草儿发疯地往上长。

思念拾荒。